DISRUPTIVE IMAGINATION®

Sarah Noffke
Michael T. Anderle

Die dickköpfige Fürsprecherin

Unzähmbare Liv Beaufont
Buch 6

Für Kathy.
Dank dass Du mir mein erstes Fantasy-Buch gegeben hast.
Seitdem ist die Welt für mich ein besserer Ort.

Impressum

Die dickköpfige Fürsprecherin (dieses Buch) ist ein fiktives Werk. Alle Charaktere, Organisationen, und Ereignisse, die in diesem Roman geschildert werden, sind entweder das Produkt der Fantasie des Autors oder frei erfunden. Manchmal beides.

Copyright der englischen Fassung: © 2018 LMBPN Publishing
Copyright der deutschen Fassung: © 2020 LMBPN Publishing
Titelbild Copyright © LMBPN Publishing
Eine Produktion von Michael Anderle

LMBPN Publishing unterstützt das Recht zur freien Rede und den Wert des Copyrights. Der Zweck des Copyrights ist es Autoren und Künstlern zu ermutigen die kreativen Werke zu produzieren, die unsere Kultur bereichern.

Die Verteilung von diesem Buch ohne Erlaubnis ist ein Diebstahl der intellektuellen Rechte des Autors. Wenn Du die Einwilligung suchst, um Material von diesem Buch zu verwenden (außer zu Prüfungszwecken), dann kontaktiere bitte international@lmbpn.com Vielen Dank für Deine Unterstützung der Rechte der Autoren.

LMBPN International ist ein Imprint von
LMBPN Publishing
PMB 196, 2540 South Maryland Pkwy
Las Vegas, NV 89109

Version 1.02 (basierend auf der englischen Version 1.01), April 2021
Deutsche Erstveröffentlichung als e-Book: Juli 2020
Deutsche Erstveröffentlichung als Paperback: Juli 2020

Übersetzung des Originals The Stubborn Adovcate
(Unstoppable Liv Beaufont Book 06) ins Deutsche vom:
4media Verlag GmbH

Verantwortlich für Übersetzungen, Lektorat
und Satz der deutschen Version:
4media Verlag GmbH,
Hangweg 12, 34549 Edertal,
Deutschland

ISBN der Taschenbuch-Version:
978-1-64202-558-3

DE20-0020-00036

Übersetzungsteam

Primäres Lektorat
Astrid Handvest

Sekundäres Lektorat
Jens Schulze

Betaleser-Team
Jürgen Möders
Sascha Müllers
Natalie Roggenkamp
Anita Völler
Thorsten Wiegand

Kapitel 1

Der intensive Geruch von Rost und Ruß lag in der Luft, als Adler Sinclair in die Schwarze Leere trat. Er war eine Folge der Magie, die benutzt worden war, um *den Einen* am Leben zu erhalten, ein uralter Zauber, der nur aufgrund der Opfer funktionieren konnte, die der Gottmagier vor all den Jahrhunderten erbracht hatte.

Egal wie oft Adler *den Einen* auch besuchte seitdem er erwacht war, er konnte sich nicht an den Geruch oder das Aussehen des ältesten Magiers gewöhnen, der je gelebt hat. Deshalb brachte er jedes Mal seinen treuesten Begleiter Indikos mit. Der Miniaturdrache flog neben Adler, als er sich Talon näherte und behielt ein gleichmäßiges Tempo bei.

»Vater«, begann Adler kniend, »wie fühlst du dich?«

Als Talon Sinclair nach oben blickte, erblindete Adler beinahe wegen dessen Augen. Aus den leeren Augenhöhlen strahlte blendendes Licht. Je stärker er selbst wurde, desto stärker wurde das Licht, sogar so stark, dass es Adlers Haut versengte, wenn es sie nur streifte.

Als Adler seinen Ur-Ur-Urgroßvater zum letzten Mal gesehen hatte, war seine Haut hauchdünn und leicht durchscheinend gewesen. Jetzt hatte sich der Bereich um seine Wangenknochen und das Schlüsselbein etwas gefüllt, sodass er weniger gebrechlich aussah.

Indikos flog auf den Boden, um die Knochen zu untersuchen, Überreste der Mahlzeiten, die den Gottmagier wieder ins Leben zurückführten.

»Adler, wir haben ein Problem«, sagte Talon, seine Stimme hallte laut durch den dunklen Raum und ließ Boden und Wände vibrieren.

Andere im Haus der Sieben könnten Vermutungen anstellen. Das war beim letzten Mal geschehen, als Talon erweckt worden war. Es war unmöglich, die Macht, die von ihm ausging, einzudämmen und eine lästige Pflicht, sie zu verbergen. Adler hatte gedacht, es diesmal besser machen zu können, aber der Gottmagier wurde schneller stärker, als er sich darauf vorbereiten konnte.

»Mylord«, sagte Adler und erhob sich zögerlich. »Welches Problem?«

»Das Mädchen. Ich glaube, sie weiß etwas.«

Adler schüttelte den Kopf. »Nein, das ist unmöglich. Das kann sie nicht. Ich habe sie im Auge und wenn ich sie stichprobenartig überprüft habe, war sie mit der Bearbeitung von Fällen und den Dingen beschäftigt, die sie in diesem Reparaturladen für Elektrogeräte macht.«

»Sie muss dich mit einem Zauberspruch blockiert haben«, erklärte Talon. »Ich spüre, dass sie Hinweise auf die Sterblichen Sieben aufdeckt.«

Adler erstickte beinahe an seinem Lachen. »Das ist unmöglich, Vater. Vielleicht beunruhigt dich nur, dass ihre Eltern und Geschwister früher Informationen gefunden haben. Seitdem habe ich meine Spuren besser verwischt. Es besteht keine Möglichkeit, dass sie etwas herausfindet.«

Die langfingrigen Hände des uralten Magiers krallten sich an dem Thron fest, auf dem er jahrhundertelang in völliger Dunkelheit gesessen hatte. »Hast du das Schwert der Riesen gefunden?«

Adler schüttelte den Kopf. »Ich bin sicher, dass das Original schon lange verschwunden ist. Es muss die ganze Zeit

DIE DICKKÖPFIGE FÜRSPRECHERIN

über die Fälschung im Naturhistorischen Museum gewesen sein. Ich vermute, dass ...«

»*Vermuten ist gleichbedeutend damit, wie du in der Vergangenheit alles durcheinander gebracht hast!*« Der Widerhall der Stimme des Gottmagiers warf Adler fast um. Er wirbelte herum und betrachtete die Öffnung zum Haus der Sieben, besorgt darüber, dass jemand den extremen Lärm gehört haben könnte. Niemand dürfte in der Lage sein, die Schwarze Leere zu sehen, aber wenn sie etwas vernehmen konnten, könnten sie nachforschen. Dies dem Gottmagier zu erklären, hatte in der Vergangenheit nichts Gutes bewirkt. Er verbarg sich nicht gerne. Er ging davon aus, dass die Zeit nahte, in der er herauskommen und seinen Platz im Rat wieder einnehmen sollte, obwohl er dies zu seinen eigenen Bedingungen tun wollte, bevor jemand auch nur erahnen konnte, dass er am Leben war.

Adler wusste nicht, wie er *dem Einen* erklären sollte, dass das mit Problemen behaftet wäre, mit denen er nicht umzugehen wusste, ganz zu schweigen davon, was dann mit Adler selbst geschehen könnte. Der Gottmagier würde ihn ersetzen. Er würde aus dem Rat geworfen, dem einzigen Ort, den er kannte.

»Es tut mir leid, Meister«, sagte Adler. Indikos blickte von den Knochen auf und warf ihm einen nachdenklichen Blick zu. Der Drache hatte ihn an diesem Tag nicht begleiten wollen, um den Gottmagier zu besuchen. Vielleicht lag es an seiner zunehmenden Kraft oder dem starken Geruch, den er verströmte, aber aus irgendeinem Grund missbilligte der kleine Drache das Ganze. Adler konnte nicht widersprechen. *Der Eine* machte ihm Angst, aber das lag nur an seiner Macht.

»Da ist noch etwas anderes«, erklärte Talon, seine strahlenden Augen streiften durch den schwarzen Raum. Es gab dort keine Wände, nichts außer Dunkelheit.

»Ja, Mylord?«, entgegnete Adler, seine Schultern sanken ein und seine Augen waren nach unten gerichtet.

»Jemand hat etwas in das Haus der Sieben gebracht, das nicht hier sein sollte.«

»Könntest du etwas genauer werden, Vater?«, fragte Adler nach.

»Das kann ich nicht!«, dröhnte er als Antwort. »Es könnte mit der Aufzeichnung der Prophezeiung zusammenhängen, die ich vor langer Zeit zerstört habe. Alles, was ich weiß, ist, dass ich eine neue Präsenz spüre – etwas, das nicht in das Haus der Sieben gehört. Eine Art Kreatur. Du musst dieses Ding finden und es loswerden.«

»Ja, natürlich«, nickte Adler und wich zurück. Er hoffte, sie wären fertig.

»Adler«, knurrte Talon, sodass der jüngere Magier erschauderte. »Das Mädchen – ich traue ihr nicht. Im Gegensatz zu den anderen Royals, die du konditioniert hast, wird sie nicht gefügig.«

»Das liegt daran, dass sie schon so lange nicht mehr im Haus lebt«, erklärte Adler. »Soll ich einen Weg finden sie zu zwingen hier zu leben?«

Talon schüttelte den Kopf, sein langes weißes Haar, das ihm über den Rücken hing, fegte über die achtlos weggeworfenen Knochen. »Nein, das hast du schon vermasselt, weil du dachtest, du würdest ihren Wohnsitz gegen das Schwert des Riesen tauschen – was sich dann als Fälschung herausgestellt hat. Ich will das Mädchen eigentlich viel weniger hier haben. Ich glaube, sie spürt mich hier drin und ich will, dass niemand diesen Ort untersucht bis ich stark genug bin um ihn zu verlassen.«

Abscheu erfüllte Adlers Magen. Er konnte kaum begreifen, dass der Gottmagier noch stärker werden sollte, aber er wusste, dass er dieses Mal in voller Stärke zurückkehren würde. Eigentlich sollte er stärker werden als je zuvor. Sie näherten sich dem Jubiläum des Hauses der Sieben, was ihn noch weiter anspornen würde. Dieses rituelle Erwachen war der Schlüssel dazu, die wahre Geschichte des Hauses der Sieben im Verborgenen zu behalten.

»Bist du sicher?«, hakte Adler nach. »Sie dürfte nicht in der Lage sein, die schwarze Leere zu erkennen. Ich habe Vorkehrungen getroffen.«

»Die bei ihr anscheinend nicht funktionieren«, meinte Talon. »Wie du erwähnt hast, lebt sie schon lange nicht mehr im Haus. Sie sieht die Welt so, wie sie ist und nicht so, wie die anderen konditioniert sind, die Dinge zu sehen, obwohl du das schrecklich schlecht gemacht hast.«

Adler knirschte mit den Zähnen. »Ich habe Olivia Beaufont Fälle gegeben, die sie für lange Zeit beschäftigen und eigentlich sogar töten sollten.«

Adler hatte erwogen, sie selbst zu töten, wie er es mit ihren Familienmitgliedern getan hatte, aber das würde ihn mit zu viel Misstrauen umgeben. Nein, es war besser, wenn Olivia bei einem Fall starb, was definitiv passieren musste, wenn sie sich weiter diesen Monstern stellen musste.

»Du hast dir nicht genug Mühe gegeben«, kritisierte Talon abfällig.

»Sie hat Unterstützung von anderen«, schränkte Adler ein. »Das macht es schwieriger. Mein Einfluss kann nur im Rat, wo die Macht unter den Mitgliedern ausgewogen sein soll, etwas bewirken.«

»Ja, da wir gerade von Fällen sprechen, die du dem Mädchen zuweisen kannst. Ich möchte, dass du uralte Kreaturen zurückholst, die vor langer Zeit von den Kriegern ausgerottet wurden«, befahl Talon.

»Du meinst doch nicht …« Adler konnte es kaum glauben. Viele Krieger hatten viele Jahre gebraucht, um die Herrschaft dieser schrecklichen Kreaturen zu beenden. Im Haus der Sieben sollte es darum gehen, das Böse zu bekämpfen. Wenn Adler diese also zurückbrächte, würde er damit nicht genau gegen diesen Auftrag vorgehen, der ihm so am Herzen lag?

»Du weißt sehr genau, was ich meine«, sagte der Gottmagier kalt und streckte seine Hand aus. In ihr erschien ein kleines Fläschchen mit Blut.

Mit zitternden Fingern griff Adler nach dem Fläschchen. »Du möchtest, dass ich …«

»Ja«, antwortete Talon mit schneidender Stimme. »Bring sie zurück, dann weise dem Mädchen den Fall zu. Wo es dir nicht gelungen ist, sie ausreichend zu beschäftigen, hiermit wird es gelingen. Mit diesen Monstern kann sie unmöglich so einfach fertig werden.«

Adler verspürte Galle im Mund, während er auf das Fläschchen in seiner Hand starrte. Er hätte es nie für möglich gehalten, aber Olivia Beaufont tat ihm tatsächlich leid. Ja, er wollte sie aus dem Weg haben. Tot wäre ideal. Doch das Schicksal, das ihr bevorstehen würde, wenn sie diesen Monstern gegenübertreten musste, wäre schlimmer als der Tod.

Wenn sie sich nur um ihre eigenen Angelegenheiten kümmern würde. Aber wie ihre Eltern hatte sie offensichtlich einen dringenden Todeswunsch.

Kapitel 2

Liv Beaufont gähnte ausgiebig. Das ständige Rauschen des Wassers der vielen Springbrunnen im Garten des Schlosses von Versailles machte sie nicht munterer. Eigentlich ganz im Gegenteil.

»Langweilt dich die Dämonenjagd?«, fragte Stefan Ludwig neben ihr grinsend.

»Ja, sie verliert irgendwie ihren Reiz, wenn jedem Dämonen der Kopf abgehackt wird, Minuten bevor ich überhaupt auf der Bildfläche erscheine«, antwortete sie, ihre Hand auf Bellator gelegt, während sie durch die Orangerie gingen. Der Duft der süßen Orangenblüten streifte ihre Nase und weckte sie ein wenig auf.

»Ich kann nichts dafür, dass du ein Lahmarsch bist, der nicht mithalten kann«, bemerkte Stefan schmunzelnd.

»Mit ›Lahmarsch‹ meinst du wohl, dass ich mich etwas schneller bewege als ein normaler Magier«, korrigierte Liv. »Nicht alle von uns sind mit Supergeschwindigkeit und Sinnen begabt wie du, Dämonenjunge.«

»Ich bevorzuge ›Dämonenmann‹«, erklärte er.

Liv musste es ihm zugestehen. Obwohl er fast an einem Dämonenbiss gestorben war, konnte Stefan noch Witze darüber reißen. Sie war eine von nur zwei Personen, die wussten, dass er überlebt hatte und nun über die Stärken der Dämonen verfügte, obwohl er keiner von ihnen war.

»Cool«, sagte Liv und beobachtete das Gelände, als die Dämmerung heraufzog. »Ich werde es auf D-Man abkürzen.«

»Ha-ha«, meinte Stefan trocken. »Und vielleicht ist die Gähnerei die Art und Weise, wie dein Körper um etwas Ruhe bittet.«

Liv schüttelte den Kopf. »Schlaf wird überbewertet.«

»Ich behaupte nicht, dass ich anderer Meinung bin«, begann Stefan. »Irgendwann muss man sich allerdings eine Pause gönnen. Der Rat hat dir eine Art Urlaub gewährt und du verbringst ihn damit, mir zu helfen, Dämonen auszuschalten.«

»Erstens, das ist kein Urlaub«, widersprach Liv. »Es wäre einer, wenn der Rat mir eine All-Inclusive-Reise auf die Bahamas geschenkt hätte. In Wirklichkeit wissen sie nicht, was sie nach der Werwolf-Sache mit mir anfangen sollen, die ich laut Bianca nicht richtig gelöst habe, weil ich nicht lange genug gebraucht habe.«

»Du hast nur ein paar Werwölfe aus dem Weg geräumt und das war alles, richtig?«

»Du weißt, dass ich das getan habe«, scherzte Liv. »Und zweitens helfe ich dir nicht dabei, Dämonen auszuschalten. Ich denke, wir wissen beide, dass du meine Hilfe dabei nicht brauchst. Ich leiste dir nur Gesellschaft und genieße dabei die französische Luft.«

»Du hast eine etwas verzerrte Art, dir eine Auszeit zu gönnen«, bemerkte Stefan.

Liv zuckte die Achseln. Stefan hatte recht, aber zur Hölle, warum sollte sie ihm das erzählen. Die Wahrheit war, dass sie in letzter Zeit nicht schlafen konnte. Das Ticken in ihrer Brust war so laut geworden, wie eine Bombe, die jeden Moment hochgehen könnte. Sie dachte ständig, sie müsse etwas Produktives tun. Nachforschungen anstellen. Überprüfen. Aber sie musste auch vorsichtig sein und das bedeutete, nichts zu tun, was Aufmerksamkeit auf sie lenken könnte.

DIE DICKKÖPFIGE FÜRSPRECHERIN

Zum Glück hielt die Fleißige-Biene-Haarnadel, die Bermuda Laurens ihr gegeben hatte, andere davon ab, herauszufinden, was sie vorhatte, nämlich Dinge über das Haus der Vierzehn zusammenzutragen. Das würde jedoch nur für eine gewisse Zeit funktionieren.

»Das musst du gerade sagen«, konterte Liv. »Wie viele Dämonen tötest du pro Nacht?«

Stefans blaue Augen huschten über das Gelände und suchten nach Unterschieden in den Gegebenheiten. Seitdem er sich verändert hatte, waren seine Gesichtszüge kantiger, die schwarzen Haare noch chaotischer und seine Muskeln ausgeprägter. Unnötig zu sagen, dass diese optische Veränderung zu ihm passte – wieder etwas, was sie ihm nie sagen würde. Liv sah, wie andere Frauen ihn anschauten, wenn sie nach einem langen Tag Dämonenabschlachten in eine Kneipe gingen, um etwas zu trinken. Wahrscheinlich war er es schon vorher gewohnt gewesen, Aufmerksamkeit wegen seines Aussehens auf sich zu ziehen, aber jetzt wurde er praktisch von seinen Verehrerinnen belagert.

»Das hängt von der Nacht ab«, antwortete er. »Und wir wissen beide, dass ich gezwungen bin, diesen Job zu machen. Aber ganz ehrlich, wenn ich eine Bemerkung machen darf, meine Situation ähnelt wahrscheinlich deiner misslichen Lage sehr. Ich bin mir nicht sicher, wonach du jagst, aber ich sehe die Besessenheit in deinen Augen, wenn du denkst, ich bin unaufmerksam.«

»Nichts sonderlich Wichtiges«, sagte Liv und wünschte, er wäre nicht so dreist gewesen, diese Bemerkung laut auszusprechen. Sie durfte Stefan nicht sagen, woran sie forschte und es war ihr nicht wohl dabei, dass er über ihre Besessenheit nachdachte.

»Etwas anderes habe ich nicht erwartet, Liv.«

»Meine Faszination für *Dungeons and Dragons* wächst ständig«, log Liv. »Nur so kann ich mich entwöhnen.«

»Natürlich«, sagte Stefan und nickte. »Die Kriegerin, die ständig gegen echte Elfen, Kobolde und was weiß ich noch alles kämpfen muss, spielt die Brettspielversion ihres eigenen Lebens.«

Liv hielt einen Finger hoch. »Und ist absolut süchtig danach.«

»Ergibt Sinn«, stimmte Stefan zu, wobei die Zweifel seiner Stimme deutlich anzuhören waren. »Wo wir gerade von Drachen sprechen.« Er hob eine einzelne Augenbraue und starrte sie neugierig an. »Das war nicht zufällig ein Drachenei, das auf dem Tisch im Elektronikladen lag, als ich nach dem Vorfall mit Königin Visa gekommen bin und dich gerettet habe, oder?«

Liv geriet ins Stocken, ihre Angst drohte sich zu verselbstständigen. »Erstens glaube ich nicht, dass du mich gerettet hast – es sei denn, mir Nachos hinzuhalten zählt auch.«

»Das tut es auf jeden Fall«, behauptete er.

»Hester war der Grund dafür, dass Rudolf mich nicht zu Tode ausgesaugt hat, aber ich weiß es zu schätzen, dass du zur moralischen Unterstützung erschienen bist.«

»Das musste ich doch, nachdem ich von deiner misslichen Lage gehört hatte, oder?«

»Und zweitens«, fuhr Liv mit ihrer Aufzählung fort, »habe ich keine Ahnung, wovon du sprichst …von irgendeinem Drachenei. Hast du dir ein Halluzinogen eingeworfen, bevor du zu meinem Rettungsversuch geeilt bist?«

Er schüttelte den Kopf. »Nein, das mache ich normalerweise nicht vor abends und das war am Nachmittag.«

Liv zuckte mit den Schultern. »Nun, ich weiß nicht. Du solltest mit jemandem über dein Problem beim Sehen sprechen.«

DIE DICKKÖPFIGE FÜRSPRECHERIN

Schnell fiel Stefan Liv ins Wort und drehte sich zu ihr um, sodass sie stehen blieb. »Im Ernst, du kannst deine Nebenaufträge und heimlichen Geschäfte durchführen, aber du musst nicht alles vor mir geheim halten. Ich habe das Drachenei deutlich gesehen und weiß, dass es dir gehört. Hester hat es auch gesehen, aber wie ich sie kenne, wird sie kein Wort darüber verlieren.«

Liv marschierte um Stefan herum und lief weiter, wobei sie versuchte, so zu tun, als hätten seine schnellen Bewegungen ihr nicht den Atem geraubt. »Eigentlich ist es *nicht* meins ... das zeigt also, wie viel du weißt.«

»Oh?«, kam es von Stefan.

Liv überlegte einen Moment. Sie wusste, dass man Stefan vertrauen konnte. Das hatte er bereits bewiesen. Sie hatte nicht vor, ihm von den Sterblichen Sieben oder dem Haus der Vierzehn zu erzählen, mehr zu seinem Schutz als alles andere. Aber es war wahrscheinlich besser, in dieser Hinsicht ein Geständnis abzulegen.

»Es gehört Sophia«, erklärte sie. »Rory hat es für sie besorgt. Sie wurde von ihm angezogen, das ist ...«

»Sehr, sehr selten«, setzte Stefan fort.

Liv nickte. »Jetzt warten wir nur noch ab, ob und wann es schlüpfen wird.«

Stefan pfiff anerkennend. »Sophia Beaufont ist ein unglaubliches Kind.«

Liv nickte. »Ja, erzähl mir etwas darüber. Wenn sie Drachenreiterin wird, sollte sie das zusammen mit der Krieger-Sache besser bewältigen können.«

»Oh, hast du vor, bald ins Gras zu beißen?«, witzelte Stefan.

»Ich habe vor, in elf Jahren, drei Monaten und zwei Tagen in Rente zu gehen, sobald sie volljährig ist«, erläuterte Liv.

»Oh, dann zählst du also noch nicht?«

»Und sechzehn Stunden«, fuhr Liv fort.

Stefan lachte. »Ich dachte, dir gefällt mittlerweile dein Kriegerdasein?«

Liv schaute ihn vorsichtig an. »Nun, ich hasse es nicht gerade, aber ich wollte das nie für immer tun. Nur bis Sophia alt genug ist, um zu übernehmen.«

»Denn was du wirklich willst sind freie Wochenenden, damit du *Dungeons and Dragons* spielen kannst, richtig?«

Liv lächelte. »Warum sollte ich mir beim Töten von Minotauren und haarigen Zentauren die Hände schmutzig machen, wenn ich das in meinem staubigen Keller viel bequemer kann?«

»Du bist ein sehr seltsamer Mensch.« Stefan schüttelte den Kopf. »Und das mit dem Ruhestand meinst du doch nicht wirklich ernst, oder?«

»Natürlich tue ich das«, bestätigte Liv. »Es war nie vorgesehen, dass ich das langfristig mache. Nur bis Sophia alt genug ist.«

»Aber du bist gut«, argumentierte Stefan. »Wobei ›Gut‹ nicht einmal das richtige Wort dafür ist. Du bist dafür *geschaffen*.«

Liv rollte mit den Augen. »Und Sophia wird es noch besser machen. Das wissen wir beide.«

»Nicht, wenn das Ei tatsächlich schlüpft und sie zu einer Drachenreiterin wird«, konterte Stefan. »Wir wissen beide, dass das eine Vollzeitbeschäftigung ist, die sie von allem, was mit dem Haus zu tun hat, fernhalten wird.«

Bedauern machte sich in Livs Magen breit. Warum musste Stefan das laut aussprechen? Ja, in gewisser Weise hatte sie es von dem Moment an gewusst, als Sophia das Ei bekam. Das war ein mögliches Ergebnis, aber sie hatte versucht, nicht daran zu denken. Sie hatte ihre kleine Schwester gerade erst zurückbekommen. Die Vorstellung, dass Sophia ein Leben lang auf Drachen reiten und gegen Böses kämpfen musste, das sie sich nicht einmal vorzustellen wagte, stand nicht zur Debatte. Krieger mussten viel durchmachen, aber es gab Dinge, von denen nicht einmal sie wussten. Dinge, die nur Drachenreiter bewältigen konnten.

»Es ist noch zu früh, darüber nachzudenken«, entschied Liv.

Stefan sah sie freundlich an, sein Gesichtsausdruck änderte sich aber schnell in schmerzhaft. Das war ihr zur Genüge bekannt. Sie bemerkte, dass er seinen Kopf zur Seite geneigt und die Augen zusammenkniffen hatte, als hätte er etwas Gefährliches in der Nähe gespürt.

»Was ist los?«, fragte Liv. »Ist ein Dämon in der Nähe?«

Er antwortete nicht. Stattdessen sprintete er los und war nur noch verschwommen auf dem Gelände des Schlosses von Versailles zu sehen. Liv spurtete ihm nach, aber er war bereits so weit vorne, dass sie befürchtete, ihn aus den Augen zu verlieren.

Er schlängelte sich zwischen Formschnittstauden hindurch wie ein Schrei durch die Nachtluft. Liv hatte nicht einmal bemerkt, dass die Sonne bereits völlig untergegangen war und sie nur noch die funkelnden Sterne über sich und das Licht aus dem Schloss als Wegweiser hatte. Stefan brauchte kein Licht, um zu sehen – ein weiterer Vorteil seines Dämonenblutes.

Liv kam um eine Ecke, ihr Herz raste im Adrenalinrausch und ihr Haar peitschte ihr ins Gesicht. Die Luft war plötzlich kalt geworden und blies ihr ins Gesicht, als wäre sie in einen Kühlraum gerannt. Sie folgte Stefans Fußabdrücken und drehte sich wieder um. Wieder wiesen ihre Ohren ihr die Richtung. Sein hektischer Atem sagte ihr, dass er nahe bei ihr sein musste.

Liv blieb stehen, drehte sich im Kreis und fand Stefan über den Körper einer Frau mit blutverschmiertem Hals gebeugt.

Er hob den Kopf, als Liv erschien. »Sie ist tot.«

»Was ist passiert?«, wollte Liv wissen und wurde langsamer, als sie sich dem Körper näherte.

Er zeigte auf zwei Punkte an ihrem Hals. »Vampire.«

»Warte. Was?«, fragte Liv, nachdem sie kürzlich das Kapitel in Bermudas Buch ›*Mysteriöse Kreaturen*‹ gelesen hatte. Eigentlich nicht überraschend, dass es erst in der Nacht zuvor war. Sie hätte wissen müssen, dass das passieren würde. Sie hätte es jedoch nie erahnen können, denn Bermuda hatte geschrieben: »Die Vampire wurden dank der Opfer der Krieger aus dem Haus der Sieben vor Jahrzehnten ausgerottet.« Es war das erste und einzige Mal, an das Liv sich erinnerte, dass Bermuda einem Magier Komplimente für irgendetwas gemacht hatte, geschweige denn für das Haus der Sieben.

»Aber ich dachte …«, fuhr Liv fort.

Stefan blickte sich um, schnüffelte in der Luft, seine Schultern entspannten sich. »Er ist weg.«

»Der Vampir, der die Frau gebissen hat?«

Er nickte. »Und ja, Vampire gab es schon lange nicht mehr, aber es scheint, als wären sie wieder da. Oder zumindest ein sehr mutiger. Er muss gewusst haben, dass wir hier sind und hat trotzdem die Frau angegriffen.«

»Wie kommt das?«, fragte Liv nach.

»Sie haben ein unglaubliches Gehör«, erklärte er. »Nun, sie haben ausschließlich Unglaubliches.«

»Etwa so wie du«, sagte sie.

Er grinste. »Vielen Dank, Kriegerin Beaufont.«

DIE DICKKÖPFIGE FÜRSPRECHERIN

Sie spitzte die Lippen. »Du weißt, was ich meine.«

Er nickte. »Ich glaube schon. Und ja, sie haben gewusst, dass wir in der Nähe waren, aber trotzdem haben sie zugeschlagen.«

»Bin ich die Einzige, die weiß, was mein nächster zugewiesener Fall vom Rat sein wird?«, erkundigte sich Liv.

Stefan zog eine Grimasse. »Du glaubst doch nicht ...«

»Oh, doch«, bestätigte sie. »Ich glaube *schon*. Die Vampire sind zurück und jemand muss sie loswerden oder bei dem Versuch sterben. Was glaubst du wohl, wen Adler wählen wird, um diese Operation zu leiten?«

Stefan seufzte heftig. »Nun, ich wünschte, ich könnte mit dir gehen, wenn du diesen Auftrag bekommst.«

Liv schüttelte den Kopf. »Wir wissen beide, dass du das nicht kannst. Diese Art von bösartigen Kreaturen würde dich in Stücke reißen.«

Er diskutierte nicht, sondern schaute nur zu dem am Himmel hängenden Halbmond. »Ich wünschte, du würdest nicht ständig diese Fälle bekommen. Raina versucht, die Dinge zu ändern, aber Adler überstimmt sie immer wieder.«

Liv schob ihre Hände in die Gesäßtaschen und rollte ihre Schultern. »Ob Adler versucht, mich zu töten, wie er es einmal bei dir versucht hat, oder ob ich jedes Mal nur den kurzen Strohhalm ziehe, ist eigentlich egal. Ich muss mich diesen Fällen stellen, egal was kommt.«

Stefan warf der toten Frau erneut einen Blick zu und schüttelte den Kopf. »Und bei einem Übel dieser Art müsste leider sogar ich dafür stimmen, dass du diesen Fall übernimmst. Ich entschuldige mich dafür, aber deine Kompetenz macht dich immer wieder zur besten Person für diesen Job.«

Liv lachte. »Ich schätze, ich sollte es lassen, mich zu sehr anzustrengen.«

Er grinste so breit, dass seine blauen Augen aufleuchteten. »Ja, für jemanden, der eine lahme Ente sein möchte, übertriffst du sicher die Erwartungen.«

Kapitel 3

Eine fremde Frau mit zwei Kindern stand auf Rorys Veranda, als Liv ankam. Sie hatte eine Gürteltasche an der Taille und das Handy am Ohr.

»Scotty, leg den Stock weg!«, rief sie dem rattenhaft aussehenden Jungen zu, der auf einen der Bäume im Vorgarten einschlug.

»Ich tue niemandem weh«, antwortete der Junge und wandte sich seiner kleinen Schwester zu, die mit starrem auf einer mobilen Konsole herumdrückte, als hinge ihr Leben davon ab.

Rory stand in der Tür zu seinem Haus und beobachtete alles mit zusammengekniffenen Augen.

»Es ist mir egal, was Sie zu tun haben«, maulte die Frau lautstark in das Telefon. »Ich brauche diese Teppichmuster sofort. Wissen Sie eigentlich, wie lange wir die Renovierung des Gästeflügels unseres Hauses aufgeschoben haben? Meine Eltern haben bei ihrem Besuch im Poolhaus schlafen müssen. Daddy musste doch tatsächlich morgens durch den Garten laufen, um seinen Kaffee zu holen. Das ist einfach inakzeptabel.«

Liv blieb vor der wackeligen Veranda stehen und blickte Rory an, der ihre Annäherung mit säuerlichem Gesichtsausdruck beobachtet hatte.

Scotty stieß seine Schwester mit dem Stock, aber die Frau bemerkte es nicht. Ein Meteor könnte im Vorgarten einschlagen und sie würde es nicht bemerken.

»Es ist mir egal, ob Sie Ihr Kind zu spät vom Fußballtraining abholen«, fuhr die Frau fort. »Ihre vorrangige Priorität ist, mir diese Muster zu besorgen.«

Sie schwieg einen Moment lang und nickte dann. »Gut, ich erwarte sie innerhalb einer Stunde bei mir zu Hause, obwohl ich erst später zurückkomme. Sandy hat Lacrosse-Training.«

Die Frau beendete das Telefonat, blickte Rory an und rollte mit den Augen. »Manche Leute können einfach nichts richtig machen.«

»Die Kätzchen stehen nicht mehr zur Adoption zur Verfügung«, sagte er zu ihr.

Sie blinzelte ihm ungeduldig zu. »Nun, natürlich tun sie das. Sie sagten gerade, Sie hätten noch alle neun zur Auswahl, bevor ich telefoniert habe.«

»Es hat sich herausgestellt, dass ich mich geirrt habe«, erklärte Rory.

»Mama!«, schrie Scotty und warf wütend den Stock auf den Boden. »Ich dachte, du wolltest uns eine Katze besorgen? Ich will eine Katze!«

»Ich werde zwei Kätzchen bekommen, mein Lieber«, erklärte die Frau ihrem Sohn. »Eines für dich und eines für deine Schwester.«

»Die Kätzchen sind nicht mehr verfügbar«, ließ Rory nachdrücklich verlauten.

Die Frau spähte um ihn herum in das Haus. »Aber ich sehe sie doch dort drinnen. Warum dürfen wir sie plötzlich nicht mehr adoptieren?«

»Wegen Gründen«, antwortete Rory abweisend und verschränkte die Arme vor der Brust.

Die Frau seufzte laut. »Aber ich werde bezahlen. Und meine Kinder wollten unbedingt heute Kätzchen bekommen.

DIE DICKKÖPFIGE FÜRSPRECHERIN

Alle Tierheime haben Wartelisten. Ich verlange, dass Sie uns Ihre Kätzchen adoptieren lassen.«

Rory schüttelte den Kopf, sein Gesichtsausdruck war entschlossen. »Ich habe das Gefühl, es passt nicht.«

»Ich will jetzt Kätzchen für meine Kinder!«, brüllte die Frau.

Liv wusste, dass Rory der Frau nicht die Stirn bieten konnte. Und diese Frau und ihre Nachkommen brauchten keine kleinen Tiere. Ja, sie war dabei, anderen Menschen ihren Willen aufzuzwingen, aber es wäre nur gut gemeint. Es würde die Kätzchen schützen, Rory helfen und hoffentlich diese gestörte Familie in Ordnung bringen. Das war doch ihre Aufgabe als Kriegerin, nicht wahr? Den Menschen zu helfen? Sie zu beschützen, wenn schon vor nichts anderem, dann doch wenigstens vor sich selbst?

Liv trat auf die Veranda und drängte sich zwischen die Frau und Rory. »Sie wollen nicht wirklich Kätzchen für Ihre Kinder, oder?«, suggerierte sie und verlieh ihren Worten magischen Nachdruck.

Die Augen der Frau wurden für einen Moment glasig, bevor sie nickte. »Keine Kätzchen für die Kinder.«

»Aber Mama! Du hast mir gesagt, ich könnte eine Katze bekommen! Ich will eine haben! Ich möchte im Garten Dinge an sie binden«, schrie Scotty und trat gegen den Baum, den er vorher mit dem Stock bearbeitet hatte.

»Eigentlich wollen Sie Scotty in eine Kampfsportschule bringen, damit er Respekt lernt«, begann Liv und füllte Magie in jedes Wort. »Sandy verliert ihre Spielekonsole und Sie werden die Person am Telefon zurückrufen und ihr sagen, dass Sie den Gästeflügel des Hauses nicht umgestalten werden. Stattdessen spenden Sie das Geld in seinem Namen an die Schule seiner Kinder.«

Die Frau nickte wie ein Roboter. »Ja, das klingt alles gut.« Sie drehte auf dem Absatz um und marschierte von der Veranda, wobei sie Sandy die Konsole abnahm.

Das Mädchen schrie auf, als wäre sie gerade geohrfeigt worden. »Mama! Gib das zurück!«

Die Frau schüttelte den Kopf. »Nein, und Scotty, lass den Baum in Ruhe. Wir werden dich zu Karate anmelden.«

»Aber ich will nicht!«, schrie Scotty.

»Schade«, erwiderte die Frau, nahm ihr Handy und telefonierte, während sie mit ihren Gören im Schlepptau über den Bürgersteig eilte.

Liv drehte sich zu Rory um, der immer noch diesen harten Ausdruck im Gesicht trug.

»Das war ein Missbrauch deiner Befugnisse«, meinte er kritisch.

»War es das? Warum habe ich Kräfte, wenn ich sie nicht für das Gute einsetze? Es ist nicht so, dass ich Adler heiße und sie zu meinen eigenen sozialen Nutzen missbrauche. Ich habe gerade zwei Kätzchen vor Missbrauch und Vernachlässigung bewahrt und dich vor Herzschmerzen. Und hoffentlich habe ich diese Familie wieder vereint«, erklärte Liv und duckte sich unter ihm hindurch in sein Haus. Die Kätzchen waren überall im gesamten Wohnbereich, griffen die Vorhänge an oder rangelten um eine von Rorys Socken. »Oh, und diese Frau hat den Bauunternehmer total manipuliert und Macht über ihn ausgeübt. Ich sorge nur für Gerechtigkeit. Das ist genau mein Job und das habe ich gerade getan. Wenn das falsch gewesen sein sollte, was ich getan habe, dann handelt die Polizei auch falsch, wenn sie böse Menschen davon abhält, schlimme Dinge zu tun.«

Rory schloss die Tür und war nicht amüsiert über Livs leichtfertigen Kommentar.

DIE DICKKÖPFIGE FÜRSPRECHERIN

Sie hatte sich auf den Boden plumpsen lassen und Junebug geschnappt, der nun ihr langes Haar bearbeitete. »Ich kann nicht glauben, dass du die Kätzchen loswerden willst.«

»Ich werde sie nicht los«, erklärte Rory rundheraus. »Ich lasse sie in ein gutes Zuhause adoptieren. Es ist an der Zeit. Sie sind endlich alt genug.«

Liv runzelte die Stirn. »Ich werde sie vermissen. Aber ich stimme dir zu, diese Frau war schrecklich. Kein gutes Zuhause.«

»Junebug bleibt«, sagte Rory mit einem Seufzer und nahm auf seinem Stuhl Platz. Er ächzte unter seinem Gewicht.

Liv hielt das Kätzchen vor ihr Gesicht, als ob es der König der Löwen wäre. »Jippie! Du darfst bleiben! Du bist der Auserwählte.«

Rory rollte mit den Augen. »Man kann Menschen nicht ändern, weißt du?«

»Ich kann das schon«, argumentierte sie.

»Diese Frau wird jetzt die Dinge tun, die du ihr gesagt hast, aber später wird sie wieder so werden, wie sie war«, erklärte Rory.

»Nun, ich bin optimistisch, dass sich einige der Veränderungen durchsetzen werden«, vermutete Liv. »Vielleicht gefällt es ihr ja, gute Dinge wie Spenden zu tun, und sie wird es wieder machen.«

Rory schüttelte den Kopf. »Magie kann deine Probleme nicht lösen.«

»Hat sie auch nicht«, konterte sie. »Sie hat deines gelöst. Und ich habe es sehr gern getan.«

Ein Klopfen an der Tür veranlasste Rory, seinen Kopf zurückfallen zu lassen. »Nicht noch mehr Leute, die Kätzchen sehen wollen. Ich habe diese Interviews satt. Tu mir einen Gefallen und sage demjenigen, der da draußen steht, er soll morgen wiederkommen.«

Liv stand auf und drückte Junebug an ihre Brust. »Meine Güte, wie viele Leute hast du heute schon abgewiesen?«

»Das willst du gar nicht wissen«, murmelte Rory und schloss die Augen, als wolle er die Spannung abblocken.

Rory hatte Liv noch nie gebeten, etwas für ihn zu tun, also ergriff sie die Gelegenheit, die Leute wegzuschicken.

Als sie jedoch die Tür öffnete, war auf der anderen Seite der Schwelle niemand, der ein Kätzchen adoptieren wollte. Dennoch hatte Liv ihre Befehle und sie wollte sie ausführen.

»Entschuldigung, kommen Sie morgen wieder«, sang Liv. »Hat Rory gesagt.«

Bermuda Laurens drängte sich mit ihrer Reisetasche an Liv vorbei ins Wohnzimmer, einen großen, mit Blumen bedeckten Hut auf dem Kopf.

»Mama!«, rief Rory aus und richtete sich auf. »Du bist wieder da.«

»Und du willst mich direkt wieder loswerden«, antwortete Bermuda und zog ihre Handschuhe mit gespitzten Lippen aus.

Rory bedachte Liv mit einem schnellen Blick. »Ich wollte dich nicht wegschicken.« Er richtete seine Aufmerksamkeit auf Bermuda. »Ich sagte Liv, sie solle jeden wegschicken, der die Kätzchen adoptieren wolle, aber sie kommt mit Anweisungen nicht gut zurecht.«

Bermuda räusperte sich laut. »Das hätte ich dir auch sagen können, mein Lieber.«

Liv hob Junebug hoch und flüsterte laut neben seinem Gesicht: »Man versucht, jemandem zu helfen und das ist der Dank dafür.«

DIE DICKKÖPFIGE FÜRSPRECHERIN

Bermuda zeigte eindringlich auf die Couch. »Setz dich, Magierin und spitze deine Ohren. Ich habe Neuigkeiten.«

»Oh, hast du herausgefunden, wie die Geschichte der Sterblichen im Haus ausgelöscht wurde? Oder all die anderen Dinge über Sterbliche und Magie, an die sich niemand erinnern kann?«, fragte Liv, während Junebug auf ihre Schulter kroch und sie als Kissen benutzte.

Bermuda schüttelte den Kopf. »Sie versucht nicht einmal, kooperativ zu sein, oder?«

»Ich glaube nicht, dass sie weiß, wie«, antwortete er, schritt hinüber und holte Liv das Kätzchen von der Schulter.

»Würdest du bitte Platz nehmen, Kriegerin Beaufont?«, sagte Liv mit hoher Stimme und imitierte Bermuda. »Ich habe Neuigkeiten, die ich gerne mit dir teilen möchte, du talentierte und sanfte Seele, die ich bewundere und der ich zutiefst Respekt zolle.«

Als ob sie ein Gespräch mit sich selbst führen würde, drehte Liv sich um und nickte unnachgiebig. »Vielen Dank. Und ich würde sehr gerne hören, was du zu sagen hast, Mrs. Laurens.«

Sie drehte sich wieder um. »Oh, bitte nenn mich doch Bermuda. Wir *sind* doch Freunde, oder nicht?«

Einmal mehr ruckelte Liv herum. »Natürlich, Bermuda. Du bist wie eine Mutter zu mir.«

Bermuda stampfte mit dem Fuß auf den Boden, schüttelte den Kopf und starrte ihren Sohn an. »Bist du ganz sicher, dass diese Magierin keine Geisteskrankheit hat?«

Er zuckte die Achseln. »Natürlich nicht. Ich habe so etwas schon selber vermutet.«

Wieder deutete Bermuda auf die Couch. »Liv, nimm Platz. Ich muss bald wieder los und habe nicht den ganzen Tag Zeit, die Ergebnisse weiterzugeben. Wie ich schon sagte, es ist ziemlich weltbewegend und wird unsere Nachforschungen völlig verändern.«

Nun hatte Bermuda ihre Aufmerksamkeit. Liv nahm auf der Couch Platz und schaute erwartungsvoll zu der Riesin auf. »Ich kann es kaum erwarten. Und dann möchte ich dir erzählen, was ich über Sterbliche herausgefunden habe, die Magie sehen können.«

Bermuda nickte. »Das ist es eigentlich, was auch meine Entdeckung beinhaltet. Nur ganz bestimmte Sterbliche können Magie sehen.«

»Richtig«, stimmte Liv zu, »diejenigen, die mit den Sterblichen Sieben verwandt sind.«

Bermuda knurrte tatsächlich. »Ja, ich weiß. Das wollte ich dir gerade erzählen.«

»Oh.« Liv beugte sich vor. »Nun, was hast du noch entdeckt?«

Die Riesin schüttelte den Kopf. »Das war alles.«

Liv lehnte sich auf der Couch zurück. »Ja, das war auch für mich ziemlich weltbewegend, als ich davon erfahren habe.«

Rory nahm die Tasche seiner Mutter, als er die Frustration in ihrem Gesicht las. »Warum setze ich nicht etwas Tee auf?«

»Du solltest mir lieber Bourbon in meinen schütten«, sagte Bermuda und warf Liv einen tödlichen Blick zu, als sie sich auf Rorys Stuhl setzte.

»Wie bist du darauf gekommen, dass nur die Sterblichen Sieben Magie sehen können? Hast du einen von ihnen gefunden?«, fragte Liv Bermuda, als Rory in die Küche ging.

Die Riesin riss sich den Hut vom Kopf, wobei ihre zerdrückten Locken aufgeplustert wurden. »Nein, nein, nicht doch. Das wäre zu schwierig. Stattdessen habe ich den

Globus nach dem ältesten lebenden Fae der Welt abgesucht. Ein sehr seltsamer Bursche, der an einem so abgelegenen Ort lebt, dass es mich viel Mühe gekostet hat, zu ihm zu gelangen. Wie ich vermutet habe, war sein Gedächtnis nicht manipuliert worden und er hatte immer noch Erinnerungen an Dinge, die andere nicht haben. Ich glaube, dass sein gesunder Lebensstil und seine Entfernung von der Gesellschaft der Grund dafür sind. Er wusste nicht, wie der Erinnerungszauber auf andere wirken konnte oder wie die Geschichte ausgelöscht wurde, aber er wusste, warum einige Sterbliche Magie sehen konnten, auch wenn er die spezifischen Gründe nicht kannte, weshalb andere nicht dazu in der Lage waren. Er hat mir von den Sieben Sterblichen erzählt und alles ergab plötzlich Sinn.«

Rory kam ins Wohnzimmer, eine Schürze um die Taille gebunden und trug ein Teetablett.

»Wie bist *du* an diese Informationen gekommen?«, wollte Bermuda im Gegenzug wissen und nahm Tasse und Untertasse, die Rory ihr anbot.

»Irgendwie, ich habe einfach nur geraten«, antwortete Liv und wartete darauf, auch Tee gereicht zu bekommen. Doch Rory marschierte zurück in die Küche, ohne sie zu bedienen.

Bermuda beäugte den Tee, als hätte er etwas Beleidigendes zu ihr gesagt. »Du hast geraten …?«

»Nun, ja«, nickte Liv und nahm selbst eine Tasse. »Und jetzt hast du es bestätigt.«

»Ich bin froh, dass ich den ganzen Weg vom Rand der Erde zurückgereist bin, um deine Vermutungen zu bestätigen«, erklärte Bermuda.

»Du hättest anrufen können«, schlug Liv vor.

Die Riesin tat so, als hätte sie das nicht gehört und blies auf ihren heißen Tee.

»Nun, wir glauben auch, dass von der Spitze des Matterhorns etwas übertragen wird, das andere Sterbliche davon abhält, Magie zu sehen«, erzählte Liv weiter und nahm eines der Scones-Gebäckstücke von dem Tablett. »Aber es funktioniert nicht bei den Sieben Sterblichen, von denen ich einen ganz zufällig gefunden habe.«

»Das Glück scheint voll auf deiner Seite zu sein«, murmelte Bermuda ärgerlich. »Diese Vorstellung, dass ein Ding etwas überträgt ... ist das eine weitere Vermutung von dir?«

»Nein, ich habe mich an die Wissenschaft gewandt. Ich habe tatsächlich die Gehirne zweier Sterblicher von einem Experten scannen lassen«, erläuterte Liv. »Er glaubte, dass ein andauernd gesendeter Zauberspruch die Antwort sein könnte.«

Bermuda nahmen einen Schluck, als Rory mit einem Teller Sandwiches wieder in den Raum kam. Er bot sie seiner Mutter an, aber sie winkte ab. Als Liv nach einem davon greifen wollte, drehte er sich um und eilte zurück in die Küche.

»Ich wollte sowieso keines«, rief Liv ihm nach.

»Das ist ein ziemlicher Fortschritt, den du in meiner Abwesenheit gemacht hast«, sagte Bermuda, nachdem sie ihre Tasse geleert hatte.

»Nun, ich muss immer noch das Matterhorn besteigen, obwohl Rory meint, ich sollte warten, bis ich mehr weiß. Ich bin sicher, du denkst auch, dass es im Moment unklug wäre, dorthin zu hetzen, um nachzuforschen.«

»Nein.« Bermuda wischte ihre Mundwinkel ab. »Alles, was dich in Lebensgefahr bringt, ist mir recht.«

Rory kam mit einem weiteren Tablett zurück, das mit Schokokeksen in der Größe von Livs Gesicht beladen war. Sie war überrascht, als er ihr zuerst etwas anbot.

Sie hob skeptisch eine Augenbraue und fragte: »Willst du die nicht zuerst deiner Mutter anbieten? Wenn ich versuche, einen zu nehmen, rennst du dann weg?«

Rory seufzte. »Mama kann keine Schokolade essen, ohne schlecht darauf zu reagieren und ich habe dir die Sandwiches nicht angeboten, weil Süßes deine Magie besser wiederherstellen kann. Ich wollte nicht, dass du dich mit Brot vollstopfst, wenn das hier besser für dich ist.«

Liv nahm einen der Kekse und staunte über die Größe. »Du wolltest nicht, dass mir ein Sandwich den Appetit auf den Nachtisch verdirbt. Ich mag diese verkehrte Welt.«

Bermuda stand abrupt auf und schnippte mit den Fingern. »Ich gehe jetzt besser. Wo ist meine Tasche, mein Sohn?«

»Aber du bist gerade erst angekommen«, argumentierte er. »Willst du nicht bleiben und dich ausruhen?«

»Nein«, erklärte Bermuda lautstark. »Ich bin in der Geschichtsfrage noch immer nicht weitergekommen und es scheint, dass mein Grund für die Rückkehr reine Zeitverschwendung war, da du die Informationen, die ich für dich hatte, bereits kanntest.«

»Aber wenn wir unsere Gesichter wiedersehen, macht das alles doch wieder wett, oder?«, fragte Liv provokant und nahm noch einen weiteren Bissen von dem noch warmen Schokoladenkeks – einer der Besten, den sie je in ihren Mund genommen hatte.

»Rory, wie du überhaupt etwas zustande bringst, wenn sie hier herumsteht, werde ich nie begreifen«, sagte Bermuda und nickte in Livs Richtung.

»Da wir gerade davon sprechen«, warf Liv ein und zupfte einen weiteren Happen aus dem Schokoladenkeks, »was macht dein Sohn eigentlich beruflich? Er wollte, dass ich dich dazu befrage.«

»Nein, wollte ich nicht«, antwortete Rory sofort. »Sie versucht, diese Information aus dir herauszulocken, weil sie nicht aufmerksam genug ist, um es allein herauszufinden.«

»Ja, das scheint mir richtig zu sein.« Bermuda summte, als sie sprach.

»Richtig«, brummelte Liv mit vollem Mund. »Ich bin nur ein Clown. Ihr seid beide so klug. Wie kommt diese stümperhafte Magierin nur durchs Leben, ohne sich umbringen zu lassen?«

Bermuda nahm die Tasche, die Rory ihr reichte und nickte. »Jetzt hast du es endlich begriffen.«

»Oh, und bevor du gehst«, fuhr Liv fort, »hast du irgendwelche Tipps, wie man mit Vampiren umgeht?«

Bermuda hielt auf dem Weg zur Tür inne, ihr Rücken versteifte sich. Sie drehte sich zu Rory um. »Sohn, was hast du in die Kekse getan?«

»Das Übliche«, antwortete er.

»Keine Halluzinogene?«, äußerte Bermuda ihre Befürchtungen.

»Nun, sie hat nicht Geburtstag«, antwortete er.

»Woher willst du das wissen?«, argumentierte Liv. »Du weißt nicht, wann ich Geburtstag habe.«

Bermuda sah sie verstimmt an. »Erster September. Du wurdest gegen 10.30 Uhr vormittags geboren, eine Woche vor dem Geburtstag deiner Mutter.«

»Woher wusstest du das?«, fragte Liv ehrfürchtig wegen dieser Besonderheit.

Mit einem Seufzer sagte Bermuda: »Ach, komm schon. Ist das nicht offensichtlich, wenn man dich nur ansieht?«

Liv schoss herum und betrachtete sich selbst im Spiegel an der Wand. »Mmmh, nein, ich glaube nicht, dass es offensichtlich für Leute ist, die keine seltsamen Riesen sind.«

DIE DICKKÖPFIGE FÜRSPRECHERIN

»Also, was hat es mit Vampiren auf sich?«, verlangte Bermuda Auskunft. »Du brauchst dich nicht mehr mit ihnen zu befassen, da sie nicht mehr existieren.«

»Die Sache ist die, sie sind offenbar wieder da«, teilte Liv mit. »Wir haben eine Frau gefunden, die in Frankreich angegriffen wurde.«

Die Stirnfalten auf der Stirn Bermudas vertieften sich. »Du irrst dich ganz sicher. Vampire sind seit langer Zeit ausgestorben. Da keiner mehr existiert, ist es schlicht unmöglich, dass jemand von einem angegriffen wird.«

»Das ist solide Logik«, erklärte Liv. »Und doch bin ich mir sicher, dass sie zurück sind. Vielleicht wurde einer übersehen, als sie ausgerottet wurden.«

Bermuda zuckte die Achseln. »Könnte sein. Es waren Krieger aus dem Haus der Sieben, die sie losgeworden sind und wir wissen immerhin beide sehr gut, wie fehlerhaft sie arbeiten.«

»Du mehr als alle anderen«, warf Liv sofort ein.

»Nun, wenn du *es doch einmal* mit Vampiren zu tun bekommst, mache dir Notizen über ihr Verhalten, ihre Routinen und ihr Aussehen«, befahl Bermuda. »Meine Erfahrung mit ihnen ist begrenzt, da sie alle verschwunden waren, ehe ich dazu kam, *Mysteriöse Kreaturen* zu schreiben. Ich würde dieses Kapitel gerne erweitern, wenn ich mehr Informationen darüber bekomme.«

»Sicher, ich bin dir bei deinen Forschungen über tödliche Kreaturen voll und ganz behilflich«, schnaubte Liv. »Oh und ich werde versuchen, dabei nicht zu sterben.«

Bermuda setzte sich ihren Hut auf den Kopf und öffnete die Haustür. »Nur nicht zu ehrgeizig werden, Liebes!«

Kapitel 4

Ich bin sicher, du wirst mir auch sagen, dass ich verrückt bin und es keine Vampire gibt«, sagte Liv zu Plato, ihr Gesicht voll konzentriert bei dem Versuch, einen Draht an ein Gerät zu löten, das Shane aus dem Leihhaus zur Reparatur gebracht hatte.

Der Kater gähnte und streckte die Vorderpfoten aus. »Es gibt viele Dinge, die einen verrückt machen, aber das gehört nicht dazu.«

»Glaubst du mir?«, fragte Liv. Bermuda und Rory hatten sie nur scheinbar wegen der ganzen Vampir-Idee bei Laune gehalten, der Unglaube war ihren Gesichtern deutlich anzusehen, als sie ihnen erklärte, was in Frankreich geschehen war.

»Ich war dort«, erinnerte Plato.

Liv nickte nachdenklich. »Ich vergesse, dass du manchmal da bist, obwohl ich dich nicht sehen kann.«

»Ich weiß, dass du das tust«, stimmte Plato zu. »Deshalb bohrt man auch in der Nase, wenn man denkt, man sei allein. Das ist eine Sache, die dich verrückt macht.«

»Und die Tatsache, dass ich mit einer Katze spreche, die mich immer dann beobachtet, wenn ich denke, dass ich allein bin«, argumentierte Liv. »Also, was weißt du alles über Vampire?«

»Dass du dich von ihnen fernhalten solltest.«

Liv lachte. »Guter Ratschlag. Irgendeine andere weise Weisheit?«

»Du benutzt nicht genug Zahnseide«, bemerkte Plato hilfreich. »Und mit ›genug‹ meine ich überhaupt keine. Du hast gehört, was der Zahnarzt gesagt hat.«

»Nein, aber anscheinend du, du Stalker-Tier.«

»Vierzig Prozent deiner Zähne verstecken sich unter dem Zahnfleisch, wenn du also keine Zahnseide benutzt, fehlt dir bald fast die Hälfte.«

Liv legte den Lötkolben weg und spitzte die Lippen. »Hast du schon einmal darüber nachgedacht, dir ein Hobby zuzulegen? Oder vielleicht ein Nickerchen machen wie normale Katzen? Irgendetwas zu tun, außer mich zu beobachten?«

»Während du schläfst, arbeite ich an einem Roman«, vermittelte Plato.

»Oh, nun, das ist schon etwas. Worum geht es?«, fragte sie die schwarz-weiße Katze.

»Um dich«, antwortete er einfach.

Sie atmete heftig aus und wischte sich die Haare von der Stirn. »Und die Leute behaupten, ich sei komisch.«

»Du solltest hören, was sie hinter deinem Rücken sagen«, entgegnete Plato, sprang auf den Boden und verschwand in den hinteren Bereich.

Keine Minute später öffnete sich die Eingangstür zum Geschäft und John und ein anderer Mann rollten einen großen alten Flipperautomaten herein.

»Wow, das ist eine Schönheit«, meinte Liv und ging hinüber, um ihnen zu helfen.

John lächelte breit, als sie ihn an einen freien Platz vorne brachten. »Ich dachte, er würde dir gefallen. Und er war ein totales Schnäppchen.« Er winkte dem Mann zu, der ihm geholfen hatte, ihn reinzubringen. »Danke, Mack. Ich schulde dir eine Pizza.«

»Jederzeit, John«, sagte der Typ, als er den Laden verließ.

»Funktioniert er?«, wollte Liv wissen und inspizierte die Maschine. Es war ein ›Wonder Wizard Demolition Derby Pinball‹-Flipper.

John schüttelte den Kopf. »Nein, aber ich glaube, er hat noch alle Originalteile von 1977.«

»Das ist ziemlich beeindruckend«, antwortete Liv ehrfürchtig. »Normalerweise muss in diesen Dingern etwas ersetzt werden, wenn sie so alt sind.«

John fuhr mit seiner Hand über seinen fast kahlen Kopf. »Die Sache ist die. Ich weiß nicht, ob ich damit richtig liege, aber ich glaube, er wurde das letzte Mal mithilfe von Magie repariert und damit ist er auch gelaufen.«

»Was?«, fragte Liv und nahm das Rückteil ab, um die Maschine zu inspizieren. »Woher weißt du das?«

John zuckte mit den Achseln, als Pickles von hinten kam und seinen Herrn ankläffte. »Ich hatte einfach so ein Gefühl. Es ist schwer zu erklären.«

Ähnliches hatte er gesagt, als Liv ihre Magie wiederbekommen hatte. Er sagte, er könne sie so empfinden wie damals, als er mit Chloe verheiratet war – der Magierin, die ihn verlassen hatte, weil er sterblich war und ihr Leben nie verstehen würde.

Nachdem Liv einen Blick auf das Innenleben der Maschine geworfen hatte, wusste sie, dass John recht hatte; Magie *war* eingesetzt worden, um den Flipperautomaten zu reparieren. Er sah aus wie die Dinge, die sie mit Magie repariert hatte. Es war schwer zu erklären, aber Liv wusste jetzt, was John meinte.

Sie kam hinter der Maschine hervor und sah ihn an. »Das wird eine schwierige Reparatur.«

Er nickte. »Irgendwie dachte ich mir das, als ich die Maschine gesehen habe. Die Magie ist nicht so sehr das

Problem, sondern vielmehr, dass Dinge auf irgendeiner Ebene von Hand gemacht werden müssen, um sie zum Laufen zu bringen.«

»Und bevor nicht die Magie von der Maschine entfernt ist, was sie, wie ich spüre, dazu bringt, alle möglichen seltsamen Dinge zu tun«, vermutete Liv.

»Oh, ja«, stimmte John zu. »Du hättest sehen sollen, wie das Gerät von allein spielte, als ich es zum ersten Mal angeworfen habe. Die letzten Besitzer dachten, die Maschine sei besessen.«

Liv blinzelte zum Flipperautomaten und schüttelte den Kopf. »Ich habe keine Ahnung, wie man dieses Ding repariert. Die Verbindungen sind kompliziert.«

John hob stolz seine Brust. »Da komme ich ins Spiel. Wenn du die Magie entfernst, kann ich die Reparaturen durchführen. Allerdings muss ich vielleicht ein paar neuere Teile verwenden.«

»Das klingt, als wären wir das perfekte Team«, bestätigte Liv und dachte dabei an die Inschrift in ihrem Kriegerring. Der Satz schien sie in letzter Zeit zu verfolgen und hallte oft in ihrem Kopf wider: *Gemeinsam sind wir stark und ausgeglichen.*

In der magischen Welt wurden die Sterblichen so oft als schwache Wesen gesehen, wertloser als Magier, Elfen, Gnome und die anderen Rassen. Je mehr sie jedoch nachforschte, desto mehr schien das eine Propaganda zu sein, die von jemandem im Haus inszeniert wurde, der die Sterblichen aus dem Weg haben wollte. Als Magierin war sie mächtig, aber diese Stärke konnte auch blind machen, dachte sie oft. Es waren Menschen wie John, die zum Ausgleich beitrugen. Die Sterblichen kannten die Mechanismen hinter den Dingen und ohne sie war es unmöglich, herauszufinden, wie die Dinge funktionierten.

»Dieser Flipper wird, wenn er erst repariert ist, einen hohen Preis erzielen.« John gluckste vor Freude. »Ich denke, dass viele Käufer daran interessiert sein werden.«

»Denkst du darüber nach, ihn auf eine dieser Auktionen zu bringen, von denen du gesprochen hast?«, fragte Liv.

John tätschelte Pickles am Kopf. »Ich denke darüber nach. Mit dem zusätzlichen Geld könnten wir dann die Klimaanlage aufrüsten. Bevor man sich versieht, ist der Sommer da und die alte macht es nicht mehr lange.«

»Warum lässt du nicht mich das mit der Klimaanlage erledigen und buchst stattdessen die Angeltour, die du im Auge hast?«, schlug Liv vor.

John war die Überraschung anzusehen. »Woher weißt du davon?«

Liv zeigte auf das Magazin, das zusammengefaltet zur Hälfte aus seiner Gesäßtasche ragte. »Ich bin ein Detektiv, was soll ich sonst sagen?«

Er lachte. »Okay, schon gut. Aber wenn ich in Urlaub fahre, dann brauchst du auch frei.«

Liv schüttelte den Kopf. »Es geht mir gut. Ich bin gerade aus Frankreich zurückgekommen und es sieht so aus, als müsste ich wahrscheinlich bald dorthin zurück.«

Er pfiff und schüttelte den Kopf. »Du hast schon ein lustiges Leben, nicht wahr? Mit deiner Portalmagie kannst du gehen, wohin du willst.«

Liv lächelte. »Ja, aber mit dir macht es mehr Spaß.«

Kapitel 5

Es spielte keine Rolle, wie oft Liv den Flur im Haus der Sieben entlang lief – sie staunte jedes Mal über die goldenen Wände, auf denen die alte Sprache der Gründer tanzte. Sie hatte immer gedacht, dass die Leute die Gründer meinten, wenn sie von den sieben Familien sprachen, die das Haus der Sieben gegründet hatten, das die Magie schützen sollte. Die Sinclairs, Beaufonts und Takahashis waren drei dieser ursprünglichen Familien, auf die Liv immer stolz gewesen war. Nun wusste sie jedoch, dass es nicht sieben, sondern vierzehn Familien gegeben hatte und Johns Familie, die Carraways ebenfalls Gründer gewesen waren.

Liv glitt mit ihren Fingern über die Symbole und sie tanzten und leuchteten, während sie vorbeiging. Sie konnte immer noch nicht alle Symbole erkennen, aber manchmal gelang es ihr bei einem oder zweien. Mit dem Kriegerring konnte sie die Sprache lesen, aber es stand nur selten etwas da, das sie noch nicht wusste. Die Worte hier sprachen von der alten Kammer und an der Wand in der Bibliothek war aufgezeichnet, was zum Öffnen der Kammer nötig war. In der Kammer befanden sich die Namen der vierzehn Gründerfamilien und das war der einzige bekannte Ort, an dem man sie sehen konnte. Liv hatte jedoch das Gefühl, dass die von den Gründern entwickelte Sprache auch an anderen Orten geschrieben stehen musste, vor langer Zeit vergraben von dem, der dieses Geheimnis und die wirkliche Geschichte vertuschen wollte.

Im Gegensatz zum Eingang, der nur für Krieger und Ratsherren so beleuchtet war, wie sie ihn sah, erfüllte die schwarze Leere zwischen der Kammer des Baumes und dem Wohntrakt Liv mit Vorahnungen. Sie blieb am Ende des Ganges stehen, ihr Geist drängte sie weiter zur Tür der Reflexion zu eilen, aber der andere Teil hielt ihre Füße am Boden fest, während sie auf die wirbelnde Schwärze starrte. Sie hatte keine Ahnung, warum sie sie als wirbelnd empfand, denn es war alles schwarz. Es ging eher darum, wie sie sich fühlte – so als sei sie gerade aus einer Achterbahn gestiegen und ihr Magen hatte sich umgedreht.

Liv beugte sich vor und hätte schwören können, dass sie Geräusche aus der Schwarzen Leere gehört hatte. Ein Atmen – langer, rauer Atem, der in der Brust zu rasseln schien.

Sie zitterte und sprang etwas zurück, als Plato sich an ihrer Seite materialisierte. »Bitte sag mir, dass du es auch sehen kannst und es nicht nur in meiner Einbildung existiert.«

»Was sehen?«, fragte er.

Liv schoss ihm einen angewiderten Blick zu.

»Ja, ich sehe es«, kicherte er. »Und nein, ich weiß immer noch nicht, was es ist, nur, dass du dich davon fernhalten solltest. Wenn wir nicht wissen, was es ist und niemand sonst es sehen oder hören kann, ist es meist gefährlich.«

»Diese Beschreibung trifft auch auf dich zu«, scherzte Liv. »Soll ich mich auch von dir fernhalten?«

»Du könntest es versuchen«, erwiderte er.

»Gut, ich werde mich fernhalten, aber ich denke, es sollte berücksichtigt werden, dass es jedes Mal anders ist, wenn ich hierherkomme.«

»Das ist gar nicht so merkwürdig«, bemerkte Plato. »Das Haus wurde mit Hilfe von Magie erbaut. Es ist weniger eine physische Struktur als vielmehr ein organisches Wesen. Es verändert sich je nachdem, wer darin wohnt und was derjenige tut.«

»Erzähle mir mehr«, wünschte sich Liv, als sie bemerkte, dass sie spät dran war. Der Rat mochte es sehr, wenn sie wie üblich zu spät auftauchte, besonders Adler.

»Nun, zum Beispiel seit Sophia das Ei ins Haus gebracht hat, denke ich, dass es sich anders verhält«, erklärte Plato. »Das Ei birgt eine ganze Menge Potenzial. Wenn du dich umsiehst, wirst du feststellen, dass einige Räume größer sind als zuvor, als Vorbereitung auf den Neuankömmling.«

Liv warf einen Blick auf die breite, hohe Tür zum Wohntrakt und fand die Untersuchung der Veränderungen interessant. »Das ist faszinierend. Was kannst du mir noch Wichtiges über das Haus erzählen?«

»Dass Clark in der Kammer des Baumes derzeit mit Adler über deinen nächsten Fall streitet. Dieselbe Geschichte wie beim letzten Mal.«

Liv seufzte. »Clark will mich beschützen und Adler versucht, mich auf eine Todesmission zu schicken?«

»Ja«, antwortete Plato. »Diese Dinge bleiben hier konstant.«

»Woher weißt du, was in einem anderen Raum vor sich geht, wenn du genau hier bist?«, musste Liv einfach fragen.

»Würdest du glauben, dass ich eine Zeitmaschine besitze?«

Liv lachte. »Gut, sag es mir nicht. Ich mag deine Geheimnisse. Hast du noch etwas für mich, bevor ich vor den Rat trete?«

»Behalte Emilio im Auge«, riet Plato.

»Weil?«, hakte sie nach.

»Weil ich es dir gesagt habe«, meinte er trocken und verschwand.

Liv rollte mit den Augen, denn sie hätte mit dieser Antwort rechnen müssen. Sie trat durch die Tür der Reflexion, bereit für die seltsame traumähnliche Erfahrung, die ihre Gefühle durcheinander brachte.

Sie tauchte am Gipfel eines Hügels auf. Im Westen näherte sich die Sonne dem Horizont und bemalte den blauen Himmel mit rosa und orangen Farbtönen. Um sie herum erstreckten sich kilometerweit grüne Hügel. Die Gegend, in der sie sich befand, war unberührt von Menschenhand. Es gab keine Gebäude oder irgendetwas, das Hinweise darauf geben könnte, dass sich Menschen in diesem Gebiet aufhielten.

Zuerst dachte Liv, sie sei in Irland oder Schottland, aber aus irgendeinem Grund schien das nicht richtig zu sein. Es war, als befände sie sich auf unbekanntem Gebiet, an einem Ort, von dem niemand etwas wusste. Oder vielleicht nur einige wenige.

Sie genoss die einzigartige Schönheit und den sanften Wind in ihrem Gesicht und auf ihren Handrücken. Dann war da noch ein Heulen des Windes in ihrem Rücken. Liv drehte sich um und duckte sich im selben Moment, um zu vermeiden, dass die Bestie in sie hineinflog.

Ihr Herz schlug bis zum Hals und ihre Atmung ging unregelmäßig. Sie drückte ihr Gesicht auf den feuchten Boden und fragte sich, ob das, was sie gerade gesehen hatte, möglicherweise real sein könnte. Als das geflügelte Wesen vorbei war, scannte Liv die Hügellandschaft und stellte sicher, dass kein anderes auftauchen und mit ihr kollidieren könnte.

Sie stand auf und verschluckte sich fast beim nächsten Atemzug. Vor ihr, auf die untergehende Sonne zufliegend, befand sich das bei Weitem unglaublichste Tier, das sie je gesehen hatte. Ein großer blauer Drache, dessen Flügel rhythmisch schlugen, während er über das Land flog. Aber noch unglaublicher als das majestätische Tier war das souveräne Mädchen, das auf ihm saß.

Viel schöner als der Drache war seine Reiterin, ganz in Leder gekleidet, das lange blonde Haar wogte hinter ihr her. Sophia Beaufont war ein herrlicher Anblick, wie sie selbstbewusst auf dem Drachen mit den schimmernden blauen Schuppen ritt, dessen langer Schwanz förmlich hinter ihr im Wind tanzte.

Kapitel 6

Liv war immer noch desorientiert, als sie die Kammer des Baumes betrat, seltsame Bilder der erwachsenen Sophia tanzten in ihrem Kopf. Sie wusste, dass es nicht real war, aber das spielte keine Rolle. So war die Tür der Reflexion einfach. Es fühlte sich an wie ein Erlebnis, das bereits geschehen war; als ob es in Liv leben würde und Teil ihrer Geschichte war. Und obwohl sie beim Passieren der Tür der Reflexion schon Schlimmeres gesehen hatte, erfüllte es Liv aus irgendeinem Grund mit Furcht, Sophia als Drachenreiterin zu sehen. Sie fühlte sich dadurch klein und verlassen. Das Drachenei war noch nicht einmal geschlüpft und Liv vermisste ihre kleine Schwester bereits, als wäre sie schon seit Ewigkeiten fort.

Liv schüttelte Bilder und Gefühle ab und nahm ihren Platz ein, wohl wissend, dass Adler ihr einen angewiderten Blick zuwarf. Emilio Mantovani und Maria Rosario waren die einzigen beiden Krieger, die mit ihr anwesend waren.

»Die Elfenverhandlungen«, sagte Adler mit gelangweilter Stimme. »Glaubst du, dass du die Dinge regeln kannst, Miss Rosario?«

Die Kriegerin nickte zuversichtlich. »Ja, ich weiß, dass ich es kann.«

»Sei dir da nicht so sicher«, erklärte Adler. »Viele sind in letzter Zeit gescheitert, aber wenn du Fortschritte machen kannst, wird uns das davor bewahren, noch mehr tödliche Kräfte einsetzen zu müssen.«

DIE DICKKÖPFIGE FÜRSPRECHERIN

Was war tödlicher als ein Krieger?, wunderte sich Liv, ihre Augen schweiften zu Maria. Sie war wunderschön mit ihren hohen Wangenknochen und ihrem seidigen, langen, schwarzen Haar. Liv hatte sich noch nie mit ihr unterhalten, da sie nicht das zugänglichste Gemüt hatte. Maria schien die ganze Zeit irgendwie beschäftigt.

Da bemerkte sie, dass Emilio die Kriegerin mit verächtlichem Blick ansah.

Sie wusste zu wenig über Emilio, obwohl sie sich daran erinnern konnte, mit ihm und Bianca gespielt zu haben, als sie jünger waren. Es hatte nie sehr viel Spaß gemacht und die beiden hatten sich immer beschwert, dass Liv die Regeln gebrochen oder nicht richtig gespielt hatte. Liv blickte zu Bianca, die sie mit selbstgefälligem Gesichtsausdruck anstarrte.

Manche Dinge ändern sich nie, dachte Liv.

»Miss Beaufont, du bist spät dran«, bemerkte Adler.

»Ich wollte dir und Clark Zeit geben, euren Disput zu beenden«, beschloss Liv zu sagen. »Seid ihr jetzt fertig?«

Die Überraschung war Clark anzusehen. Auch Adler schien verärgert über die Tatsache, dass sie Bescheid wusste.

»Unsichtbarkeitszauber sind im Haus der Sieben nicht erlaubt«, warnte Adler.

»Mit dieser Regel bin ich mehr als einverstanden«, erklärte Liv mit Blick auf den Albino. »Ich verbringe viel Zeit damit in der Nase zu bohren, wenn ich denke, dass niemand in der Nähe ist und es wäre ziemlich peinlich, herauszufinden, dass mich jemand beobachtet, während ich mich durch die Gärten schleiche und bohre ...«

»Wirklich, würdest du bitte etwas Anstand bewahren?«, beschwerte sich Bianca kreischend.

Hätte Plato nicht zu Liv gesagt, sie solle aufpassen, hätte sie vielleicht das verärgerte Schlurfen von Emilios Füßen nicht bemerkt. Sie warf ihm einen Blick zu und sah, dass seine Augen an der Decke ruhten, als würde er versuchen, all die Tausende von Lichtern zu zählen, die registrierte Zauberer darstellten.

»Reden wir nicht über Miss Beaufonts Verhalten.« Adler seufzte und durchstöberte sein Tablet. »Ich denke, wir alle wissen, dass sie sich zu diesem Zeitpunkt unmöglich wie eine reife Erwachsene verhalten kann.«

»Ihr habt einen Fall für mich?«, fragte Liv.

»Das haben wir und du wirst ihn zugewiesen bekommen, sobald wir mit Mister Mantovani fertig sind, der im Gegensatz zu dir pünktlich erschienen ist«, führte Adler aus und wandte sich an Emilio. »Es scheint, dass du für die nächste Phase des Projekts bereit bist.«

»Ehrlich gesagt, würde ich gerne …«

»Emilio«, unterbrach Bianca ihn mit schneidendem Tonfall. »Wir haben das doch besprochen!«

Liv spitzte die Ohren.

Er nickte widerwillig. »Prima.«

Adler schien ausnahmsweise einmal außen vor zu sein. Er warf einen Blick auf Bianca und Emilio, als ob ihm etwas fehlen würde. »Ist alles in Ordnung?«

Emilios Mund klappte auf, aber selbst wenn er vorhatte etwas zu sagen, wurde er durch den mörderischen Blick, den seine Schwester ihm zuwarf, abgehalten. Er schüttelte den Kopf. »Nein, ich möchte nur sagen, dass ich für Phase zwei bereit bin.«

»Also gut«, sagte Adler, als die schwarze Krähe in die Mitte des Raumes stürzte und auf den Bodenfliesen landete, um dort zwischen den Fugen zu picken. Die gesamte Aufmerksamkeit der Ratsmitglieder war vorübergehend durch die Anwesenheit der Krähe abgelenkt, von der Liv wusste, dass sie anzeigte, wenn jemand log.

DIE DICKKÖPFIGE FÜRSPRECHERIN

»Du hast deine Notizen«, beeilte sich Bianca zu sagen. »Wir erwarten bald deinen vollständigen Bericht, Krieger Mantovani.«

Er stieß einen langen Atemzug aus, bevor er sich umdrehte und zur Tür der Reflexion ging, die dunklen Augen seiner Schwester in seinem Rücken.

»Nun ja, das war mehr als unangenehm«, flüsterte Liv, allerdings laut genug, dass die sieben Ratsmitglieder es hören konnten.

»Was sagst du?«, fragte Adler und studierte ihr Gesicht.

»Nichts«, zwitscherte Liv.

»Okay, Ratsmitglieder, nehmt bitte eure Notizen zu Miss Beaufonts Fallzuweisung heraus«, befahl Adler.

Haro kratzte sich am Kinn und schüttelte den Kopf. »Ich verstehe immer noch nicht wie.«

»Ich verstehe immer noch nicht, warum es Liv sein muss«, erklärte Clark.

»Ehrlich gesagt, habe ich ähnliche Bedenken«, gab Raina zu. »Wobei, mit einer Erfolgsgeschichte wie der von Kriegerin Beaufont ist sie dennoch meine erste Wahl für diesen Fall.«

Clarks Mund klappte auf, aber bevor er protestieren konnte, nickte Hester. »Ich bin auch einverstanden. Ich denke, die einzigartigen Methoden, mit denen sie in der Vergangenheit Probleme gelöst hat, könnten hier zu ihrem Vorteil sein.«

Die positiven Worte, die von den anderen Ratsmitgliedern gesprochen wurden, ließen weder Clark noch Adler besser aussehen.

»Danke«, sagte Liv, den Kopf leicht geneigt. »Ich weiß eure aufmunternden Worte zu schätzen.«

»Dies ist eine Ratssitzung, keine Motivationsveranstaltung«, maulte Lorenzo und teilte offenbar Adlers schlechte Laune.

»Tatsache bleibt, dass wir ein Problem haben. Egal ob wir glauben, dass Kriegerin Beaufont die ideale Kandidatin ist oder nicht, jemand muss mit diesem Fall betraut werden, bevor er außer Kontrolle gerät.«

Haro nickte. »Ich bin einverstanden. Die ganze Sache ist sehr beunruhigend. Wie konnte das passieren?«

Allgemeines Gemurmel entstand unter den Ratsmitgliedern, Clark schwieg, den Kopf auf die Hände gestützt. Liv musste dies beenden, damit er seine Magensäurehemmer einnehmen und sich für den Rest der Nacht allein ärgern konnte.

»Können wir zu dem Teil kommen, wo ihr mich beauftragt, ein paar Vampir-Neugeborene zu töten?«, warf Liv wegen des zunehmenden Geplappers in den Raum.

Unisono wandten sich alle Gesichter ihr zu, die meisten von ihnen mit verwirrtem Blick.

»Miss Beaufont!«, rief Adler aus. »Wenn wir herausfinden, dass du Spionagezauber verwendest, um unsere privaten Treffen zu untergraben, werden wir ernsthafte Maßnahmen ergreifen müssen.«

»Was ist, wenn du einfach akzeptierst, dass ich hervorragend darin bin, festzustellen, dass es einen tödlichen Fall gibt, den du, Mister Sinclair, unbedingt mir zuweisen möchtest«, konterte sie.

»Alle Fälle, in denen Krieger eingesetzt werden, gelten als gefährlich«, erklärte er.

»Ich erinnere mich gut an die Mission, als ich die Feenwesen katalogisieren sollte«, argumentierte Liv. »Das einzig Gefährliche daran war das Risiko, dass ich aus Langeweile in den Gärten einschlafen und mit von einem der süßen Wesen geflochtenen Haaren aufwachen würde.« Liv schüttelte den Kopf, ihr langes blondes Haar fiel ihr ins

Gesicht. »Ich könnte es nicht ertragen, dass mein Haar geflochten ist.«

»Ungefähr so wie angemessenes Verhalten«, bemerkte Bianca.

»Liv, woher wusstest du, dass wir dir den Vampirfall zuweisen würden?«, wollte Raina wissen.

»Das war reine Spekulation«, antwortete sie wahrheitsgemäß. Die Krähe hatte sich auf den Weg zur anderen Seite des Raumes gemacht, wo sie etwas in einer dunklen Ecke der Kammer untersuchte.

»Woher wusstest du von den Vampiren?«, forderte Haro Aufklärung. »Wir dachten, sie seien ausgestorben.«

Liv nickte. »Ja, das hatte ich auch gehört und deshalb war ich überrascht, als ich während meines Urlaubs in Frankreich eine Frau fand, die von einem Vampir gebissen worden war.« Sie wollte nicht erwähnen, dass sie mit Stefan zusammen dort war, denn das würde nur Fragen aufwerfen, die sie nicht beantworten wollte.

»Du hast die Frau gefunden?«, erkundigte sich Hester.

»Ja, aber sie war bereits tot«, antwortete Liv. »Dann habe ich ein paar Vermutungen durchgespielt, die wohl richtig waren. Also, Vampire? Ich nehme an, ihr habt mir die Details geschickt und ich kann mich jetzt auf den Weg machen?«

»Liv, das ist wirklich ernst«, warnte Clark und lehnte sich nach vorne.

Ihr Gesichtsausdruck wurde weicher, als sie ihren Bruder betrachtete. »Und das nehme ich so hin. Ich weiß deine Sorge um mich zu schätzen, aber der Rest des Rates hat recht: Mit Vampiren muss man fertig werden, bevor sie außer Kontrolle geraten. Ich habe Vaters Stab, der sollte helfen. Sobald ich kann, komme ich mit einem Bericht zurück.«

Clark schien sich dadurch etwas besser zu fühlen und lehnte sich auf seinem Sessel zurück. Dieser Vertrauensbeweis erzielte bei Adler jedoch nicht die gleiche Wirkung.

»Da wäre ich mir nicht so sicher, Miss Beaufont«, erklärte er. »Das letzte Mal, als Vampire diese Erde durchstreiften, dauerte es außerordentlich lange sie auszulöschen.«

Ja, wie sie vermutet hatte, wollte Adler sie höchstwahrscheinlich tot sehen, aber wenn das nicht funktionierte, dann wäre sie zumindest für längere Zeit weg und aus seinem Dunstkreis verschwunden. Das bedeutete, dass Liv klüger sein musste als die Krieger, die die Vampire beim ersten Mal ausgerottet hatten. Sie musste sämtliche Mittel einsetzen, um die Bestien auszulöschen, bevor sie sich zu schnell ausbreiten konnten, damit sie zeitig ins Haus der Sieben zurückkehren konnte, um Adler Sinclair noch mehr zu nerven, während sie gleichzeitig ein wachsames Auge auf ihn haben musste.

Kapitel 7

Spielte Livs Fantasie ihr einen Streich, oder war der Flur im Wohnbereich jetzt breiter? Größer? Sie kratzte sich am Kopf und fragte sich, ob es das war, worauf Plato sich bezogen hatte, als er davon sprach, dass sich das Haus wegen seines jüngsten Bewohners veränderte. Sie hatte speziell darauf geachtet, vielleicht war es ihr nur deshalb aufgefallen. Auch hoffte sie verzweifelt, dass niemand sonst bemerken würde, wie weit sich der Flur verbreitert hatte.

Liv rannte die Treppe hinauf und versuchte, nicht über die Vision nachzudenken, die sie beim Durchschreiten der Tür der Reflexion gesehen hatte. Der Grund dafür, dass die Mitglieder des Hauses auf dem Weg in die Kammer des Baumes durch sie hindurch mussten, war doch ursprünglich, sie von ihren Sorgen zu befreien. Clark hatte gesagt, es wäre wie Tagträumen. Die Ratsmitglieder und Krieger mussten sich ihren größten Ängsten stellen, um sie zu besiegen.

Viele Male hatte Liv die Visionen, die sie in der Tür der Reflexion durchlebt hatte, ignoriert und den Schmerz über den Verlust ihrer Eltern oder ihre Sorge, dass sie John in Gefahr bringen könnte, verdrängt. Aber bei Sophia wollte sie das nicht. Livs Vater hatte oft gesagt, der beste Weg seinen Ängsten zu begegnen, sei, sich auf sie vorzubereiten.

»Wenn du Angst hast, dass sich jemand unter deinem Bett versteckt«, hatte er ihr gesagt, als sie klein war und

Angst davor hatte, einzuschlafen, »dann steh auf und schau nach. Dann hat die Angst ein Ende. Und wenn du dir Sorgen machst, dass du bei einer Herausforderung nicht gut abschneiden wirst, dann kämpfe besonders intensiv, bis sich diese Emotion in Vertrauen verwandelt. Tu alles, was nötig ist, um dir die Angst zu eigen zu machen und nutze sie, um dich zu verbessern.«

Was war so schlimm daran, dass Sophia Drachenreiterin werden sollte, das Liv vor solche Herausforderungen stellte? Sie sollte sehr stolz darauf sein, da es keine größere Ehre geben konnte. Nun, abgesehen davon, dass sie selbst eine Kriegerin für das Haus der Sieben war.

Als Liv über die Vision und ihre damit verbundenen Ängste nachdachte, erkannte sie, dass sich ihre Angst auf einer neuen Ebene bewegte. Im Augenblick war Sophia im Haus der Sieben in Sicherheit. Sie war eine minderjährige Magierin, aber nur wenige wussten, dass sie Magie besaß – und nicht nur Magie, sondern Kräfte, die selbst für eine erwachsene Magierin beeindruckend wären. Liv mochte nicht an eine Zeit in der Zukunft denken, in der Sophia erwachsen war und das Haus verlassen und eine tödliche Rolle annehmen sollte, die sie voneinander trennen würde. Aus irgendeinem Grund war die Tatsache, dass Sophia eines Tages eine Kriegerin sein musste, leichter zu verdauen gewesen als diese mögliche neue Realität, in der sie Drachenreiterin wurde.

Liv blieb vor der Tür der Wohnung, die Sophia und Clark teilten, stehen und schluckte. Sie holte tief Luft. »Tu alles, was nötig ist, um deine Angst zu überwinden«, sagte sie zu sich selbst.

Als Liv die Tür zur Wohnung aufstieß, war es drinnen völlig dunkel.

DIE DICKKÖPFIGE FÜRSPRECHERIN

»Schließ die Tür«, flüsterte ihr Sophia von irgendwo im Wohnbereich zu.

Liv tat, wie ihr geheißen, schloss die Tür und fand sich in völliger Dunkelheit wieder. Sie blinzelte einige Male, bereit, ihre Augen anzupassen. Sie war kurz davor, sich mit einem Nachtsichtzauber zu belegen, als Sophia ihre Hand nahm und fest hielt. Liv hatte nicht geahnt, dass sie so nahe bei ihr war, aber sie konnte auch nichts erkennen, nicht einmal die eigene Hand vor ihrem Gesicht.

»Verwende keine Magie«, warnte Sophia mit gedämpfter Stimme. »Sie würde ihn aufwecken, und er schläft gerade.«

»Ihn?«, fragte Liv angespannt. Sie konnte doch nicht Clark meinen. Er war immer noch in der Kammer. Sie fragte sich plötzlich, ob ihre kleine Schwester womöglich einen Magier gefangen hatte und ihn im Wohnzimmer festhielt. Es waren schon seltsamere Dinge passiert. Einmal hatte Reese, ihre ältere Schwester, einen obdachlosen Sterblichen nach Hause gebracht und behauptet, er wäre ihr ›neues Projekt‹.

Ihre Mutter Guinevere hatte Reese veranlasst, ihn dorthin zurückzubringen, wo sie ihn am Strand von Venice aufgelesen hatte und erklärt, dass sie nicht alle Probleme lösen könnte. Guinevere hatte den Mann jedoch gesäubert, ihn mit einem Erfolgszauber belegt und mit einem herzhaften Lunchpaket losgeschickt; anscheinend hatte er im Anschluss eine Social-Media-Sache kreiert, die überall begeistert angenommen wurde.

Ihre Eltern hatten nie herausgefunden, wie es Reese gelungen war, den Sterblichen ins Haus der Sieben zu schmuggeln, da es Wächterzauber gab, die das verhindern sollten. Liv machte sich eine geistige Notiz, dass sie endlich anfangen müsste, in Reeses alten Tagebüchern zu stöbern, um zu sehen, ob sie besagten Zauber finden könnte. Es war ohnehin überfällig, dass sie die Sachen von Reese und Ian durchsah, um nach Hinweisen zu suchen, die ihr helfen könnten, wenn sie das Strandhaus besuchen wollte, in dem sie gestorben waren und das Matterhorn, wo ihre Eltern vermutlich ermordet wurden. Bislang hatte sie sich nicht getraut, die alten Sachen durchzusehen, weil es sich unheimlich anfühlte und alles nur noch realer würde.

»Es geht um meinen Drachen«, klärte Sophia auf. »Er schläft.«

»Oh.« Liv wäre fast erstickt. »Ist er geschlüpft?«

»Nein«, antwortete Sophia schlicht und einfach, auch wenn sie eine nachvollziehbarere Erklärung abgeben müsste.

»Soph, können wir irgendwo hingehen, wo wir reden dürfen und du mir sagen kannst, was los ist?«

Die kleine Magierin, die immer noch Livs Hand hielt, führte sie zurück durch die Tür. Sie schlüpften schnell hinaus in den Flur, der im Vergleich zu der verdunkelten Wohnung schmerzhaft hell war.

Liv wusste schon nach kurzer Gehzeit, wohin Sophia sie brachte. An Livs Lieblingsplatz im Haus der Sieben: die Bibliothek.

* * *

Wie das Haus der Sieben änderte sich auch die Bibliothek je nachdem, wer in den Regalen suchte oder wie die Bücher sich fühlten. Es war immer noch seltsam für Liv, dass Bücher Gefühle hatten, obwohl sie im Haus aufgewachsen war. Ihre Zeit in der Welt der Sterblichen während ihrer prägenden Jahre hatte sie die Fremdartigkeit dieses Ortes fast vergessen lassen. Sie hatte sich wohl zu sehr an Bibliotheken gewöhnt, die über Kataloge verfügten, um den Besuchern bei der

DIE DICKKÖPFIGE FÜRSPRECHERIN

Suche nach bestimmten Büchern zu helfen, anstatt die Leser einfach stöbern zu lassen, um den richtigen Band zu finden.

Außerdem veränderten sich die Bibliotheken der Sterblichen nicht und verwandelten sich auch nicht in Labyrinthe, in denen die Menschen manchmal gefangen waren und sie war sich ziemlich sicher, dass die Bücher in diesen Bibliotheken auch keine Gefühle hatten. Die Bücher im majestätischen Haus der Sieben waren jedoch lebende und atmende Wesen, so real wie Liv oder Sophia. Die Bibliothekarin, Mrs. Merriweather, sah man oft mit Ohrstöpseln. Als Liv jünger war und sie deshalb gefragt hatte, sagte sie, das liege daran, dass die Bücher manchmal sehr laut wären. Liv fand es ironisch, dass die Bücher an einem Ort wie einer Bibliothek, wo die Besucher leise sein sollten, Lärm verursachen konnten.

Sophia ließ Livs Hand erst los, nachdem sie sie in eine der vielen abgelegenen Ecken der Bibliothek gebracht hatte. Liv sah sich kurz um und versuchte herauszufinden, in welchem Abschnitt sie sich befanden. Die meisten Regale hier waren leer und das Licht über ihnen schwach, aber glücklicherweise war es nicht so dunkel wie in der Wohnung.

»Wo sind wir?«, fragte Liv.

Sophia zuckte die Achseln. »Ich tippe auf das Fundbüro oder etwas in der Art. Vielleicht nur in der Fundgrube. Ich habe mich einfach darauf konzentriert, weit weg von allen außer dir sein zu wollen, damit sie uns nicht finden können und das hat uns hierher gebracht.«

Liv hätte fast gelacht. »Das ergibt Sinn. Die Bücher, die in diesen Regalen stehen sollten, sind alle verloren gegangen und noch nicht gefunden worden, nehme ich an.«

Sophia nahm sich einen der wenigen Bände aus dem Regal und las den Titel. »*Die Erzählung von Barnabas: Die Reise eines Mannes, der sich selbst finden wollte.*«

»Ich vermute, er verliert sich in diesem Buch«, erklärte Liv.

Merkwürdigerweise holte Sophia ein weiteres Buch aus einem fast leeren Regal. »*Die Geschichte von Atlantis.*«

Liv kicherte. »Spoileralarm: Das ist verloren gegangen!«

Während Sophia zusätzlichen Schutz durch einen Stille-Zauber um sie herum legte, staunte Liv wieder einmal über die Seltsamkeit der Bibliothek. Sie hatte viel Zeit an diesem Ort verbracht und doch gab es noch so viel zu entdecken. Ähnlich wie im Leben schenkte die Bibliothek ihr Ergebnisse auf der Grundlage dessen, was sie dachte. Seine Gedanken zu kontrollieren oder gar den richtigen Gedanken zu konstruieren, war nicht so einfach, wie es schien.

Sophia war – wie üblich – brillant darin, daran zu denken, vor anderen Menschen zu verschwinden. Hätte sie selbst daran gedacht, verloren zu gehen, würden sie vielleicht tief zwischen den Regalen der Bibliothek stehen und nie wieder gefunden werden, aber so war es einfach passend. Und alles, was sie zu tun hatten, wenn sie bereit wären zu gehen, war, ihre Gedanken zu ändern und auf die Hinweise aus der Bibliothek zu achten.

»Also, dein Drache«, begann Liv und schaute auf ihre kleine Schwester herab. Sie hatte ihr Haar in zwei niedliche Kringel an beiden Seiten des Kopfes gesteckt und trug ein hellgrünes Kleid, das wie der Frühling selbst aussah. »Woher weißt du, dass er ein Junge ist oder dass er es dunkel mag oder dass Magie ihn aufwecken könnte?«

»Er hat es mir gesagt«, antwortete Sophia sachlich, als ob diese Antwort ausreichend wäre.

»Ahhh ja«, meinte Liv gedehnt. »Und wie hat er das gemacht, wenn er doch immer noch nicht geschlüpft ist?«

DIE DICKKÖPFIGE FÜRSPRECHERIN

Sophia zeigte an die Seite ihres Kopfes. »Das funktioniert irgendwie telepathisch, aber ich verspreche, ich weiß, dass es ein ›er‹ ist. Es ist schwer zu erklären. Aber du musst mir glauben.«

Liv nickte verständnisvoll. »Ich glaube dir.«

Es klang zwar verrückt, aber Liv hatte einige Male ähnliche Erfahrungen mit Plato gemacht. Sie war sich nicht sicher, wie es funktionierte, aber als es passiert war, wusste sie ohne Zweifel, dass der Lynx in ihrem Kopf gesprochen hatte. Sie wusste nicht, wie sie auf diese Weise mit ihm kommunizieren sollte, aber irgendetwas sagte ihr, dass es eher automatisch geschah. Wenn zwei Wesen miteinander verbunden waren, teilten sie vielleicht eine besondere Kommunikationsverbindung.

»Jedenfalls hat das Ei tagelang in der Mitte des Wohnzimmers gelegen, weil es immer dorthin gerollt ist, egal was ich damit gemacht habe«, erklärte Sophia. »Clark war sehr wütend darüber, weil er Angst hatte, dass jemand reinkommen und es finden könnte.«

»Ja, es ist irgendwie schwer, ein Drachenei zu verstecken, wenn es sich ständig in aller Öffentlichkeit präsentiert«, bestätigte Liv.

»Neulich habe ich während des Unterrichts den Drachen in meinem Kopf sprechen gehört«, begann Sophia. »Er sagte mir … und ich weiß nicht, woher ich weiß, dass er ein Männchen ist, ich weiß es einfach. Jedenfalls sagte er mir, dass es im Wohnzimmer zu hell sei und er wollte, dass das Licht zum Schlafen ausgeschaltet werden sollte, also habe ich den Unterricht früh verlassen und das Licht ausgemacht. Seitdem ist es für ihn in Ordnung, wenn das Licht an ist, es sei denn, er schläft.«

»Das ist wie oft?«, wollte Liv zusätzlich wissen.

Sophia errötete. »Die meiste Zeit. Er ist etwa zwei Stunden am Tag wach, soweit ich das beurteilen kann.«

Liv nickte. »So, nun, das wird auf lange Sicht nicht funktionieren.«

»Aber mein Ei könnt ihr mir nicht wegnehmen«, warf Sophia besorgt ein.

»Das habe ich nicht vor«, erklärte Liv. »Aber man muss ein paar Grenzen setzen. Ja, er ist dein Drache und ich bin sicher, dass er für dich schlüpfen wird, aber du musst im Haus der Sieben leben und er muss bestimmte Regeln einhalten, genau wie du. Kannst du versuchen, mit ihm zu kommunizieren, um ihm das zu sagen?«

Sophia dachte einen Moment nach und nickte dann. »Ich kann es versuchen.«

»Das klappt schon«, unterstützte Liv.

»Ich habe nur Angst, dass er nie für mich schlüpfen wird, wenn ich nicht zuhöre und alles richtig mache«, befürchtete Sophia, wobei ihre wahren Ängste durchsickerten und sich in ihren Augen zeigten.

Liv dachte über ihre eigenen Ängste und den Rat ihres Vaters nach. »Ich denke, man muss das direkt angehen. Was ist, wenn du alles tust, was er von dir will und er trotzdem nicht schlüpft? Vielleicht testet er dich, um zu sehen, ob du ein Schwächling bist. Ich weiß nicht viel über Drachen, aber nach dem, was ich in *Mysteriöse Kreaturen* gelesen habe, wollen sie, dass ihre Reiter stark und selbstbewusst sind. Wenn er auf dir herumtritt, ist das definitiv nicht gut. Sei du selbst, Soph. Ich habe noch nie erlebt, dass du dich von jemandem so überrollen lässt. Und du bist großartig darin, Regeln zu beachten, weshalb niemand weiß, wie unglaublich außergewöhnlich deine Kräfte sind. Behandle diesen Drachen so, wie du jeden anderen behandeln würdest und ich bin sicher, dass es klappen wird.«

Sophias blaue Augen funkelten, als sie lächelte. »Das ist ein wirklich guter Ratschlag. Ich wette, das sollte ein Test sein.«

»Vielen Dank. Ich helfe gerne«, sagte Liv, die an ihre eigenen Ängste dachte und beschloss, ihnen zu begegnen. »Sophia, wenn dieser Drache schlüpft, wirst du ein anderes Leben führen. Ich bin mir nicht sicher, wie lange er dich am Anfang fortbringen wird, aber ich bin sicher, dass es später länger sein wird, als mir lieb ist.«

»Liv, ich verspreche …«

Sie hielt ihre Hand hoch und brachte ihre kleine Schwester zum Schweigen. »Du brauchst mir nichts zu versprechen, außer dass du das Leben führen wirst, das für dich richtig ist, indem du das tust, was du in deinem Herzen fühlst. Du kannst nicht das tun, was ich will, oder Clark oder irgendjemand anders, ohne dich selbst zu verlieren.«

»Aber du wurdest zur Kriegerin und das war sicher nicht das, was du wolltest«, argumentierte Sophia weise.

»Stimmt, aber ich wollte, dass meine Familie im Haus der Sieben zusammenbleibt, also war es in gewisser Weise doch so«, erklärte Liv. »Und ich hatte Angst und ein gebrochenes Herz, als ich von hier wegging. Die Rückkehr hat mir geholfen, mich nicht nur mit dir und Clark wieder zu verbinden, sondern auch mit dem, was ich einmal war. Und ich werde beenden, was Mom und Dad begonnen haben und das ist etwas, dass ich niemals hätte tun können, wenn ich weggeblieben wäre.«

»Ich glaube, eigentlich wolltest du zurückkommen«, vermutete Sophia, »aber du hattest Angst.«

Liv nickte. »Das gebe ich zu. Wie ich bereits sagte, wird dieser Drache dein Leben verändern, sobald er geschlüpft ist, daher möchte ich, dass du die Zeit nutzt, die dir jetzt zur Verfügung steht, um dich auf das vorzubereiten, was auf dich zukommen könnte.«

Sophias Gesicht blieb neutral. »Was sollte das sein?«

»Soph, wenn du Drachenreiterin wirst, musst du wissen, wie man kämpft und raue Bedingungen überlebt. Du wirst etwas viel Gefährlicheres sein als ein Krieger.«

Das Gesicht des kleinen Mädchens verzerrte sich gestresst. »Ich weiß. Ich dachte nur, dass ich mich damit befassen könnte, wenn es soweit ist. Wenn das Ei geschlüpft ist.«

Liv schüttelte den Kopf. »Nein, ich will, dass du jetzt mit dem Training beginnst. Ich hätte dich schon früher dazu auffordern sollen, da du die nächste Kriegerin sein solltest, aber ich wollte, dass du etwas von der Kindheit bekommst, die ich mir immer noch für dich wünsche. Ich möchte jedoch, dass du ein paar Mal in der Woche die hübschen Kleidchen an den Nagel hängst und mit Akio trainierst.«

Ein seltenes Stirnrunzeln zierte Sophias Gesicht und ließ sie älter erscheinen. »Muss ich das?«

»Nein«, erklärte Liv. »Aber ich würde mich besser fühlen, wenn ich wüsste, dass du in Vorbereitung auf diesen Drachen körperlich und geistig stärker wirst. Es wäre naiv zu glauben, dass du keine Kampffähigkeiten brauchst, um den Drachen zu trainieren oder in deinem Leben als Reiterin. Und eines Tages, wenn du von hier fortgehst, musst du dich verteidigen können.«

»Wenn ich das tue«, begann Sophia langsam, als ob sie es in ihrem Kopf durchspielen würde, »wirst du es dann mit mir tun? Mit mir trainieren?«

Liv lächelte. »Natürlich. Und keine Sorge, Akio scheint seine Sache sehr ernst zu nehmen, aber er ist …«

DIE DICKKÖPFIGE FÜRSPRECHERIN

»Eigentlich ein großer Teddybär«, vervollständigte Sophia mit einem Lachen.

Liv lachte ebenfalls. »Hmmm, nein. Akio ist nicht wie ein weicher Teddybär, aber er ist freundlich, fair und der beste Kämpfer, den ich kenne. Die Takahashis sind unglaubliche Kämpfer, ich würde mich also viel besser fühlen, wenn ich wüsste, dass er dich ausbildet.«

Sophia schaute auf ihr Kleid hinunter. »Aber ich muss etwas anderes anziehen?«

Liv dachte einen Moment lang nach. Jeder musste auf seine Weise seinen Weg beschreiten. »Weißt du was, Soph? Du trägst, was immer du willst. Solange du hart trainierst, ist es mir egal, ob du das im Schlafanzug tust.«

Kapitel 8

Auf der Roya Lane wimmelte es nur so von aufgeregten magischen Kreaturen, die in verschiedene Geschäfte strömten. Viele trugen farbenfrohe Kopfbedeckungen oder hatten Girlanden um den Hals. Liv stach mit ihrem langen schwarzen Umhang und der Kapuze heraus, aber sie zuckte mit den Schultern, sie war es gewohnt, auf die eine oder andere Weise aufzufallen. Wenn sie sich in der Roya Lane aufhielt, wurde sie von den Zwergen normalerweise mit Grimassen bedacht, weil sie Kriegerin war. Sie machten offensichtlich eine Menge illegaler Geschäfte, wenn man bedachte wie oft sie anfingen zu flüstern, wenn sie in ihre Nähe kam.

Liv versuchte ihr Bestes, die Elfen und Fae zu ignorieren, die sie anstarrten. Sie roch Alkohol in ihrem Atem und bemerkte, dass sie wahrscheinlich sowieso alle berauscht waren und sie vergessen hätten, sobald sie vorbei war. Sie hatte keine Ahnung, welche Feierlichkeiten stattfanden und es verletzte sie nicht, dass ihre Einladung offensichtlich bei der Post verloren gegangen war.

Liv brauchte nur noch ein Stück weiter in die Gasse zu gehen und schon konnte sie im Hauptquartier der Brownies verschwinden. Sie wusste, dass sie alle ihre Ressourcen einsetzen musste, wenn sie den Vampirfall schnell lösen wollte. Mortimer wusste eine Menge und was er nicht wusste, konnte er herausfinden.

Bei ihren Nachforschungen hatte Liv festgestellt, dass Jahrzehnte zuvor mehrere Krieger eine rasante Methode zur

DIE DICKKÖPFIGE FÜRSPRECHERIN

Ausrottung der Vampire angewandt hatten. Sie war davon ausgegangen, sie würde entdecken, dass sie irgendeine einzigartige Strategie oder Waffe benutzt hätten, aber sie hatten durch den Einsatz schierer Gewalt gewonnen.

Nun gab es aber nur noch sie und keiner wusste wie viele von denen. Es schien sich um einen erneuten Ausbruch zu handeln, sodass sie hoffte, es würde nicht so viele Vampire geben – nicht so viele wie beim letzten Mal. Die Krieger hatten in der Vergangenheit Tausende von Vampiren enthaupten, pfählen und verbrennen müssen. Deshalb hatte es eine so riesige Feier gegeben, als sie gewonnen hatten, und deshalb war der jetzige Ausbruch so bizarr.

Den Mysteriösen Kreaturen zufolge war das Haus sicher, dass sie auch den letzten Vampir erwischt hatten, aber offensichtlich war ihnen dennoch einer durchgerutscht. Vielleicht hatte er geschlafen und war gerade jetzt aufgewacht. Das Einzige, was Liv sicher wusste, war, dass sie sich schnell um diesen Vampir und seinen Zirkel kümmern musste und sie musste ihren Verstand einsetzen, wenn sie Erfolg haben wollte.

Jemand schlang den Arm um Liv und zog sie fest an sich. Reflexartig drehte sie sich, packte den Jemand an der Rückseite seines Kragens und warf ihn auf den Rücken. Sie fing ein Aufblitzen vertrauter Gesichtszüge auf, als die Gestalt über ihre Schulter flog, aber erst als sie flach auf dem Kopfsteinpflaster lag und zu ihr hinaufblickte, erkannte sie Rudolf.

Die Menge um sie herum stieß Entsetzensschreie aus. »Sie wird dafür eingesperrt werden«, »Er wird ihren Kopf fordern«, »Sie hat wohl Todessehnsucht«, flüsterten viele Kreaturen auf der Straße laut.

Rudolf atmete schwer, seine Hände auf der Brust.

Liv durchsuchte die Menge und versuchte zu verstehen, was dort vor sich ging. Sie alle hatten entsetzte Gesichtsausdrucke, einige sahen aus, als wollten sie jeden Augenblick angreifen. Ihre Hand ging instinktiv zu Bellator, das sich bei ihrer Berührung sofort erwärmte. Das Schwert spürte die Gefahr, die überall um sie herum entstand, während die Flüsterer wütend wurden und die Menge näher rückte.

Rudolf hustete, lachte und stand auf. »Und das war alles zu eurer Unterhaltung – ein kleines Schauspiel, das Kriegerin Beaufont und ich aufführten. So begrüßen wir uns immer gegenseitig.« Er streifte sein goldenes Gewand glatt, das aussah, als wäre es aus reiner Butter. Er streckte Liv die Hand entgegen und sagte zu den Zuschauern: »Sie zeigt ihre Stärke als Kriegerin und ich zeige meinen Edelmut und meine Anmut als König, dann geht es ungefähr so weiter.« Er streckte Liv eine Hand entgegen.

Verwirrt starrte sie ihn an.

»Nimm meine Hand«, meinte er mit geschlossenen Lippen.

Liv war sich nicht sicher, was sie tun sollte, aber die Dringlichkeit in seinen Augen veranlasste sie, dem nachzukommen. Sobald ihre Hand in seiner ruhte, wirbelte Rudolf sie zu sich, als wollte er mit ihr tanzen.

»Was geht hier vor?«, fragte Liv aus dem Mundwinkel.

»Ich versuche, dich davor zu bewahren, zerfleischt zu werden«, flüsterte Rudolf ihr ins Ohr und drehte sie wieder heraus.

Während er sie im Kreis führte, fragte sie: »Weshalb? Weil ich dich zu Boden geworfen habe?«

Die Menge begann sich zu entspannen, einige kleine Elfenkinder schlossen sich an und tanzten um sie herum.

»Weil du den König der Fae angegriffen hast«, vermittelte Rudolf mit gedämpfter Stimme.

»Oh, sie wissen darüber Bescheid, oder?«, vermutete Liv, denn als der Fae nach vorne kam, warfen die Anwesenden Blütenblätter nach ihnen und jubelten, während sie den seltsamen Tanz fortsetzten, der fast einer Choreografie folgte.

»Nun, falls du es nicht bemerkt hast, ich habe die Roya Lane mit Einladungen für alle zu meiner Krönung zugepflastert«, erklärte Rudolf und zog Liv schnell heran. Sie hätte sich gewehrt, aber der Jubel der zuvor noch feindseligen Menge brachte sie zum Einlenken. Rudolf beugte sich lächelnd vor. »Sollen wir uns küssen, um sie wirklich glücklich zu machen?«

»Nur wenn du der am kürzesten regierende König sein möchtest, den die Fae je hatten«, flüsterte Liv und täuschte ein Lächeln vor.

»Also gut«, lenkte Rudolf ein, riss Liv an seine Seite und winkte der Menge zu, wobei eine Hand immer noch die ihre hielt.

»Danke, meine lieben und wunderbaren magischen Geschöpfe«, rief Rudolf und warf der Menge Handküsse zu, die nun völlig ausflippte, noch mehr Blütenblätter und andere Geschenke nach ihm warf. »Dies war die Art und Weise des Hauses der Sieben und meine Art, euch allen zu zeigen, dass wir ein wunderbares Bündnis eingegangen sind. Kriegerin Beaufont wird natürlich bei meiner Krönung in der ersten Reihe sitzen. Bitte schließt euch uns an.«

»Nun, ich glaube, ich muss jetzt gehen«, meinte Liv dumpf.

Rudolf drehte sich mit schockiertem Gesichtsausdruck zu ihr, während die Masse weiter jubelte. »Du wolltest doch nicht wirklich gehen?«

»Natürlich«, antwortete sie und versuchte sich zu erholen. »Ich hatte eigentlich nicht vor, in der ersten Reihe zu sitzen.«

»Nun, ich würde es nicht anders haben wollen«, erklärte Rudolf. »Und jetzt wirst du von allen erwartet. Ich denke, wir sollten einen weiteren Tanz in die Zeremonie einplanen.«

»Das hier war nicht geplant«, sagte Liv, während sie zusah, wie sich die Menge auflöste.

»Nein, aber so schlecht tanzt du nicht«, antwortete er. »Hattest du Tanzstunden?«

Liv schoss ihm einen angewiderten Blick zu. »Etwas Ähnliches. Ich schätze, das Kampftraining dient nicht nur dem Abschlachten von Dämonen, Werwölfen und anderen Bösewichten.«

»Weißt du, deine aggressive Art kann nicht gut für dein Herz sein«, bot Rudolf an und winkte den Fae und Elfen zu, die ihm immer noch Küsse zuwarfen. »Du solltest Liebe statt Krieg in Erwägung ziehen.«

»Ja, das werde ich auf jeden Fall machen«, sagte Liv und tat so, als würde sie lächeln, während die Leute sie weiter beobachteten. »Aber wer soll sich um die Übeltäter in der Welt kümmern, die versuchen, dein kleines Königreich zu zerquetschen? Wie zum Beispiel Vampire?«

Ein kleiner Schrei ertönte aus Rudolfs Mund und er drehte sich wieder zu ihr um, die Hände auf der Brust. Die Fae verkrampften sich und starrten sie vorsichtig an, als hätte sie es wieder gewagt, dem König zu schaden.

»Es geht ihm gut«, winkte Liv ab. »Ich habe ihm nur gesagt, dass ich zur Krönung ein Taftkleid tragen werde und er konnte es nicht glauben.«

»Trag Seide«, nickte einer der anwesenden Fae, als ob er Rudolfs Überreaktion verstanden hätte.

»Pailletten sind auch gut für einen solchen Anlass«, empfahl eine andere Fae.

Liv nickte und lächelte herablassend. »Hat dein Volk nichts Besseres zu tun?«

»Vampire?«, flüsterte er. »Draußen in der Welt? In der gleichen, in der ich lebe?«

»Ja, ich fürchte schon.«

»Du musst da rausgehen«, beeilte sich Rudolf zu sagen. »Zieh für uns in diesen Krieg. Die Vampire könnten alles ruinieren. Das letzte Mal, als sie die Erde heimgesucht haben, haben sie eine ganze Menge Feierlichkeiten ruiniert. In der einen Minute habe ich mit einem netten Mädchen geplaudert, denke, sie will mit mir rummachen und urplötzlich hat sie Reißzähne und jagt mich über das Gelände. Unnötig zu erwähnen, dass es bei einigen Gelegenheiten keine zweite Verabredung mehr gab.«

»Keine Sorge, König Dumpfbacke«, erklärte Liv, dankbar dafür, dass der Großteil der Menge weitergezogen war, »ich werde mich für dich um die Bedrohung kümmern. Oder ich werde es nicht tun und wir werden alle sterben, aber dennoch, zerbrich dir nicht deinen riesigen Kopf deshalb.«

Rudolf stieß einen langen Seufzer aus. »Nun, ich bin froh, dass du gekommen bist. Ich habe versucht, dir eine Einladung zur Krönung zu schicken.«

»Wohin hast du versucht, sie zu schicken?«, verlangte Liv Aufklärung. »Ich habe nichts bekommen.«

»Ich habe sie über unsere telepathische Verbindung geschickt«, gestand er sachlich.

»So etwas haben wir nicht«, erklärte sie.

Er zuckte die Achseln. »Dann lasse ich das vom technischen Support der Fae untersuchen.«

»Den gibt es doch nicht!«

Rudolf runzelte die Stirn. »Bist du sicher? Ich habe eine Abteilung für technischen Support. Ich brauche sie.«

»Ich bin mir ziemlich sicher, dass Königin Visa keine Abteilungen oder sonstige Strukturen hatte«, informierte Liv, nachdem sie eine Menge Nachforschungen über die Königin und ihre Fae angestellt hatte, bevor sie mit ihnen verhandeln sollte.

»Nun, das ist enttäuschend. Ich schätze, ich habe viel mehr Arbeit zu erledigen, als ich vermutet habe.«

»Du lädst alle zur Krönung ein?«, fragte Liv. »Ist das auch sicher?«

»Ich glaube schon«, antwortete Rudolf. »Ich meine, das war einer der Gründe, warum ich dich dabei haben wollte. Zum Schutz, weißt du. Oh, und bring deinen Riesenfreund Ron mit.«

»Er zieht es vor, Ronald genannt zu werden«, korrigierte Liv.

»Sehr gut!«, jubelte Rudolf. »Es kommt wirklich gut, wenn ich einen Riesen im Publikum habe. Bei so etwas tauchen sie sonst nie auf. Na ja, eigentlich tauchen sie nirgends auf.«

»Gut, ich bringe Ronald den Riesen mit, aber ich tanze nicht mit dir«, stimmte Liv zu und schwelgte in der Vorstellung, dass Rudolf Rory in Zukunft mit dem falschen Namen ansprechen würde.

»Aber du trägst ein Kleid«, bestand Rudolf darauf.

»Das glaube ich nicht.«

»Dann lasse ich dich enthaupten oder etwas anderes mit dir tun, das besonders erniedrigend ist.«

»Ich glaube, deine Macht steigt dir zu Kopf«, bemerkte Liv.

Er lachte. »Das war nur ein Scherz. Ich habe niemanden mehr getötet, seit ich König bin. Ich verändere die gesamte

DIE DICKKÖPFIGE FÜRSPRECHERIN

Landschaft um den Thron. Warte nur ab. Du wirst all die harte Arbeit sehen können, die ich geleistet habe, wenn du zu den Gesprächen kommst.«

»Zu welchen Gesprächen?«, fragte Liv.

»Oh, ich schätze, du hast die Nachricht, die ich dir geschickt habe, wirklich nicht erhalten.«

»Weil das bloße Denken an etwas noch längst keine Botschaft aussendet«, stellte sie klar.

»Das sagst du.« Er wedelte mit dem Finger. »Wie dem auch sei, ich habe dich zu einem meiner vertrauenswürdigen Berater erwählt.«

Liv schüttelte den Kopf. »König Dumpfbacke, ich bin damit beschäftigt, für das Haus der Sieben Verbrechen zu bekämpfen. Ich habe keine Zeit, auf einer Bank zu sitzen und dir zu sagen, dass du aufhören sollst, dich am Hintern zu kratzen.«

»Aber es wird nicht viel von deiner Zeit in Anspruch nehmen«, argumentierte er. »Nur vierzig Stunden pro Woche für die nächsten fünfhundert Jahre. Nun, du isst nicht viel Gemüse, also sagen wir für die nächsten zweihundert Jahre oder bis du draufgehst, je nachdem, was zuerst eintritt.«

»Obwohl ich mich geehrt fühle, die einzig logisch denkende Person zu sein, die dich in trivialen Angelegenheiten beraten könnte, muss ich ablehnen«, erklärte Liv. »Der Zeitaufwand ist zu groß für mich.«

Rudolf richtete seinen Blick auf Liv, seine Augen musterten sie intensiv.

»Was machst du da?«, wollte sie wissen.

»Bekommst du eine Nachricht?«

Sie schüttelte den Kopf. »Nein, aber ich habe den deutlichen Eindruck, dass du unter Verstopfung leidest oder dich für einen Drachen hältst.«

Rudolf seufzte. »Ich verlange, dass du im Ausschuss mitarbeitest.«

»Nun, das telepathische Zeug funktioniert nicht, aber versuche es ruhig weiter. Es ist irgendwie unterhaltsam«, kicherte Liv. »Und du kannst nichts von mir verlangen.«

»Das kann ich sehr wohl!«

»Es geht auch nicht«, argumentierte Liv und ging weiter auf das Büro der Brownies zu.

»Ach, das ist doch kindisch«, sagte Rudolf.

»Endlich hast du es kapiert!«

»Du wirst dem Ausschuss angehören, aber ich werde deine Stunden kürzen. Ich gebe dir sogar Vergünstigungen. Aber du musst es tun, weil ich deine Hilfe brauche.« Er lehnte sich nach vorne und flüsterte im vertraulichen Tonfall: »Der Rest der Fae sind echte Hohlköpfe.«

Liv keuchte. »Wie bitte? Was du nicht sagst?«

Er nickte. »Ich weiß es. Sie sind nicht wie du und ich. Die meisten können nicht selbstständig denken. Bis ich die Chance habe, sie zu erziehen, brauche ich also deine Hilfe.«

Liv wollte schon Nein sagen, aber der flehende Blick in Rudolfs Augen erreichte sie irgendwie. »Okay, gut, aber nicht bevor ich die Vampire losgeworden bin oder sie mich losgeworden sind.«

»Das ist nur fair«, stimmte Rudolf zu, zog sich zurück und winkte. »Bis zur Zeremonie, Kriegerin Beaufont. Es sei denn, du stirbst, dann sehe ich dich bei deiner Beerdigung.«

Liv schüttelte den Kopf wegen des dümmsten Königs der magischen Welt, als sie die Mauer am Hauptquartier der Brownies erreichte und ihre Anwesenheit ankündigte.

Kapitel 9

Nachdem sie durch die kleine Tür gegangen war, die sich materialisiert hatte, als Liv verkündete wer sie war, ging sie zurück auf die Roya Lane, in der Gewissheit, dass sie das falsche Bürogebäude betreten hatte. Das war die richtige Stelle auf der Straße. Der lange Flur, in den sie gelangt war, hatte keine Ähnlichkeit mehr mit dem, den sie von ihren Besuchen bei Mortimer gewohnt war.

Wieder steckte sie ihren Kopf durch die Tür und schaute in einen blitzblanken Flur. Nicht nur alle Spinnweben und der Staub waren verschwunden, nein, der Ort war komplett neu gestaltet. An den Wänden über die gesamte Länge des Flurs klebten Tapeten im Paisleymuster und neue Leuchten, die nicht mehr mit Schmutz überzogen waren, hingen von der Decke.

»Kann ich dir helfen, Miss?«, fragte eine quietschige Stimme aus einem Büro.

Liv neigte ihren Kopf und entdeckte einen weiblichen Brownie hinter einem ordentlich organisierten Schreibtisch, die ihre Fingernägel feilte. Liv hatte noch nie zuvor einen weiblichen Brownie gesehen und hätte nie geahnt, dass sie … so heiß waren. Sie trug eine Bluse mit rundem Ausschnitt. Ihr Haar war zu einem sauberen Knoten auf den Scheitel gesteckt und ihre rubinroten Lippen strahlten ein höfliches Lächeln aus.

»Ääähm, ja, ich suche Mortimer.« Ihr Rücken fing an zu schmerzen, weil sie krumm stand. »Im offiziellen Büro der Brownies«, fügte sie noch hinzu, für den Fall, dass sie versehentlich durch die falsche Tür in ein anderes Büro für magische Geschöpfe oder eine Strafvollzugseinheit oder was sich sonst noch in der Roya Lane befand, gegangen wäre.

»Dann bist du hier richtig«, sagte die Brownie, als sie um den Schreibtisch herumkam und ihre hohen Absätze auf den hochglanzpolierten Fliesen ein Klick-Klack-Geräusch verursachten. Sie trug einen Minirock, der so kurz war wie ihr Dekolleté tief. »Und habe ich richtig verstanden, als du dich angemeldet hast? Du bist die Kriegerin Liv Beaufont für das Haus der Sieben?«

»Ja, das bin ich«, bestätigte Liv, die nun das Büro betreten hatte und nur mehr oder weniger aufrecht stehen konnte, da sie sich nicht den Kopf stoßen wollte.

»Es ist mir eine Ehre, dich kennenzulernen. Hätte ich gewusst, dass ich heute einem Royal begegnen würde, hätte ich etwas Schickeres angezogen«, konstatierte die Dame.

»Du siehst doch sehr nett aus«, versicherte Liv, die sich immer noch umsah und fragte, was zum Teufel in diesem Büro vor sich ging. »Arbeitet Mortimer immer noch hier?«

Die Brownie kicherte. »Aber natürlich. Er ist in seinem Büro am Ende des Flurs. Kann ich dich dorthin bringen?«

Liv schüttelte den Kopf. »Nein, danke. Ich schaffe das schon.«

»Nun, mein Name ist Pricilla«, erwiderte sie. »Kann ich dir Kaffee, Tee, Wasser oder Gebäck anbieten? Ich mache es jeden Morgen selbst.«

Liv wollte schon ablehnen, änderte aber ihre Meinung. »Ja, vielen Dank. Ich nehme ein Gebäckstück … ach, mach lieber zwei daraus.«

»Es schmeckt sehr gut«, erklärte Pricilla. »Ein altes Familienrezept.«

DIE DICKKÖPFIGE FÜRSPRECHERIN

»Okay, du hast mich überredet«, antwortete Liv. »Ich nehme drei.«

»Eine weise Entscheidung, Kriegerin Beaufont.« Die Brownie huschte davon.

Liv schüttelte den Kopf und fragte sich, was genau mit dem offiziellen Brownie-Hauptquartier geschehen war. Sie hatte Mortimer gedrängt, sich Hilfe zu holen, aber mit so einer netten hätte sie niemals gerechnet.

* * *

Als Liv Mortimers Büro betrat, kam ihr erneut die Frage in den Sinn, ob sie am richtigen Ort wäre. Der Brownie saß hinter einem Schreibtisch, der nicht völlig mit Papierstapeln überhäuft war. Stattdessen befand sich nur ein kleiner, ordentlicher Stapel Papiere in einem Fach an der Vorderseite und der Rest des Bereichs war sauber. An einer Wand standen Aktenschränke und an der gegenüberliegenden befand sich ein Fenster mit Blick auf eine Wiese voller Wildblumen.

Auch der Brownie sah ihm nicht im Geringsten ähnlich. Er hatte eine beträchtliche Menge Gewicht verloren, noch mehr als beim letzten Mal, als Liv ihn besucht hatte. Sein Haar war seitlich gescheitelt, nach hinten gegelt und er hatte einen schicken Schnurrbart.

»Hey«, sagte Liv zögerlich.

Mortimer lächelte breit und zeigte seinen Mund voller glänzend weißer Zähne. »Da ist ja meine Lieblingsperson! Liv Beaufont, Kriegerin für das Haus der Sieben, wie geht es dir heute?«

Liv betrat das Büro und bemerkte den frischen Farbanstrich an den Wänden. »Mir geht es gut, aber noch wichtiger: Wie geht es dir, Mortimer? Du hast jetzt eine Assistentin?«

Er strahlte, schnappte sich eine Rose aus der Vase auf seinem Schreibtisch und steckte sie in das Revers seiner Nadelstreifenjacke. »Die habe ich. Ist Pricilla nicht wunderbar? Sie hat mir mit dem neuen Ablagesystem geholfen.« Er zeigte mit seiner Hand auf die Schränke. »Und sie hat dafür gesorgt, dass ich jeden Tag ein gesundes Mittagessen zu mir nehme.«

»Und die Renovierungen?«, fragte Liv, die das gepflegte Erscheinungsbild des Büros sehr zu schätzen wusste.

»Nun, du hast mich inspiriert«, verriet er und beugte sich mit verschwörerischem Gesichtsausdruck nach vorne. »Ich denke darüber nach, Pricilla um eine Verabredung zu bitten. Was hältst du davon?«

»Ich denke, wenn *du* glaubst, dass sie dich glücklich machen kann, dann mach das.«

Er nickte zuversichtlich. »Ich hatte dank meines Profils auf Latch.com jeden Abend ein Date. Allerdings sind die Brownies dort nicht wirklich mein Typ und sie arbeiten die ganze Zeit, sodass es schwer ist, einen Termin für ein Treffen zu finden.«

»Arbeiten die nicht alle für dich?«, fragte Liv.

»Nun, natürlich«, antwortete Mortimer. »All die Brownies überall arbeiten für mich. Ich musste Pricilla aus einem Haus in Westchester abziehen, damit sie meine Assistentin werden konnte.«

»Könntest du nicht einfach die Arbeitszeiten der Brownies anpassen, mit denen du ausgehen möchtest?«, wollte Liv wissen.

Mortimer dachte einen Moment lang nach. »Nein, ich glaube nicht, dass das richtig wäre. Verabredungen sind wichtig, aber die Arbeit steht an erster Stelle. Pricilla hat einen sehr flexiblen Zeitplan. Ich gebe ihr jeden zweiten Freitag frei, die Wochenenden auch und sie hat sechs Wochen Urlaub. Außerdem erhält sie kostenfrei eine Zahnbehandlung.«

»Klingt, als hätte sie genug Zeit, sich mit dir zu verabreden«, erklärte Liv. »Und ihre Zähne schön aussehen zu lassen.«

Er grinste und zeigte wieder sein repariertes Gebiss. »Nun, was führt dich heute zu mir? Hat der Arzt, zu dem ich dich geschickt habe, helfen können?«

Liv nickte. »Ja, Doktor Dowling war sehr hilfreich. Ich bin eigentlich hier, um nachzufragen, ob du mir Einblicke in einen neuen Fall geben kannst, an dem ich arbeite. Weißt du, dass die Vampire wieder da sind?«

Das Entsetzen in Mortimers Gesicht überzeugte Liv, dass er davon noch nichts gehört hatte. »Oh, sag bitte, dass es nicht so ist? Ich kann nicht noch einmal so eine Zeit durchmachen wie damals. Beim letzten Mal, als sie zu einem echten Problem wurden, haben viele Brownies gestreikt.« Mortimer sprang aus seinem Stuhl und begann auf und ab zu laufen, während er an seinen Fingernägeln kaute. »Wenn ich davon noch nichts gehört habe, bedeutet das, dass die Bedrohung noch klein ist. Oder vielleicht sind nur die Berichte noch nicht eingetroffen.« Er schaute auf den Aktenschrank. »Oh, ich finde hier nichts mehr. Dieses neue System ist schrecklich. Ich wüsste vielleicht davon, wenn Pricilla nicht alles abgeheftet hätte, ohne dass ich vorher einen Blick darauf geworfen habe.«

Liv stand auf und stieß mit ihrem Kopf in die niedrige Decke. »Mortimer, es wird alles gut. Ich verspreche es dir.«

»Versprechen! Wenn sich die Vampire wie früher ausbreiten, werden die Brownies zu ängstlich sein, um zu arbeiten. Dann werden sie faul und die Rehabilitation wird ein riesiges Problem. Ich habe ewig gebraucht, die Crew wieder auf Vordermann zu bringen.«

»Es tut mir leid, Mortimer, aber ich denke, wir haben das Problem frühzeitig erkannt«, beruhigte ihn Liv. Sie war im Begriff, ihm zu sagen, er solle sich entspannen, aber sie hasste es, wenn die Leute das zu ihr sagten, also versuchte sie stattdessen einfach, ihm gegenüber so zu wirken. »Ich bin an dem Fall dran und ich bin zu dir gekommen, um zu sehen, ob du jemanden kennst, der helfen kann. Ich muss die Vampire so schnell wie möglich loswerden und brauche deshalb kreative Lösungen.«

Mortimer hielt inne und zog die Finger aus dem Mund, dann seufzte er. »Ich bin dankbar, dass du es bist, die sich damit befasst. Dadurch fühle ich mich besser.« Er klopfte an die Seite seines Kopfes. »Mal sehen … wenn ich du wäre, was wäre der einfachste Weg, dieses Problem anzugehen?«

Liv unterbrach seinen Gedankenfluss nicht. Stattdessen schaute sie aus dem Pseudofenster und beobachtete die Wildblumen im Wind.

»Ich hab's!«, rief Mortimer aus und forderte Livs Aufmerksamkeit. »Das letzte Mal, als das geschehen ist, hat mich niemand um meinen Rat gebeten. Wenn sie es getan hätten, hätte ich ihnen gesagt, dass sie zu Vater Zeit gehen sollten, aber dann hätten sie mich ausgelacht, weil …«

»Papa Creola vor langer Zeit verschwunden ist«, ergänzte Liv.

»Ja!« Mortimer hob einen Finger in die Luft. »Mir ist eigentlich verboten zu erzählen, wo er ist, aber für dich …«

»Er versteckt sich in dem Juweliergeschäft in der Roya Lane«, meinte Liv zu wissen.

DIE DICKKÖPFIGE FÜRSPRECHERIN

Die Fröhlichkeit auf Mortimers Gesicht verschwand. »Warum, ähh ja. Wie hast du … Egal, es ist nicht wichtig. Aber er ist der Einzige, der das in Ordnung bringen kann und zwar schnell.«

»Weshalb? Und warum wurde er nicht früher dazu gerufen?«

»Wurde er. Ich habe ihn selbst darum gebeten. Ich konnte ihm jedoch nichts anbieten, was ihm gefallen hat, denn ich bin nur ein kleiner alter Brownie. Aber du! Du bist Liv Beaufont, Kriegerin für das Haus der Sieben. Du hast sicher Dinge, die du ihm anbieten kannst. Locke ihn.«

»Womit zum Beispiel?«, fragte Liv.

Mortimer zuckte die Achseln. »Ich bin mir nicht sicher. Du musst hingehen und ihn selbst fragen. Aber wenn du tust, was immer er will, dann bin ich sicher, dass er helfen wird, diese Vampirsache zu lösen, bevor sie zu einem globalen Problem wird.«

Mortimer ging zur Tür, öffnete sie und führte Liv hinaus. »Es tut mir leid, dass ich dich hinausbefördern muss, aber du musst sofort an diesem Fall arbeiten. Je länger du hier bist, desto größer wird die Gefahr. Und bitte grüße Papa Creola von mir. Ich habe ihn schon lange Zeit nicht mehr getroffen.«

Liv kicherte. »Zeit. Nettes Wortspiel.«

Mortimer schüttelte den Kopf und winkte. »Keine Zeit für Witze, Liv Beaufont. Bitte kümmere dich schnell darum. Wir werden dir sehr dankbar sein.«

Kapitel 10

Die Klingel an der Tür des alten Geschäfts läutete leise, als Liv eintrat. Es war kein fröhliches Begrüßungsgebimmel, sondern eher eines, das ›Von hinten siehst du am tollsten aus‹ aussagte.

Liv konnte kaum glauben, dass sie den Laden betrat, in dem sie Papa Creola zum ersten Mal getroffen hatte. Damals hatte er gedroht, ihr Gedächtnis auszulöschen, denn er behauptete, dass er sie nur wegen einer Vereinbarung mit dem Haus der Sieben nicht töten könne. Er hatte ihr auch offenbart, dass Krieger den Laden betreten konnten, weil sie für ihn arbeiteten. Das musste der Grund dafür sein, dass der Laden – abgesehen von Subner, dem Gnom, den sie auch beim letzten Mal getroffen hatte – leer war.

Von hinter der staubigen Arbeitsplatte blickte der alte Gnom auf, als sie eintrat und sofort sprang ihm ein finsterer Ausdruck ins Gesicht. Er sah um einiges älter aus als Vater Zeit.

»Subner, ich bin hier, um …«

»Ich weiß, wen du hier treffen möchtest«, murmelte er, die Stirn in Falten gelegt. »Glaubst du etwa, jemand kommt hier rein, um etwas zu kaufen?«

Liv warf einen Blick auf die Schmuckkästchen, die so mit Staub und Dreck überzogen waren, dass man deren Inhalt nur mehr schwer erkennen konnte. Sie konnte sich nicht vorstellen, weshalb Leute hier hereinkommen sollten. Als sie das letzte Mal mit Rudolf im Laden war, hatte sie erfahren, dass die Etuis voller Artefakte mit Zeitbezug waren, wie dem Auferstehungsstein, mit dem er Selena von den Toten zurückgeholt hatte. Aber wenn Vater Zeit untertauchen wollte, warum bewahrte er dann alle Artefakte sichtbar auf und versteckte sich in einem Laden, der seine Türen geöffnet hatte?

»Bekommt ihr viel Besuch?«, wagte Liv zu fragen.

Er schüttelte den Kopf. »Nicht seit du und dieser abstoßende Fae hier gewesen seid und den Ort fast zerstört hättet.«

Liv studierte den Laden. Es waren immer noch Brandspuren auf dem Teppich, und die Vorhänge dort beschädigt, wo Rudolf daran gerissen hatte, um eine provisorische Waffe herzustellen. Sie hielt es nicht für nötig, hinzuzufügen, dass Vater Zeit schließlich versucht hatte, sie zu töten, bevor sie den Laden auseinandergenommen hatten.

»Und davor war die letzte Person in diesem Geschäft deine Mutter, Guinevere Beaufont«, erklärte Subner.

Jedes Mal, wenn der Name ihrer Mutter in Bezug auf einen Fall, an dem sie selbst arbeitete, so beiläufig erwähnt wurde, hatte sie das Gefühl, dass sie die Hand ausstrecken und ihren Geist berühren konnte. Es war, als würden sich ihre Wege in parallelen Dimensionen immer wieder kreuzen, wenn Liv die Orte aufsuchte, an denen sie sich ebenfalls aufgehalten hatte.

Ihre Mutter war einst in der gleichen Position wie sie, obwohl Liv davon überzeugt war, dass ihre Mutter zehnmal so stark war wie sie als Kriegerin. Guinevere wurde respektiert und auch gefürchtet. Im Gegensatz zu ihr hatte sie, soweit Liv es beurteilen konnte, die Zwerge nur leicht verärgert, war von den Elfenwesen unbemerkt geblieben und wurde von den Fae mit großer Skepsis betrachtet.

»Du musst Papa Creola für mich holen«, begann Liv. »Es ist dringend. Wenn du es nicht tust, dann …«

Subner hielt seine Wurstfinger hoch und unterbrach sie. »Ich habe die Absicht, Papa Creola für dich zu wecken, also spare dir deinen Atem.«

»Wirklich?«, fragte Liv überrascht, da sie sich zu diesem Zweck eine ganze Rede parat gelegt hatte.

»Natürlich, tue ich das«, sagte er sachlich. »Er hat ausdrücklich darum gebeten, dass, solltest du jemals wieder einen Fuß in diesen Laden setzen, er sofort geholt wird.« Subner schnipste mit der Hand Richtung Tür und sie verschloss sich mit einem Riegel, der sich nicht magisch öffnen lassen würde.

Liv rollte mit den Augen und erkannte, dass sie das hätte kommen sehen müssen, aber sie hatte keine andere Wahl, als den Besuch bei Papa Creola. Hoffentlich wollte er nicht wieder ihre Erinnerungen an ihn manipulieren. Dann würden Vampire die Macht übernehmen und sie für den Rest ihrer Tage auf der Erde umherwandern und versuchen, sich daran zu erinnern, wer sie war und warum blutsaugende Kreaturen den Planeten beherrschten.

»Ich bin sicher, das ist nicht nötig«, erklärte Liv. »Ich bin aus eigenem Antrieb hergekommen.«

»Du hast das letzte Mal, als du hier warst, etwas gestohlen«, murmelte Subner.

»Technisch gesehen hat Rudolf es gestohlen«, korrigierte Liv.

»Du hast ihm geholfen«, fügte Subner hinzu.

»Ich wurde ausgetrickst.«

Er schüttelte den Kopf. »Das ist aber keine gute Entschuldigung für Papa Creola.«

»Er ist also immer noch sauer wegen des Ganzen?«

DIE DICKKÖPFIGE FÜRSPRECHERIN

»Ja, und er kann seinen Groll hegen bis … nun, bis ans Ende der Zeit.«

»Haha«, meinte Liv mit wenig Belustigung in der Stimme. »Okay, gut, geh und hol Vater Zeit.« Sie hielt ihre Hände hoch. »Und mach dir keine Sorgen, ich werde nichts anfassen. Ich werde eine gute, kleine Kriegerin sein.«

Er wölbte eine buschige Augenbraue. »Das bezweifle ich sehr.« Subner streckte seine Hand aus und auf ihr erschien eine haarige Spinne von der Größe eines Handtaschenhundes. »Für alle Fälle werde ich den Spinnenschlüssel mitnehmen. Auf diese Weise hast du keine Möglichkeit zu verschwinden.«

Liv seufzte und sah zu, wie der Gnom durch die Tür nach hinten marschierte. Sie war nicht überrascht, als Plato neben ihr auf einer Arbeitsplatte erschien, mit amüsierten Ausdruck in seinen grünen Augen.

»Was?«, maulte sie.

»Sehr mutig, hierher zu kommen«, meinte er.

»Als ob ich eine Wahl hätte«, murmelte sie und rieb mit dem Ärmel über die vor ihr liegende Vitrine, um zu versuchen, den Inhalt zu erkennen. Die anderen waren weitestgehend mit Schmuckstücken überladen, hier waren es eine kleine Vase und einige winzige Bücher.

»Man hat immer eine Wahl«, antwortete er.

»Mortimer hat gesagt, dass Papa Creola meine einzige Hoffnung wäre, das schnell zu erledigen«, argumentierte Liv. Sie gab vor, sich die Artefakte anzusehen, aber ihre Aufmerksamkeit galt vor allem der Katze.

»Also los, stell deine Frage«, drängte er.

Sie warf ihm einen Blick zu und fragte sich ernsthaft, ob er manchmal in ihrem Kopf wäre. »Kannst du meine Gedanken lesen?«

Er schüttelte den Kopf. »Aber ich kann deine Stimmung lesen. Und ich habe dich lange genug studiert, um zu wissen, wie du denkst, wenn bestimmte Dinge passieren, was wohl bedeutet, dass ich deine Gedanken irgendwie schon lesen *kann*.«

»Was denke ich im Moment?«, fragte Liv.

Er schnüffelte. »Abgesehen davon, dass die hier mal ernsthaft Staub wischen sollten?«

Sie nickte und wischte sich die Nase ab, weil sie spürte, dass sie kurz davor stand zu niesen.

»Nun, die Erwähnung deiner Mutter hat dich an sie denken lassen«, begann Plato. »Was deutlich macht, wie ähnlich euer Leben ist, da ihr beide die Position des Kriegers innehabt. Und beim Betrachten der Artefakte, die sie für Papa Creola geborgen hat, kam dir in Verbindung mit meinem plötzlichen Auftauchen eine neue Frage in den Sinn, über die du vorher nicht nachgedacht hattest.«

Sie schaute ihn merkwürdig an. »Bist du sicher, dass du nicht in meinem Kopf bist?«

Er schüttelte den Kopf. »Nein, ich folge nur den logischen Hinweisen.«

»Also dann, beantworte bitte die Frage, über die ich nachdenke«, befahl Liv.

Plato dachte einen Moment lang nach.

»Das ist wirklich eine Ja- oder Nein-Frage«, sagte sie, weil er zu lange schwieg.

»Das ist es nicht«, erklärte er. »Ich wusste von deiner Mutter. Ich habe sie viele Male gesehen. Sie wusste nichts von mir, also wäre es falsch zu sagen, dass wir uns gekannt hätten. Aber zu sagen, wir wären uns nie begegnet? Nun, auch das wäre falsch.«

»Du hast sie also gestalkt?«, fragte sie.

DIE DICKKÖPFIGE FÜRSPRECHERIN

»Ich bevorzuge den Begriff ›beobachtet‹.«
»Warum?«
»Ich bleibe gern auf dem Laufenden bei interessanten Menschen«, erklärte er.
»Du hast also alle Krieger für das Haus der Sieben beobachtet?«
Er schüttelte den Kopf. »Nein, nur Guinevere.«
Liv wurde ärgerlich. »Warum sie?«
»Weil ich wusste, dass sie große Dinge tun würde«, sagte er schlicht, sein Ohr zuckte, als donnernde Schritte von der hinteren Treppe widerhallten.
»Wie die Werwolf-Verhandlungen? Oder die Bergung dieser Artefakte für Papa Creola? Oder damit beginnen, das Haus der Vierzehn aufzudecken?«, bohrte Liv weiter.
Plato schüttelte energisch den Kopf. »Das sind alles für sich genommen natürlich gute Dinge, aber nein, das war es nicht.«
»Was war es dann?«, fragte Liv, der Ärger machte sich in ihrem Tonfall bemerkbar.
»Ich wusste, sie würde ein Kind bekommen, das die magische Welt für immer verändern würde«, antwortete Plato und verschwand, als die Tür aufgerissen wurde.
Liv seufzte angestrengt und fragte sich, wie der Lynx den Zeitpunkt für diese Gespräche immer so perfekt planen konnte. Meinte er Sophia, die später vielleicht einmal Drachenreiterin werden würde? Die Erste seit einem Jahrhundert, das war unglaublich bedeutsam. Oder meinte er sie? Und wenn er sie meinte, war es in Stein gemeißelt, dass sie die Dinge für das Haus ändern würde? Sollte alles besser werden? Das weckte die Erinnerung an die Prophezeiung, von der Haro ihr erzählt hatte. Seine Worte hallten in ihrem Kopf wider:

»Großmutter Kazuko sah voraus, dass diese Person viele Reibungen unter den Mitgliedern erzeugen, dabei aber etwas ans Tageslicht bringen würde, das das Fundament, auf dem wir stehen, erschüttern sollte.«

Obwohl Liv versucht hatte, sich einzureden, dass die Prophezeiung sich nicht auf sie bezog, wurde es immer schwieriger, das auch zu glauben. Sie hatte auch behauptet, dass diese Kriegerin ein von einem Riesen geschmiedetes Schwert führen sollte und ihre Hand ging automatisch zu Bellator an ihrer Seite. In ihrem Herzen wusste sie, auf wen sich sowohl Kazuko als auch Plato bezog, aber das ließ sie nicht positiver in die Zukunft blicken.

Plato sagte, Guinevere hätte ein Kind zur Welt gebracht, das die magische Welt verändern würde. Und Haros Großmutter sagte, dieses Kind würde das Fundament des Hauses erschüttern. Beides klang nicht unbedingt gut. Wenn Dinge verändert oder gar zerstört wurden, schuf das nur Chaos. Wäre sie dann an diesen Dingen schuld?

Aus dem Keller strömte Rauch, der Papa Creola verbarg. Als der Qualm sich klärte, traf Liv das Erscheinen des Gnoms unvorbereitet, obwohl sie ihn schon einmal gesehen hatte. Er war so niedlich, dass es fast weh tat, ihn mit seinen runden, rosigen Wangen, den funkelnden Augen und dem Schmollmund anzusehen. Dennoch sah sie hinter seinem Blick die aufflammende Wut, sodass sie sich nicht vom Schein täuschen ließ. Hier stand eines der gefährlichsten Geschöpfe der Welt, auch wenn es süß genug aussah, um wie ein Teddybär geknuddelt zu werden.

Er schlenderte vorwärts, schüttelte den Kopf und schnalzte mit der Zunge. »Du hast dich also hierher zurückgewagt, Kriegerin Beaufont.«

DIE DICKKÖPFIGE FÜRSPRECHERIN

»Ich brauche deine Hilfe«, sagte Liv im Anschluss an diese Erklärung.

»Natürlich tust du das«, vermittelte er. »Ich hatte nicht angenommen, dass du gekommen bist, um mir meinen Auferstehungsstein zurückzugeben.« Er warf ihr einen Seitenblick zu, als er ein paar Meter vor ihr stehen blieb. »Du *bist nicht* hier, um den Stein zurückzugeben, oder?«

Liv schüttelte den Kopf. »Es war Rudolf, der ihn hatte und er benutzte ihn, um …«

»Die Sterbliche, die zurückgebracht wurde«, sagte er, als ob er alles zusammenfügen wollte. »Ja, das habe ich gespürt, als es geschah. Ich hätte erkennen müssen, dass das Rudolfs Werk war. Der Stein ist also weg, oder?«

»Ja, er wurde zu Asche«, gab Liv zu. »Ich wusste wirklich nichts von dem Stein, als er mich hierherführte. Er erzählte mir … nun, das spielt keine Rolle mehr. Der Punkt ist …«

»Wenn du dich mit Lügnern und Betrügern verbündest, dann sei darauf vorbereitet, in die Irre geführt zu werden«, bemerkte Papa Creola. »Du kannst dein Verhalten nicht einfach so abtun, wenn du die Gesellschaft von Fae und Lynxen und wer weiß wem sonst, genießt.«

»Sie sind nicht so schlimm wie man es sich vorstellt«, argumentierte Liv. »Vielleicht ein bisschen missverstanden, aber ich schlussfolgere immer noch, dass das, was Rudolf getan hat … Nun, er hielt es für das Richtige.«

»Er hat den Gesetzen der Zeit getrotzt«, schimpfte Papa Creola, seine Ohren verfärbten sich rosa. »Wenn Sterbliche gestorben sind, sollten sie auch tot bleiben. Wenn sie zurückkommen, bringt dies das sanfte Gleichgewicht der Zeit durcheinander. Ich will gar nicht erst damit anfangen, welche Kopfschmerzen ein Lynx in diesem Gleichgewicht mit seinen neun Leben bei mir auslöst.«

»Aber du hast gesagt, dass du untergetaucht bist, weil du nichts zu tun hattest«, bemerkte Liv. »Du sagtest, die Zeit sei immer gleich und sie sei langweilig geworden.«

Er schüttelte den Kopf. »Was ich sagte, war, dass es nichts zu verwalten gab. Ich kann die Zeit nicht beeinflussen. Alles, was ich tun kann, ist, die Löcher im Verlauf zu stopfen, die ihr alle schafft. Ich kann Lynxe nicht aufhalten, obwohl ich es versucht habe. Das Beste, was ich tun konnte, war, alle Artefakte, die mit der Zeit zu tun haben, zurückzuholen und sie so zu verwahren, dass ich mich im Ruhestand entspannen konnte.«

»Aber du bist der Vater Zeit«, konterte Liv. »Du bist nicht dazu bestimmt, dich zurückzuziehen. Den Verlauf zu fixieren oder was immer du tust, ist Teil deiner Arbeit. Verstehst du nicht, dass Verstecken keine Lösung ist?«

»Es hilft meinem Blutdruck. Kannst du dir vorstellen, wie oft pro Stunde mich jemand wegen seiner Wünsche angesprochen hat, als ich da draußen in der Welt war? Er stemmte seine Fäuste in die Hüften und schürzte die Lippen. »Mach mich jünger, Papa Creola. Gib mir mehr Zeit mit meinen Lieben. Gib dieser Person weniger Zeit. Mach, dass dieser Moment länger dauert«, zählte er auf und verkörperte damit die vielen Menschen, die um etwas gebeten hatten.

»Jetzt versteckst du dich also in diesem Laden?«, erkundigte sich Liv. »Ist das eine bessere Existenz?«

»Es ist eine ruhigere«, antwortete er ehrlich und seufzte dann. »Und nein. Es ist ziemlich langweilig, aber wenigstens muss ich mir nicht all das Gezänk und die nervigen Beschwerden anhören. Ich kann keinem Einzigen von ihnen helfen. Es gibt für mich nichts zu bewältigen. Ich muss nein sagen, immer und immer wieder. Mutter Erde überhäuft die Menschen mit Blüten, wenn sie auf ihr knien. Feenpaten dürfen Wünsche erfüllen. Rate, was ich tun darf?«

»Nein sagen?«, fragte Liv höflich.

»So ist es, Kriegerin Beaufont.« Papa Creola hob theatralisch einen Finger in die Luft, seine Augen brannten vor Intensität.

»Aber du wurdest aus einem bestimmten Grund in diese Lage versetzt«, erklärte Liv. »Es muss doch etwas geben, das du tun kannst?«

Er zuckte halbherzig die Achseln. »Wenn es etwas gibt, dann kann ich selbst nach mehreren tausend Jahren nicht sagen, was es ist. Es ist ein grausamer Witz. Ja, ich kann die Zeit anhalten, aber nicht nur für eine einzige Person. Ich kann die Dinge beschleunigen, aber es gibt kaum Grund, das zu tun. Das Einzige, was ich tun *kann*, ist, das große Ganze zu fixieren, aber da die Artefakte größtenteils geschützt lagern, ist es sehr ruhig geworden.«

»Was ist mit Vampiren?«, brachte Liv ins Spiel.

Das Gesicht des Gnoms verzerrte sich vor Wut. »Nein, sag es mir nicht! Verursachen sie die seltsamen Träume?«

»Was? Träumst du von Vampiren?«

Papa Creola kratzte sich am Kopf, als wäre er plötzlich desorientiert. »Ich dachte, es seien Träume, aber jetzt würde ich es eher als Vorahnungen bezeichnen.«

»Nun, deshalb bin ich zu dir gekommen«, begann Liv. »Ich brauche deine Hilfe. Mortimer sagt, du bist unsere größte Hoffnung, sie schnell loszuwerden.«

Er umklammerte beide Ellbogen, als wäre ihm plötzlich kalt. »Vampire. Oh, nein. Das Haus hat sich das letzte Mal um sie gekümmert und sie werden es wieder tun müssen. Ich halte mich da raus. Wenn ich mich einmische, werden alle wissen wo ich bin und sie werden mit ihren Forderungen und Bitten angerannt kommen. Dann wird es keinen Frieden mehr für mich geben.«

»Ehrlich gesagt«, sagte Liv, »sieht das hier nicht wie eine Ruheoase aus.«

»Du siehst mich nicht in *dein* Haus stürmen und darüber urteilen«, erwiderte er.

»Du könntest, wenn du wolltest, aber das würde voraussetzen, dass du von hier weggehst und wir beide wissen, dass du das nicht tun wirst.«

Der Gnom betrachtete sie einen Moment lang, die beiden standen sich in einem Starrwettstreit gegenüber.

»Ich schlage dir ein Geschäft vor«, meinte Vater Zeit schließlich.

»Du wirst eingreifen und die Vampire außer Gefecht setzen und dann werden wir beide einen Luxusurlaub auf Bora Bora machen?«, war Livs Idee.

Liv konnte sehen, dass auf Papa Creolas Lippen fast ein Lächeln erschien. »Nein. Und ich bin sicher, wenn du und ich gemeinsam in den Urlaub fahren würden, würde die Gerüchteküche brodeln.«

Warum konnte sich niemand vorstellen, dass Liv mit einem heißen Typen zusammen war? Nein, stattdessen dachten sie, Rory, der Riese sei ihr heimlicher Freund, oder Vater Zeit, der, nichts für ungut, nicht wirklich ihr Typ war.

»Welches Geschäft schlägst du vor?«, fragte Liv.

»Ich bin noch nicht bereit, aus meinem Versteck zu kommen«, begann Papa Creola. »Vielleicht in ein paar weiteren Jahrhunderten. Das bedeutet, dass du euer Vampirproblem selbst lösen musst.«

»Das ist ein schlechter Deal«, sagte Liv und verschränkte ihre Arme vor der Brust.

»Ich bin noch nicht fertig, Ungeduldige.« Er zog eine Grimasse.

DIE DICKKÖPFIGE FÜRSPRECHERIN

»Tut mir leid, ich habe nicht den Luxus der Ewigkeit wie du und die Vampire.«

Sein finsterer Blick wurde eindringlicher. »Ich bin der Einzige, der diesen Vorteil haben sollte, obwohl ich spüre, dass es da draußen noch einen anderen gibt, der schon viel länger lebt, als er sollte.«

Liv neigte den Kopf zur Seite und war plötzlich neugierig auf die Person, auf die er sich bezog. Papa Creola räusperte sich jedoch und fuhr fort: »Es sind weitere Artefakte entstanden, die dem Lauf der Zeit entgegenwirken und sie bereiten mir viel Kopfzerbrechen. Ich habe bisher nicht eingegriffen und würde vorziehen, es auch weiterhin nicht zu tun. Wenn sie nicht von jemandem konfisziert werden, habe ich keine andere Wahl, als herauszukommen und den Schaden, den ihr Gebrauch verursacht, formell zu beheben.«

»Mit ›jemandem‹ ... meinst du da mich?«, erkundigte sich Liv.

»Ich denke, wir wissen beide, dass ich das tue.«

»Lass mich also raten: Wenn ich dir diese Artefakte besorge, gibst du mir eine Möglichkeit, schnell mit den Vampiren fertig zu werden?«

»Höchstwahrscheinlich«, schränkte Papa Creola ein, eine Schriftrolle erschien in seiner Hand.

»Als Zeichen des guten Willens«, begann Liv langsam, »wirst du mir deine Feuerballmagie beibringen?«

Er schüttelte den Kopf. »Aber wenn du mir die Artefakte schnell bringst, werde ich in Betracht ziehen, sie dir danach zu zeigen. Die Zeit ist von äußerster Wichtigkeit.«

Liv lachte. »Gut gesprochen, Papa.«

Er schüttelte den Kopf. »Ich meine es ernst. Je früher du diese Gegenstände erhältst, desto besser für mich und desto mehr werde ich dir helfen.«

Liv nahm die Schriftrolle und ließ sie abrollen. Das untere Ende fiel bis auf den staubigen Boden. »Ist das alles?«

»Das ist noch gar nichts«, bemerkte Papa Creola. »Ich gab deiner Mutter eine ähnliche Liste und sie hatte alles innerhalb einer Woche zusammen. Aber vielleicht irre ich mich und du bist nicht wie sie.«

»Ist das deine Art, mich zu motivieren?«

»Deine Mutter war eine weise und talentierte Frau«, meinte er. »Ihre Bemühungen brachten sie jedoch um. Möchtest du sein wie sie? Oder besser?«

Liv schaute seltsam drein und versuchte zu entscheiden, ob sie beleidigt sein sollte.

»Kriegerin Beaufont«, fuhr Papa Creola mit weichen Augen fort, nachdem er ihr Zögern gesehen hatte, »wir können mit der Zeit besser werden. Jede neue Generation sollte besser sein als die vorhergehende. Glaubst du nicht, dass deine Mutter das für ihre Kinder so gewollt hätte?«

»Nun, ja, aber …«

»Kein Aber«, erklärte er unerbittlich. »Deine Mutter hat meine Liste in einer Woche allein abgearbeitet. Vielleicht kennst du einen Weg, es schneller zu erledigen.«

Liv dachte an ihre Freunde. An ihre Ressourcen. Sie nickte langsam und sah sich die Liste an, die immer länger zu werden schien. »Ja, vielleicht.« Liv dachte plötzlich an das Haus der Sieben und schaute auf. »Hey, du bist doch schon ewig hier, oder?«

Er seufzte. »Soll das ein Witz sein?«

»Nun, ich dachte gerade … wusstest du, dass die Geschichte verändert wurde? Und wenn ja, wie ist das passiert?«

Papa Creola schüttelte den Kopf und drückte seine kleinen Hände an Livs Beine. Er war eigentlich ziemlich stark für seine Größe und hätte sie fast zu Fall gebracht. »Oh, nein. Du willst nicht, dass ich dich in meine Streitereien mit der Hure, die über die Erde herrscht, oder dem Schurken, dessen Aufgabe es ist, Kälte zu bringen, hineinziehe. Oder die mit meiner Ex mit der Kapuze.«

»Warte, du warst mal mit dem Sensenmann zusammen?«, fragte Liv ungläubig.

»Ich will nicht darüber reden«, jammerte Papa Creola, seine Augen wurden feucht, als er sie wieder anstieß. »Diese Angelegenheiten mit dem Haus sind für mich nicht von Bedeutung. Sie betreffen nicht die Zeit, sondern nur Sterbliche und Magier und den Rest der lästigen Bevölkerung. Ehrlich gesagt, ich denke, der Sandmann sollte euch alle wieder in einen fünfhundertjährigen Schlaf versetzen.«

»Mmmhh, das ist passiert? Wann war das?«, fragte Liv, als sie gegen die Tür gestoßen wurde. Sie entriegelte sich sofort, flog auf und ließ böigen Wind herein.

»Spielt keine Rolle«, sagte er kopfschüttelnd. »Der beste Frieden, den jeder von uns in einem Jahrtausend hatte. Aber dann langweilte sich meine damalige Freundin und ließ alle aufwachen, damit sie sich auf einen Amoklauf begeben konnte.«

Liv war verblüfft über diese Nachricht. »Der Tod ist eine Frau? Oh Mann, das ist zu viel. Und ich hoffe, dass der Sandmann nicht den plötzlichen Drang verspürt, uns alle wieder in diesen Schlaf zu versetzen.«

Papa Creola gab Liv einen letzten Schubs und zwang sie über die Schwelle. »Keine Sorge, sie ist süchtig nach Aufputschmitteln, weshalb ihr alle in den letzten hundert Jahren solche Schlafprobleme hattet. Wenn du mit meiner Liste und den Vampiren fertig bist, kannst du ihr vielleicht helfen.«

»Ja, denn ich wollte schon immer mal in einem Rehabilitationszentrum für drogenabhängige Götter arbeiten«, sagte Liv sarkastisch.

Da er ihren Witz nicht verstand, nickte er kurz. »Klingt gut. Ich werde ihren Aufenthaltsort für dich ausfindig machen, aber denk daran, sie ist ein schwer greifbares Biest. Im einen Moment hat sie die Gestalt eines Eichhörnchens, das rechnet und im nächsten Moment ist sie ein Zebra, das Ratten zur Welt bringt.«

Liv kicherte. »Genau wie in einem echten Traum.«

Ganz und gar nicht amüsiert warf Vater Zeit ihr einen strengen Blick zu. »Arbeite die Punkte auf deiner Liste ab. Du hast dafür noch weniger als eine Woche … ab jetzt!«

Kapitel 11

Liv begegnete auf dem Bürgersteig einem kleinen Mädchen mit Zöpfen, das Samson trug, Rorys orangefarbenes Kätzchen. Sie unterhielt sich aufgeregt mit der sich windenden Katze, während ihre Mutter sie zu ihrem Auto führte, das am Straßenrand geparkt war.

»Oh, es wird dir bei uns gefallen«, quietschte das kleine Mädchen. »Ich werde dir dein eigenes Bett bauen. Du kannst nachts neben mir schlafen. Morgens werden wir mit meinen Puppen spielen und einen schönen Tag haben. Dann werde ich dir dein Fell bürsten. Ich habe Katzen-Leckerchen für dich. Sie schmecken nach Fisch, aber Mami sagt, ich darf sie nicht essen, weil sie nur für dich sind. Trotzdem denke ich, ich sollte sie probieren, nur um sicherzugehen, dass sie wirklich in Ordnung sind. Das macht Mami auch für mich. Sie probiert meinen Haferbrei immer, um sicherzustellen, dass er nicht zu heiß ist. Also denke ich, dass ich das auch für dich tun muss.«

Liv lächelte vor sich hin und sah zu, wie die Mutter Kind und Kätzchen im Auto angurtete. Als sie um die Ecke zu Rorys Haus kam, fand sie den Riesen auf der Veranda sitzend und in den Himmel starrend, wo die Sonne durch die Bäume über ihm strahlte. Er schniefte laut und schaute bei ihrem Anblick plötzlich weg.

»Hey, du hast also endlich eins der Kätzchen adoptieren lassen?«, fragte Liv und bemerkte, dass seine Nase leicht rot war. »Sie haben den Test bestanden, oder? Hast du das kleine Mädchen einem Drogentest unterzogen? Einen Hintergrund-Check gemacht? Stammbaum geprüft?«

Er wandte sein Gesicht weiterhin ab und gab vor, den Boden neben sich zu inspizieren. »Sie sind eine nette Familie. Samson wird bei ihnen glücklich sein.«

»Aber was ist mit dir?«, erkundigte sich Liv und nahm neben dem Riesen Platz. »Offensichtlich vermisst du ihn jetzt schon.«

Rory schüttelte den Kopf. »Ich kann mich nicht um zehn Katzen kümmern. Das sind zu viele.«

»Ich verstehe. Aber es ist trotzdem okay, traurig zu sein.«

»Traurig«, brummte Rory. »Ich bin nicht traurig. Es sind einfach all die Blumen. Im Frühling habe ich immer Allergieprobleme.«

Liv grinste. »Richtig. Ja, das verstehe ich vollkommen. Eine Allergie.«

Rory seufzte, als lastete ein schweres Gewicht auf seiner Brust. »Ich muss heute noch ein paar Vorstellungsgespräche führen, aber ich will wirklich nicht mehr.«

»Dann tu es nicht«, stellte Liv fest. »Stattdessen solltest du mit mir auf ein Abenteuer gehen.«

»Abenteuer?«, fragte er, sein Interesse war offensichtlich geweckt.

»Ja und es ist für einen guten Zweck. Außerdem glaube ich, dass ich das perfekte Mittel habe, um dich von diesem Kätzchenhandel abzulenken.«

Rory blickte hoffnungsvoll auf, seine Augen waren rot. »Oh?«

»Ja. Ich soll für Papa Creola Artefakte mit Zeitbezug aufspüren und dachte, du möchtest vielleicht mitkommen.«

Sie reichte ihm die Schriftrolle und zeigte auf die ersten paar Gegenstände.

Er zog seine Augenbrauen fast bis zum Haaransatz hoch. »Denkst du wirklich, ich könnte ...«

»Du bist meine offensichtliche Wahl«, erklärte Liv. »Und wie lange ist es her, dass wir gemeinsam an einem Fall gearbeitet haben?«

»Ich weiß es nicht«, sagte Rory und schaute über die Schulter. »Ich muss im Garten arbeiten und dann noch Backen und da ist auch noch Wäsche, um die ich mich kümmern sollte.«

Liv war enttäuscht. »Ernsthaft? Das kann alles warten. Vater Zeit hat uns um Hilfe gebeten. Je eher ich diese Artefakte finde, desto eher wird er mir mit den Vampiren helfen.«

Rory dachte einen Moment lang nach, seine Augen bewegten sich hin und her, als er die Liste las. »Nun, ich weiß ein oder zwei Dinge über ein paar dieser Artefakte.«

»Exakt!« Liv stand auf und reichte ihrem Freund die Hand. »Geh mit mir, um diese Artefakte zu bergen, dann werde ich dir bei der Durchführung der Interviews helfen. Es kann nicht einfach sein, dass man das allein erledigt. Denn wenn ich dich unterstütze, vielleicht ... na ja, vielleicht wirken sich die Allergien dann nicht so stark aus.«

Rory betrachtete sie und warf dann einen Blick auf die Liste, wobei der Stress auf seinem Gesicht langsam nachließ und er nickte. »Ja, ich denke, das wäre eine gute Ablenkung. Wir haben einen Deal.«

Er schlang seine Hand um ihre und bedeckte sie vollständig. Mit ihrem ganzen Gewicht lehnte sie sich zurück und versuchte mit aller Kraft, ihn hochzuziehen. Er bewegte sich nicht, sondern gluckste nur leise bei diesem erbärmlichen Versuch. »Aber bevor wir aufbrechen, sollten wir dir ein Steak besorgen. Du bist immer noch so schwach wie eine Feldmaus.«

»Die versucht, einen Stier zu bewegen«, schoss sie grunzend zurück.

Er erhob sich und sie kippte beinahe um. Rory schüttelte den Kopf. »Okay, lass uns diese Artefakte holen. Ich glaube, ich weiß, wie wir die ersten paar ganz leicht bergen können.«

Liv stieß einen Seufzer der Erleichterung aus. Vielleicht hatte sie aus den Abenteuern ihrer Mutter gelernt, weil sie ihre Freunde und Ressourcen einsetzte, um die Arbeit schneller zu erledigen. Sie konnte nur hoffen, dass sie dies bei allen Fällen tun konnte, die sie von Guinevere geerbt hatte, sodass sie ihr Schicksal nicht teilen musste.

Kapitel 12

"Verrenke dir nicht den Arm, während du dir auf den Rücken klopfst«, sagte Rory, als er neben Liv hermarschierte. Sogar bergab in Richtung Puget Sound musste sie rennen, um mit dem Riesen mithalten zu können.

»Oh, es tut mir leid, dass ich einige Siege zu feiern habe«, sagte sie, wobei ihr Ton vor Sarkasmus triefte.

Es war eine großartige Idee, Rory zur Bergung der Artefakte mitzunehmen. In weniger als ein paar Stunden hatten sie bereits eine ganze Menge in ihrem Besitz. Jetzt mussten sie nur noch ein paar mehr holen, was bedeutete, dass sie mit der Liste in nur ein oder zwei Tagen fertig sein sollte.

Rory hatte sich als sehr nützlich erwiesen, weil er die Magier und Elfen einschüchterte, von denen sie die Artefakte einfordern mussten. Außerdem hatte er einen besonderen Sinn für Detektivarbeit. Er ahnte jedoch nicht, dass Liv ihn beobachtete und dabei eine tief sitzende Traurigkeit in seinem Gesicht erspähte. Zuerst dachte sie, es wäre wegen der Kätzchen, die adoptiert wurden, aber das fühlte sich nicht richtig an. Die Kätzchen waren ein Teil, aber hier ging es um etwas Tieferes und sie plante, der Sache auf den Grund zu gehen.

»Ich habe gehört, dass es hier wirklich gute Käse-Makkaroni in einem Laden gibt«, sagte sie und tat so, als würde sie mit sich selbst sprechen, da Rory einen selektiven Unsichtbarkeitszauber auf sich hatte, um Einheimische und Touristen davon abzuhalten, ihn anzustarren. »Oder wir können ihnen beim Angeln zusehen oder an Blumen riechen. Deine Entscheidung.«

»Wir sollten einfach holen, weswegen wir hergekommen sind«, murrte er und schaute in beide Richtungen, bevor er auf die Straße trat.

Er hielt plötzlich an und streckte seinen Arm aus, um Liv aufzuhalten, weil ein paar Vespas aus einer Gasse rasten und die Straße hinunterröhrten.

»Oh, schau sich einer die Reflexe des Riesen an«, stellte Liv fest. »Danke, dass du mich gerettet hast.«

»Ich habe dich nur davor bewahrt, eine Attraktion zu werden«, meinte er eher stumpfsinnig. »Du hättest sie rechtzeitig gesehen und wahrscheinlich deine Magie eingesetzt, was eine besondere Aufmerksamkeit auf uns gelenkt hätte, die wir nicht brauchen können. Es ist besser, wenn diese Kreaturen nicht wissen, dass wir auf dem Weg zu ihrem Stand sind. Es ist am besten, wenn wir sie unvorbereitet erwischen.«

»Danke, dass du meine Stiefel vor einem Kratzer bewahrt hast.«

»Und nein, wir machen keine Ausflüge. Wir sollten einfach das tun, weswegen wir hergekommen sind«, sagte Rory. »Keine Nebentätigkeiten.«

Liv atmete tief durch und genoss die verschiedenen Gerüche, die vom Pike Place Market in Seattle herüberwehten. »Du weißt doch, dass man nur einmal lebt, oder?«

»Es gibt eigentlich nichts, was das beweisen könnte«, erklärte Rory.

»Was ist mit einem Ballontier? Der Typ da drüben bastelt dir einen Hut oder eine Schlange oder was immer du willst. Oder ich könnte dich karikieren lassen? Ich lade dich ein«, bot Liv an.

Er schüttelte den Kopf. »Das ist reine Geldverschwendung.«
Liv zog einen Fünf-Dollar-Schein heraus und hielt ihn hoch. »Komm schon, bist du nicht hungrig, nachdem du diesen Kolibri herumgescheucht hast?«

»Das war eine Fee«, erklärte Rory.

»Du sagst so, ich sage so.«

»Du musst wirklich daran arbeiten, hinter die Fassade zu schauen«, sagte er und schaute sich um.

»Nun, wo sind meine Trainingseinheiten nur hin?«, fragte Liv. »Früher hast du mich regelmäßig trainiert, jetzt bist du immer zu beschäftigt.«

»Ich habe jetzt Hauptsaison«, stellte er fest.

»Wobei?«, hakte Liv nach, in der Hoffnung, einen Hinweis auf seine berufliche Tätigkeit zu bekommen.

»Zeug«, antwortete er mehrdeutig.

Sie winkte mit dem Fünf-Dollar-Schein. »Komm schon, wie wäre es mit einem Keks von der Größe deines Gesichts? Oder, na ja, meines Gesichts. Oder Eiscreme? Sag mir, was du willst und ich besorge es dir, mein Großer.«

Rory riss ihr den Geldschein aus der Hand und warf ihn, bevor sie ihn aufhalten konnte, in den Hut eines Obdachlosen. Da der Mann nicht sehen konnte, wie er dorthin gelangt war, sah er sich verwirrt um.

»Also, warum hast du das getan?«

»Weil er es nötig hat und wir nicht«, antwortete Rory.

»Ja, aber wir dürfen Bettler nicht unterstützen«, erklärte Liv.

Rory wies auf eine Reihe von Verkäufern hin. »Die Kreaturen sind da unten.«

Liv beugte sich vor, während sie ihm missmutig und mit knurrendem Magen hinterherstampfte. Sie hatten seit Stunden nichts mehr gegessen und der Einsatz von Magie hatte ihre Reserven erschöpft. Sehnsüchtig blickte sie auf die Gebäckauslagen, versucht, im Vorbeigehen eine Probe zu nehmen. Normalerweise war Rory der Erste, der ihr riet, zu essen, wenn ihre Reserven zur Neige gingen, aber er schien ausschließlich auf die Mission fixiert und weniger als sonst um ihr Wohlergehen besorgt zu sein. Zu Beginn des Tages hatten sie noch angehalten, um ein Steak zu essen, aber seit sie begonnen hatten, die Artefakte aufzuspüren, hatte sich Rory in sich selbst zurückgezogen.

Liv seufzte und sehnte sich danach, etwas zwischen die Zähne zu bekommen, als sie Rory beinahe aus den Augen verlor. Sie beeilte sich, ihm zu folgen und erspähte seinen Kopf mit den lockigen braunen Haaren, als er die Treppe nach unten ging.

Sie drängte sich durch die Menge und fragte sich, warum die Touristen nicht an den unsichtbaren Riesen stießen. Das musste Teil des Zaubers sein.

»Also, wie möchtest du vorgehen?«, verlangte Liv Auskunft, als sie ihn endlich eingeholt hatte. »Ich spiele den Kunden und du schleichst hinten herum und greifst dir das Artefakt?«

»Ich werde sie darum bitten«, sagte er einfach.

Sie lachte. »Diese Kreaturen sind nicht vernünftig. Ich denke, wir sollten besser etwas listiger vorgehen. Wie wäre es, wenn ich einen Handel für das Artefakt anbiete? Oder ich kann sie zur Verantwortung ziehen, weil sie magische Gegenstände auf der Einkaufsmeile der Sterblichen verkaufen? Oh, ich hab's ...«

Wieder streckte Rory seine Hand aus, um Liv aufzuhalten, aber diesmal fuhr kein Fahrzeug über ihren Weg. Stattdessen blickte er streng auf sie herab. »Wir werden verlangen, dass sie es rausrücken, dann gehen wir zum nächsten auf der Liste über.«

DIE DICKKÖPFIGE FÜRSPRECHERIN

»Ich wette um ein Stück Schokoladenkuchen, dass sie uns ins Gesicht lachen und dann irgendeinen Trick ausprobieren.«

Rory betrachtete sie einen Moment lang und nickte. »Wir haben eine Abmachung.«

»Wirklich?« Liv war überrascht. »Willst du wirklich mitspielen? Ich dachte, du würdest mir sagen, ich soll endlich still sein oder mich ignorieren.«

»Ich habe beides heute schon versucht und es hat nicht funktioniert«, erklärte Rory sachlich.

»Großartig!« Liv freute sich wie ein kleines Kind. »Meine Hartnäckigkeit zermürbt dich. Wenn ich gewinne, kaufst du mir einen Schokoladenkuchen. Wenn du gewinnst, dann …«

»… machst du den Mund zu und gibst das Geld, das offensichtlich ein Loch in deine Tasche brennt, einem Obdachlosen.«

»Aber ich darf Bettler nicht unterstützen«, erklärte Liv. »Clark würde meinen Kopf fordern, wenn er herausfinden würde, dass ich ihnen mein hart verdientes Geld gebe, anstatt es in eine glaubwürdige Wohltätigkeitsorganisation zu investieren.«

»Clark muss nicht alles wissen«, stellte Rory fest.

»Wow, das nenne ich Bescheidenheit«, meinte Liv. »Das sage ich ihm die ganze Zeit, aber er ist nicht damit einverstanden. Es gab den Fall, in dem er darauf bestanden hat, dass ich Magenschmerzen bekäme, wenn ich einen ganzen Tag lang nichts als Jelly Beans essen würde. Ich sagte ihm, dass alles davon abhängt, wie man sie isst. Ich habe sie als Mahlzeitenersatz verwendet und in einer bestimmten Reihenfolge gegessen, wie saftige Birne und Wurst zum Frühstück, dann Popcorn mit Butter und sehr viel Kirsche zum Mittagessen. Du verstehst schon.«

»Leider tue ich das«, entgegnete er mit null Interesse.

»Unnötig zu sagen, dass ich in der Lage war, den ganzen Tag lang keine Bauchschmerzen zu bekommen, was bewiesen hat, dass Clark im Unrecht war.«

»Wie alt seid ihr beide da gewesen?«, fragte Rory.

Liv warf ihm einen Seitenblick zu. »Na, das ist erst letzte Woche gewesen.«

Rory rollte mit den Augen. »Warum habe ich das nicht kommen sehen?« Er deutete auf einen Stand, der mit Stoffen beladen war. Vorne waren Bücher aufgereiht und von der Decke baumelten Windspiele.

Liv streckte ihm ihre Hand entgegen. »Mach ruhig weiter. Zeige mir, wie du dorthin spazieren und einfach darum bitten möchtest, dass sie das Artefakt übergeben.«

Er warf ihr einen kurzen Blick zu bevor er nach vorne schlenderte. »Sehr gut.«

Hinter den Auslagen standen zwei ältere Damen, deren Köpfe mit Tüchern bedeckt waren. Liv erinnerte sich an das, was Rory gesagt hatte, schüttelte den Kopf und fokussierte ihre Augen richtig. Die Fassaden der magischen Kreaturen schmolzen und brachten zwei Kobolde mit spitzen Ohren und pelzigen Gesichtern hervor. Ihre Augen wurden groß, als sie Liv und Rory erkannten. Die Kobolde konnten ebenso hinter die Fassade schauen, wie sie es gerade getan hatte.

Rory räusperte sich, als er die Kisten mit handgemachtem Schmuck betrachtete. »Hey, wir wissen, dass ihr ein Artefakt habt, das die Zeit zurückdrehen kann. Das werdet ihr uns übergeben und dann sind wir auch wieder weg. Ohne Probleme.«

Die Blicke der Kobolde trafen sich, ängstliches Gemurmel entstand zwischen ihnen. Livs Hand griff nach Bellator. Das Gemurmel wurde lauter, während sie sich stritten. Aus irgendeinem Grund ging sie nicht davon aus, dass sie sich uneinig waren, wer von ihnen aufstehen und den Gegenstand für Rory holen sollte.

Eine Schachtel, die dem größeren Kobold am nächsten lag, öffnete sich, eine schwarze Fernsehfernbedienung erhob sich aus dem Behälter und flog in die Handfläche des Kobolds, seine Krallenfinger schlossen sich darum.

Rory streckte seine Hand aus, ein erwartungsvolles Funkeln in den Augen. »Das war's. Kein Grund zur Beunruhigung. Ich nehme das.«

Liv war gerade dabei, ihr Geld für Rorys Wohltätigkeitsaktion herauszufischen, als der Kobold auf eine Taste der Fernbedienung drückte. Plötzlich sprach Rory ganz schnell, aber rückwärts, was ziemlich seltsam klang. Dann begannen sie ohne darauf Einfluss zu haben, den Weg zurückzugehen, den sie gekommen waren.

Wir gehen rückwärts durch die Zeit, dachte sie, konnte aber nichts dagegen tun. Während sie den Kobold im Auge behielt, sah sie zu, wie der mit der Fernbedienung seine Kleidung zerfetzte und zwischen den Beinen von Touristen und Verkäufern hindurchschlüpfte, die Rückwärtsgang-Fernbedienung in den Händen.

Kapitel 13

Als die Umkehr-Fernbedienung auf Rory und Liv keine Wirkung mehr hatte, stolperten sie vorübergehend orientierungslos vorwärts.

»Die Fernbedienung funktioniert immer noch fehlerhaft«, vermutete Rory, der sich nach dem Kobold umsah. Beide waren verschwunden und hatten ihren Stand unbeaufsichtigt zurückgelassen.

»Tja, nur deshalb durften wir diese ganze Umkehraktion miterleben«, stimmte Liv zu.

»Da!«, rief Rory aus und zeigte zu einem Tumult auf der Promenade. Mehrere Sterbliche duckten sich, als ein Kerzenregal zu Boden stürzte und Stolpergefahr entstand, weil die Kerzen in sämtliche Richtungen rollten.

Liv und Rory rannten hinter dem Kobold her, der die Fernbedienung hatte, seine im Wind flatternden Ohren waren nicht zu übersehen.

»Jetzt ist ein denkbar schlechter Zeitpunkt dafür«, meinte Liv, die mit Rory jetzt im Sprint problemlos mithalten konnte. Sie manövrierte leicht durch die Menschenmassen und sprang über die Gegenstände, die der Kobold immer wieder hinunterwarf, um sie ins Straucheln zu bringen.

»Tu es nicht«, erklärte Rory an ihrer Seite, der die Sterblichen nicht berührte, sondern seine liebe Not hatte, den Trümmern auf dem Boden auszuweichen.

»Was nicht tun?«, fragte Liv. »Erinnerst du dich nicht daran, dass es eine schlechte Idee ist, die Kobolde zu bitten, vernünftig zu sein und illegale magische Technik auszuhändigen? Oder hast du vergessen, dass du mir jetzt ein Stück Schokoladenkuchen schuldest? Machen wir einen Schokoladenkuchen mit Schmelzkern daraus.«

»Rede nicht so viel. Er entkommt!«, brüllte Rory.

»Tut er das?«, rief Liv, beschleunigte und ließ Rory hinter sich. Sie zeigte mit dem Finger auf den Kobold, in der Hoffnung, die Fernbedienung aus seinen Händen hüpfen zu lassen, aber der Zauberspruch funktionierte nicht. Nach dem zweiten Mal bemerkte sie, dass er das Teil fest umklammert hatte und versuchte eine andere Technik. Ein drittes Mal deutete sie auf den Kobold, der die Sterblichen im Vorbeilaufen zur Seite schubste. Diesmal deaktivierte sie einfach die Umkehr-Fernbedienung, sodass er sie nicht mehr benutzen konnte, um sie in der Zeit zurückzuschicken. Es würde nicht lange anhalten, aber sie hoffte, zumindest eine Chance zu haben, ihn einzuholen.

Ein Blick über die Schulter zeigte ihr, dass Rory mehr Zeit brauchen würde, um die Distanz zu verkürzen. Als sie sich wieder umdrehte, öffnete der Kobold zu ihrem Entsetzen ein Portal.

»Nein!«, schrie Liv und belegte sich mit einem Geschwindigkeitszauber, wodurch sich ihre Beine so schnell bewegten, dass sie plötzlich Funken warfen. Liv zog Bellator und als es fühlte, was sie brauchte, schrumpfte das Schwert – ohne dass ein Zauberspruch nötig gewesen wäre – auf die Größe eines Dolches, wodurch es leicht zu werfen war. Sie warf die Klinge, gerade als sich das Portal zu schließen begann und hielt es offen.

Liv kam am Portal an und konnte es weiter öffnen, noch bevor es sich zu schließen begann. Es hatte der Größe des Kobolds entsprochen, aber sie konnte es maximal etwa zu ihrer Größe erweitern. Als Rory hinter ihr auftauchte, warf sie ihm einen mitfühlenden Blick über die Schulter zu.

»Glaubst du, dass du dich durchquetschen kannst?«

Er nickte, bückte sich und schob seinen Kopf durch.

»Und jetzt weiß ich, wie deine Geburt ausgesehen hat«, lachte Liv. Sie hätte gerne weiter gewitzelt, aber Rory schien nicht in entsprechender Stimmung zu sein. Als er jedoch beim Versuch, vollständig durchzuschlüpfen, stecken blieb, gab sie ihm einen hilfreichen kleinen Schubs gegen sein Hinterteil, worauf schnell ein verärgertes Stöhnen folgte.

»Das ist eine undankbare Arbeit«, murmelte sie, zog Bellator aus dem Schlitz, in dem es steckte und ließ es wieder in voller Größe erstrahlen, als sie sich weit vom Pike Place Market wiederfand.

»Der Fremont-Troll«, sagte sie und starrte dabei auf die Statue aus den unterschiedlichsten Materialien unter der ›George Washington Memorial‹-Brücke. Er war fünfeinhalb Meter hoch und wog fast sechseinhalb Tonnen, was ihn zum größten Troll machte, dem sie je begegnet war. Derjenige, den sie in Las Vegas gerettet hatte, war im Vergleich dazu ein Baby, aber dieser hier war auch von Sterblichen erschaffen worden und sie stellten magische Wesen immer fantastischer da, als sie waren.

Der Kobold blieb stehen, sein Rücken verkrampfte sich, als er ihre Anwesenheit hinter sich spürte. Er zischte, als er sie über seine Schulter ansah. Er richtete die Fernbedienung auf sie, klickte einmal und als nichts geschah, versuchte er es wieder.

Liv gähnte. »Du hast keine Wahl mehr, Kleiner.«

Rory schaute sie verärgert an.

»Was?«, fragte sie. »Ich muss diese billigen aber dennoch coolen Sprüche einfach machen, wenn es gerade möglich ist.

DIE DICKKÖPFIGE FÜRSPRECHERIN

Er ist wahrscheinlich das einzige Wesen im ganzen Staat, das kleiner ist als ich.«

Rory wandte seine Aufmerksamkeit wieder dem Kobold zu und blinzelte, seine Augen wanderten zwischen dem kleinen Wesen und der Statue hinter ihm hin und her. Er streckte seine Hand aus und winkte mit den Fingern. »Gib sie her und alles ist vorbei.«

Der Kobold hielt die Fernbedienung hoch, seine Augen quollen fast aus dem Kopf, so wild schimpfte er unverständlich vor sich hin. Liv neigte ihren Kopf zur Seite. Sie hatte schon früher Kobolde sprechen gehört. Es klang nicht unbedingt großartig, aber sie konnten zumindest eine primitive Unterhaltung führen. Aus diesem Grund konnte sie nicht begreifen, weshalb dieser Kobold sich weigerte, Worte zu verwenden.

Genau in diesem Moment geschahen drei Dinge gleichzeitig: Die Statue des Trolls blinzelte, der Kobold verwandelte sich in die Gestalt eines Huhns und die Umkehr-Fernbedienung flog Rory in die Hände.

Kapitel 14

»Duck dich!«, schrie Liv und schob Rory aus dem Weg, als die massive Hand des Trolls an der Stelle vorüberfegte, an der sie gestanden hatten. Die Statue war urplötzlich lebendig geworden und sah höllisch verrückt aus.

Rory fiel in einen Sandhaufen neben dem Gehweg. Liv rollte über ihn, zog Bellator aus dem Gürtel und schwang es gegen den Troll, der glücklicherweise an Ort und Stelle verwurzelt war, aber dennoch aufgrund der langen Arme eine ziemliche Reichweite hatte. Ihre Klinge traf den Unterarm des Trolls und ließ Betonstücke über ihren Kopf regnen.

Sie wäre beinahe über etwas unter ihren Füßen gestolpert, als die andere Hand des Trolls nach ihr griff. Es war das Huhn, das vor Kurzem noch der Kobold gewesen war.

»Vorsicht!«, schrie Rory und verdrängte sie mit solcher Wucht, dass sie ein ganzes Stück den Hang unter dem Brückenbogen hinunter kullerte, glücklicherweise außerhalb der Reichweite des Trolls. Als sie sich umdrehte, erwartete sie, dass Rory gegen die große Kreatur kämpfen würde, aber stattdessen hatte er das Huhn im Arm und rannte in ihre Richtung. Hinter ihm schlug der Troll mit den Händen auf den Boden und ließ die Brücke über ihm beben.

»Tu etwas!«, schrie er und stolperte aufgrund der donnernden Schläge des Trolls.

Liv zeigte auf die Statue und verstand nicht, was passierte, sondern fühlte, dass sie besessen und nicht real war.

DIE DICKKÖPFIGE FÜRSPRECHERIN

Sie murmelte eine Beschwörungsformel und einen Moment später lagen die Arme wieder vor der Statue, genau so, wie sie vorher war.

Ihr Herz raste und Liv drehte sich zu Rory um, der das Huhn langsam im Arm wiegte und es untersuchte, als könnte es verletzt sein.

»Mmmh, was machst du da?«, fragte Liv. »Warum hat sich der Kobold in ein Huhn verwandelt? Und warum hast du ihn gerettet? Oh, und warum ist die Troll-Statue lebendig geworden? Alles dumme Fragen, aber sei bitte trotzdem nachsichtig mit mir.«

Rory setzte das Huhn ab und es begann sofort, auf dem Boden zu picken und zu gackern. »Ich habe den Kobold nicht in ein Huhn verwandelt. Er war bereits ein Huhn.«

»Also hat das Huhn die Fernbedienung betätigt und versucht, sie uns zu verweigern?« Liv blickte den Vogel an. »Und die Leute behaupten, du hast ein Spatzenhirn.«

Rory schüttelte den Kopf. »Nein, jemand hat den Kobold im letzten Moment durch ein Huhn ersetzt, wahrscheinlich um uns davon abzuhalten, ihn uns zu schnappen. Ich vermute, wer auch immer die Statue verzaubert hat, um sie zum Leben zu erwecken, steckt dahinter.«

Liv betrachtete den Troll, der zum Glück jetzt ruhig war. »Warum ist der Kobold wohl hierhergekommen? Glaubst du, es war der vereinbarte Treffpunkt?«

Rory ging hinüber und studierte die Statue. »Wahrscheinlich. Ich vermute, dass derjenige, der dahintersteckt, in der Lage war, den Kobold zu sich zu holen und ihn durch das Huhn zu ersetzen. Obwohl ich wette, dass er darauf hoffte, auch die Umkehr-Fernbedienung zu bekommen.«

Liv zeigte auf die Fernbedienung, die er in seine Gesäßtasche gesteckt hatte. »Nun, zum Glück haben wir sie und wir sind so viel näher dran, die restlichen Punkte auf der Liste abzuarbeiten.«

Sie ging los, zog die Schriftrolle heraus, aber Rory streckte seine Hand aus und stoppte sie.

»Ich glaube, hier ist Größeres im Gange«, sagte er.

Ihre Augen glitten von dem massiven Troll zu Rory. »Größer als ihr beide? Ist das ein Rätsel?«

Er schnüffelte. »Jemand hat diese Fernbedienung erschaffen und die Kobolde benutzt, um sie uns vorzuenthalten. Wer weiß, was er noch hat? Und die Art von Magie, die er verwendet hat, ist mächtig. Es ist nicht leicht, dieses Ding zum Leben zu erwecken.« Rory deutete auf die Troll-Statue.

»Du willst damit sagen, dass es hier einen weiteren Fall gibt?«, fragte Liv. »Außer dem, den Papa Creola mir zugewiesen hat, um die Artefakte mit Zeitbezug zu besorgen?«

»Ja, und ich vermute, dass derjenige, der dahintersteckt, Unheimliches vorhat«, erklärte Rory, als das Huhn an seinem Schuh zu picken begann.

»Und das Huhn? Meinst du, wir müssen es verhören?«

Er rollte mit den Augen. »Es ist nur ein Huhn.«

Wie als Reaktion darauf gackerte der Vogel lauthals.

»Ich glaube, es möchte als gleichwertig betrachtet werden«, neckte Liv.

Rorys Gesicht wurde melancholisch, während er die Fremont-Statue studierte und dann die Hände in die Taschen steckte, als ob er etwas suchen musste. Da er das Gesuchte nicht finden konnte, berührte er eine der Hände des Trolls, anscheinend hatte er eine seltsame Vorliebe für diese Geste.

»Ro«, begann Liv vorsichtig, »was geht hier vor?«

Er blickte zerstreut über die Schulter. »Was meinst du?«

DIE DICKKÖPFIGE FÜRSPRECHERIN

Sie bemerkte die seltsame Art und Weise, wie er die Statue betrachtete, seine Aufmerksamkeit war wieder einmal abgelenkt.

»Bist du okay, Kumpel?«, fragte sie.

Er holte tief Luft und wandte sich von dem Troll ab. »Ja, mir geht's gut. Aber ich schätze, ich schulde dir ein Stück Schokoladenkuchen.«

Liv war überrascht, dass er sie tatsächlich verwöhnen wollte.

Er hob eine Hand. »Wenn du ein Portal zu der Stelle öffnest, an die du gehen willst, werde ich dich einladen.«

Liv wusste nicht, was sie sagen sollte. Sie war wegen seines seltsamen Verhaltens beunruhigt und eigenartig berührt, dass er doch bereit war, die dummen Wettschulden zu begleichen. Trotzdem wollte sie nicht über Schokoladenkuchen mit geschmolzenem Kern diskutieren. Sie öffnete ein Portal und deutete an, dass Rory hindurchgehen sollte. Sie ging als Zweite und betrat wieder die belebten Gänge des *Pike Place Market*. Und bevor sie das Portal schließen konnte, kam das Huhn ebenfalls durch und gackerte, als wollte es protestieren, dass es beinahe allein zurückgelassen wurde.

Kapitel 15

Mit einem mörderischen Blick starrte Liv Rory über den Tisch an. Natürlich wusste niemand im Restaurant, dass sie nicht allein dort in der Box saß und auf den dampfenden Schokoladenkuchen starrte, der mit klebriger Schokocreme gefüllt war, da die Kreaturen ihnen gegenüber unsichtbar waren.

»Musstest du das Huhn hierher mitnehmen?«, fragte sie und wunderte sich, dass das Tier nicht in der Lage war, ruhig zu sein, weil es unaufhörlich gackerte.

»Nun, ich konnte es nicht einfach auf der Straße stehen lassen«, sagte Rory, als er die Speisekarte las.

»Du hättest es aber tun können«, schlug Liv vor, drückte ihre Gabel in den Kuchen und sah zu, wie warme Schokolade aus dem Inneren des Kuchens wie Lava herausquoll. »Oder noch besser, du hättest es einem der Obdachlosen geben können. Gib einem Mann ein Ei und er hat einen Tag zu essen. Gib ihm ein Huhn und er ...«

Das Huhn schnatterte laut und unterbrach Liv. Sie nahm einen Bissen und beobachtete das seltsame Tier verwundert.

»Ich glaube nicht, dass es im Moment Eier legen kann«, befürchtete Rory, während er den Vogel beobachtete.

»Denkst du etwa, dass es in Oregon, Kalifornien oder an einem anderen Ort, der nicht an der Westküste liegt, Eier legen kann?«, hänselte Liv.

Er stieß einen frustrierten Seufzer aus. »Ich habe mich auf seinen emotionalen Zustand bezogen.«

DIE DICKKÖPFIGE FÜRSPRECHERIN

»Wann bist du zum Hühnertherapeuten mutiert?«, fragte Liv und leckte sich Schokolade von den Lippen.

Er schob die Speisekarte über den Tisch. »Bestelle bitte einen Gartensalat ohne Dressing.«

Liv blinzelte ihm zu. »Ich kam hierher und habe mir selbst ein Dessert bestellt. Zurzeit führe ich Selbstgespräche in einer Box für vier Personen, die sie mir nicht geben wollten, weil gerade viel los ist. Ich möchte nicht wirklich das Gesicht der Kellnerin sehen, wenn ich einen einfachen Salat bestelle, während ich diesen Kuchen esse.«

»Dann schau weg«, bot er an. »Das Huhn ist hungrig.«

Liv hielt eine große Portion Schokoladenkuchen hoch. »Möchte es etwas vom Dessert?«

Daraufhin gackerte das Huhn missbilligend.

»Gut, gut«, beschwichtigte Liv und winkte die Kellnerin heran. »Ich besorge dem verdammten Huhn einen Salat, aber ich bin mir nicht sicher, wann dieses Tier zu meinem Problem geworden ist.«

»Es gehört zu uns«, erklärte Rory, nachdem Liv die Bestellung aufgegeben hatte. Wie sie vermutete, machte die Kellnerin ein verwirrtes Gesicht, als sie einen Salat zu ihrem Schokoladenkuchen in Auftrag gab.

»Ja, ich gehe und hole magische Artefakte für Papa Creola und erbe nebenbei ein Huhn«, sagte Liv. »Das stand so in der Stellenbeschreibung von einem Krieger für das Haus der Sieben.«

Rory warf einen mitfühlenden Blick auf das Huhn und schien sein Leid zu teilen. »Viele Tiere werden unwissentlich ein Teil der magischen Welt. Auch Sterbliche. Es ist verwirrend für sie. Es ist offensichtlich verwirrt und fühlt sich isoliert.«

Liv betrachtete den Riesen einen Moment lang, ihre Augen wanderten zwischen ihm und dem Huhn hin und her.

»Sprichst du jetzt über das Huhn oder projizierst du deine eigenen Emotionen auf das Huhn?«

Seine Augen zuckten hoch, als die Kellnerin den Salat brachte.

»Danke«, nickte Liv und zeigte auf das Gedeck vor dem Huhn. »Stellen Sie ihn einfach dahin.«

Als die Kellnerin ihr einen seltsamen Blick zuwarf, zuckte sie die Achseln. »Ich habe einen imaginären Freund, der dort drüben sitzt und in dem Grünzeug herumpicken wird.«

Als wäre sie an seltsame Dinge gewöhnt, weil sie an der mit Hippies bevölkerten Westküste lebte, nickte die Kellnerin und stellte den Teller vor dem Huhn ab. Es machte sich sofort an die Arbeit, hackte auf den Salatblättern herum und zerkleinerte sie.

Da der Riese ihre Frage nicht beantwortet hatte, versuchte Liv es noch einmal. »Geht es dir gut? Du wirkst ein wenig … einsam.«

Rory gab einen langen Moment lang vor, in das, was das Huhn tat, vertieft zu sein. Als Livs Aufmerksamkeit nicht nachließ, atmete er schließlich lange aus.

»Vor langer, langer Zeit traf ich die Entscheidung, die Isle of Man zu verlassen, weil ich unter anderen magischen Geschöpfen und Sterblichen leben wollte«, begann er. »Mama warnte mich damals, dass dieser Lebensstil mich isolieren würde, obwohl mein Ziel das genaue Gegenteil war. Riesen isolieren sich zum größten Teil untereinander und das fühlte sich für mich nicht richtig an. Ich glaube nicht, dass wir besser sind als die anderen Rassen. Wie du glaube ich, dass wir uns gegenseitig ergänzen können, wenn wir nur die Grenzen verwischen würden.«

Rorys Worte endeten, als wäre er plötzlich atemlos, weil er so viel geredet hatte.

DIE DICKKÖPFIGE FÜRSPRECHERIN

Liv nahm die zusätzliche Gabel, die sie von der Kellnerin angefordert hatte, was ebenfalls deren Neugierde geweckt hatte. Sie hielt sie Rory hin und zu ihrer Überraschung nahm er sie und gabelte etwas vom unberührten Teil des Kuchens auf. Nachdem er einen großen Bissen genommen hatte, schloss er seine Augen. Als er geschluckt hatte, sah er sie wieder an.

»Ich sage nicht, dass ich es bedaure, hier mit Sterblichen und dem Rest der Welt zu leben, aber es macht tatsächlich einsam«, teilte er ihr mit.

»Aber hier gibt es doch auch Riesen, oder?«, fragte Liv und schob den Rest des Kuchens in seine Richtung, in der Hoffnung, dass er ihn essen würde. Zu ihrer Erleichterung tat er das.

Rory nickte. »Ja schon, aber die meisten sind nur auf der Durchreise. Selten lebt ein Riese unter anderen Rassen so wie ich.«

»Du vermisst es, deine eigenen Leute um dich zu haben, nicht wahr?«, fragte Liv und erinnerte sich an die seltsame Isolation, die sie in den fünf Jahren, in denen sie ausschließlich unter Sterblichen gelebt hatte, empfunden hatte. Wie bei Rory war sie selbst auferlegt gewesen und sie hatte ihre Magie nicht mehr gehabt, aber trotzdem konnte sich niemand, den sie kannte, mit ihr identifizieren, also beschloss sie zu vergessen, wer sie war. Aber für Rory war das wahrscheinlich schwieriger zu bewerkstelligen. Zumindest konnte sie sich einigermaßen in die Gesellschaft einfügen. Das war für Rory unmöglich. Er musste sich ständig auffällig kleiden und wurde so nur noch mehr von der Gesellschaft ausgegrenzt, der er eigentlich angehören wollte.

»Ich vermisse etwas, das ich nie gekannt habe, deshalb bin ich nicht sicher, ob es real ist oder nicht«, meinte Rory und nahm einen weiteren Bissen vom Kuchen, während das Huhn endlich still wurde und seinen Salat futterte.

Das, worauf sich Rory bezog, traf Liv so heftig, dass es sie schockierte, weil sie es nicht früher gesehen hatte. Er bezog sich auf Romantik. Kameradschaft. Natürlich wollte er mit jemandem auf einer tieferen Ebene verbunden sein. Mit jemandem wie ihm. Aber das war unmöglich, weil er der einzige Riese in der Gegend war.

Plötzlich schmerzte Livs Herz wegen Rory, der sich um Kätzchen, Hühner und Obdachlose kümmerte, aber selbst niemanden hatte, der sich um ihn kümmerte. Liv wusste nicht, wie sie ihrem Freund helfen sollte, aber sie wusste ohne Zweifel, dass es eine Frau geben musste, die die Zuneigung dieses Mannes verdient hatte. Jemand, der ein Herz hatte, so groß wie seines … und hoffentlich auch die passende Schuhgröße.

Kapitel 16

Die feuchte Luft in Osttexas machte es schwer zu atmen, als Liv durch das Portal trat, gefolgt von Rory und seiner Begleitung.

»Warum musste das Huhn hierher mit?«, fragte Liv irritiert. Sie hatten erfolgreich alle Artefakte ausfindig gemacht bis auf eines, dank der Ablenkung durch das Huhn, das nicht auf der schönen Ranch bleiben wollte, zu der sie es gebracht hatten.

»Ich weiß es nicht«, antwortete Rory, ein geheimnisvoller Ausdruck lag auf seinem Gesicht. »Irgendetwas ist mit ihm. Ich glaube, es versucht, uns etwas zu sagen.«

Liv drehte ihren Kopf zur Seite und tat so, als würde sie dem unaufhörlichen Gegacker zuhören. »Oh, ja, ich glaube, ich verstehe etwas. Es sagt ganz eindeutig ›gack-ack-ack ackack-ack. Ich bin eine gackernde Ente.‹«

Es war für Liv keine Überraschung, dass Rory mit den Augen rollte. »Du sprichst kein Huhnisch und das hat es nicht gesagt.«

»Und du tust es?«, wunderte sich Liv.

»Ich kann es ein bisschen verstehen«, antwortete er. »Es ist verzweifelt und wird nicht gern als ›das Huhn‹ bezeichnet. Ich glaube, es möchte beim Namen genannt werden.«

»Der da lautet?«

Er schüttelte den Kopf. »Das müssen wir noch herausfinden.«

»Ist das dein Ernst?«, fragte Liv. »Spielen wir jetzt ein Quiz mit dem Huhn, das wir geerbt haben?«

Er wandte sich dem Vogel zu und hockte sich hin. »Hast du einen Namen?«

Das Huhn krächzte laut.

Als wäre er in seinem Bemühen erfolgreich, streckte er die Hand nach dem Tier aus. »Siehst du das?«

»Ich verstehe, dass du den wahnhaften Gedanken hast, du hättest etwas bewiesen, aber das hast du nicht.« Liv richtete ihren Blick auf das Huhn und fragte: »Bist du ein Astronaut?«

Wieder gackerte das Huhn laut.

»Siehst du das?«, meinte Liv nachdrücklich. »Es wird gackern oder krächzen oder was immer es will, egal, was wir fragen.«

»Das war eine andere Antwort als die, die es mir gegeben hat«, erklärte Rory. »Es sagte ja zu meiner Frage und nein zu deiner.«

»Behauptest du«, schränkte Liv ein und machte sich auf den Weg zum Grillrestaurant die Straße runter. Rory folgte ihr, das Huhn auf seinen Fersen.

Als Liv die Tür erreichte, wandte sie sich dem Riesen zu. »Ich bin mir nicht sicher, ob es eine gute Idee ist, Frischfleisch hierhin mitzubringen.«

Das Huhn krächzte aus Protest.

»Hey, Vögelchen«, erklärte Liv, als sie sich zu Rory umsah. »Der Laden gehört mir nicht und ich bin auch nicht da drin und grille deine Geschwister. Ich stelle nur die Fakten dar. Dies ist ein Ort, wo Hühner zwar hineinkommen aber nicht mehr heraus.«

Das Huhn schlug mit den Flügeln und flatterte auf Livs Schulter. Sie verdeckte ihr Gesicht und zog schließlich die Hände weg, als der Vogel sich ruhig niedergelassen hatte.

»Es scheint sich sicherer zu fühlen, wenn es bei dir ist, während wir da reingehen«, stellte Rory fest.

DIE DICKKÖPFIGE FÜRSPRECHERIN

Liv hatte das Gefühl, dass der Hintern des Huhns zu nah an ihrem Gesicht war und neigte ihren Kopf zur Seite. »Ich glaube, ich würde mich besser fühlen, wenn du es nehmen würdest.«

Das Huhn krächzte wieder aus Protest.

»Na gut, du störrisches Tier«, sagte Liv kopfschüttelnd. »Ich nehme dich mit, aber gackere mir nicht ins Ohr, sonst lasse ich dich hier, wo du geschlachtet und gebraten wirst.«

Als Liv die Tür zum Restaurant öffnete, erwartete sie eine Menge Sterblicher, die herumsaßen, Rippchen aßen und sich scharfe Barbecue-Soße von den Fingern leckten. Sie war überrascht, ein ganzes Restaurant voller magischer Kreaturen vorzufinden, die in Boxen saßen und Würstchen und Maiskolben kauten. Zum Glück verspeiste keiner von ihnen Hähnchenflügel, was den Vogel auf ihrer Schulter vor einem Wutanfall bewahrte.

Liv wollte gerade Platz nehmen, als ein Riese in den großen Eingangsbereich trat, der die Küche vom Essbereich trennte. Alle Augen richteten sich auf den kernig aussehenden Mann, der eine Schürze trug und einen mörderischen Gesichtsausdruck hatte. Sein langes rotes Haar war zu einem Pferdeschwanz gebunden, Schweiß tropfte ihm von der Stirn und landete auf den dicken, vor der Brust verschränkten Armen.

»Du nichtsnutzige Schwanzfeder!«, brüllte der Riese. »Wie kannst du es wagen, nach dem Ärger, den du verursacht hast, hierher zurückzukommen?«

Kapitel 17

Rory stellte sich vor Liv und das Huhn, dem anderen Riesen in den Weg. Sein Rücken versteifte sich, als der Mann ihn mit blanker Wut in den Augen anstarrte.

»Ich will keinen Ärger mit dir«, maulte der Riese, Spucke flog ihm aus dem Mund. Er zeigte in Livs Richtung. »Ich habe Probleme mit diesem Vogel.«

Liv lachte. »Ärger!«

Sie musste Rorys Gesicht nicht sehen, um zu wissen, dass er mit den Augen rollte.

»Wir wissen nichts über das Huhn«, erklärte Rory mit ruhiger Stimme. »Es ist uns überall hin gefolgt. Kannst du uns etwas darüber sagen?«

Der andere Riese überlegte einen Moment lang und versuchte anscheinend, seine Wut in den Griff zu bekommen. Liv schaute sich um und bemerkte, dass niemand mehr aß, alle Augen waren auf sie gerichtet.

»Ich kann das Vieh hier drin nicht brauchen«, sagte der Riese schließlich. »Als es das letzte Mal hier war, hat es alle möglichen Arten von unerwünschter Aufmerksamkeit erregt.« Er sah sich um, Paranoia im Gesicht. »Wenn diese verdammten Kobolde wieder auftauchen, bin ich verloren. Ich habe gerade das Chaos aufgeräumt, das sie kürzlich angerichtet haben.«

»Kobolde«, sagte Liv und ging um Rory herum, um sich dem Riesen zu stellen. Sie fühlte, wie sich das Huhn auf ihrer

Schulter verspannte. »Dieser Vogel kam von einem Kobold. Kannst du uns erzählen, was passiert ist?«

Die grünen Augen des Riesen verengten sich, als er den Kopf schüttelte. »Ich bin mir nicht sicher. Die seltsamsten Dinge passieren, wenn dieses Ding in der Nähe ist. Es hat mein Restaurant hundert Jahre in die Zukunft geschickt. Über Nacht war das ganze Fleisch verdorben und keines der Geräte funktionierte mehr. Wir haben alles weggeräumt und am nächsten Tag war das Restaurant um über hundert Jahre in der Vergangenheit. Es hat so lange weitergemacht, bis diese Kobolde aufgetaucht sind und es glücklicherweise nach wer weiß wohin gebracht haben. Mir war das aber egal, denn schließlich ging alles wieder seinen gewohnten Gang und dann bringt ihr das Ding wieder hierher. Das lasse ich nicht zu!«

Liv blickte das Huhn seitlich an. »Was ist mit dir los? Ist das alles wahr?«

Als Reaktion darauf hackte das Huhn Liv in die Schulter.

»Ist ein Pick ein Ja und zwei ein Nein?«, fragte sie.

Das Huhn pickte wieder.

»Toll, jetzt *kann* das Huhn Zwanzig Fragen spielen«, lachte Liv.

»Und eine ganze Menge Ärger in einem erfolgreichen Etablissement verursachen«, schrie der Riese fast und warf die Hände in die Luft. »Im Ernst, es muss hier weg. Ich kann keine weitere Zeitverschiebung riskieren. Das würde mich in den Bankrott treiben.«

Rory wandte sich an Liv. »Du musst das Huhn hier rausbringen.«

Sie schüttelte den Kopf. »Ich will wissen, was hier vor sich geht.«

»Bring es einfach raus und an einen sicheren Ort, damit wir Antworten erhalten können«, bot Rory an.

Das Huhn protestierte heftig.

Liv nahm es am Bauch und drückte den Vogel an ihre Brust. »Komm schon, seltsames Huhn. Wir müssen der Sache auf den Grund gehen und wir können es nicht, wenn du Probleme machst.«

Als sie draußen in der Hitze von Texas waren, ließ Liv das Huhn los, das sofort wieder in ihre Arme flog. Sie sah dem Vogel in seine Knopfaugen und zog eine Grimasse. »Im Ernst, was ist los mit dir? Bist du ein Huhn oder etwas anderes?«

Das Tier krächzte.

»Stimmt, diese Kommunikationsbarrieren sind ernsthaft nachteilig«, erklärte Liv und stellte es auf eine Kiste an der Mauer des Restaurants. »Wenn du mir nicht sagen kannst, wie du hierher gekommen bist und wer die Umkehr-Fernbedienung gebaut hat oder hinter diesem Durcheinander steckt, werde ich wieder reingehen und mit diesem Riesen reden müssen.«

Das Huhn schlug mit den Flügeln, hüpfte von der Kiste und pickte am Boden.

»Wie ich gedacht habe«, sagte Liv. »Bleib hier, ich bin gleich wieder da.«

Das Huhn blickte alarmiert auf, ein seltsam menschlicher Ausdruck der Angst in seinen Augen.

»Mach dir keine Sorgen«, beruhigte Liv. »Ich verlasse dich nicht. Ob es mir gefällt oder nicht, du bist jetzt unser Problem, also bleib einfach hier und ich komme wieder, sobald ich diesen Riesen ausgequetscht habe.«

Das Huhn pickte weiter und hinterließ Kratzspuren im Schmutz.

Liv zögerte an der Tür zum Restaurant und wandte sich wieder dem Huhn zu. »Geh nirgendwo hin und krächze laut, wenn einer dieser Kobolde auftaucht.« Sie wollte gerade die Tür aufreißen, als sie noch einmal innehielt. »Oh, und ich sollte das nicht sagen müssen, aber, geh nicht über die Straße.« Sie zeigte auf die mehrspurige Straße auf der anderen Seite des Parkplatzes.

Wenn das Huhn diesen Witz überhaupt lustig fand, so zeigte es das nicht.

Als sie wieder ins Restaurant kam, hatte sich der Riese deutlich beruhigt. Er und Rory saßen an einem Tisch und unterhielten sich im Flüsterton, während die Kreaturen um sie herum versuchten zu lauschen.

Liv scheuchte Rory auf, damit sie neben ihm Platz nehmen konnte.

Der Riese hörte in der Mitte des Satzes auf zu sprechen und beäugte sie zögernd. »Wie bist *du da eigentlich reingeraten*, Magierin?«

»Ich bin eine Kriegerin für das Haus der Sieben«, stellte Liv sich vor und reichte ihm eine Hand, die er wenig überraschend nicht annahm. »Ich bin Liv Beaufont. Und du bist?«

Er antwortete nicht. Stattdessen richtete er seinen Blick auf Rory. »Wie bist du dazu gekommen, die hier anzuschleppen?«

Rory schaute sie unsicher an bevor er einen Blick auf den Riesen warf. »Eigentlich ist es genau andersherum. Ich bin Livs Assistent bei diesem Fall und wir waren dabei, illegale magische Technik für das Haus aufzuspüren.«

Viele der Gäste im Restaurant rutschten unbehaglich auf ihren Plätzen herum.

»Warum verbrüdert sich ein Riese wie du mit einem Magier?«

Rory seufzte. »Sie ist nicht wie die anderen.«

Liv warf einen Blick auf die beiden Riesen, ihr Magen begann zu knurren, dank des rauchigen Geruchs von gebratenem Fleisch, der durch den Ort wehte.

»Das ist Rory«, versuchte Liv erneut, die Aufmerksamkeit des Riesen zu erregen. »Und wer könntest du sein?«

»Ich weiß, wer er ist«, meinte der Riese.

»Das ist Liam«, erklärte Rory.

»Kennen sich alle Riesen untereinander?«, fragte Liv.

Rory schüttelte den Kopf. »Er hat es mir gesagt, als du draußen warst.«

»Liam, es ist selten, dass Riesen in menschlicher Gesellschaft leben«, begann Liv. »Warum bist du hier?«

Er schien für diese Frage überhaupt nicht zugänglich zu sein, beantwortete sie aber trotzdem. »Ich verbringe meine Zeit teilweise hier und auf der Insel. Die Gewinne, die hier fließen, verhelfen meiner Familie dort zu einem guten Leben.«

»Ihr seid also eine Art Snowbirds«, stellte Liv fest und erntete nicht ein einziges Lachen der beiden Riesen, obwohl sie sie gerade mit den Nordamerikanern gleichgesetzt hatte, die den Winter in wärmeren Gefilden wie in Florida oder auf Hawaii verbrachten.

Liam seufzte. »Ich würde es vorziehen, überhaupt nicht hier zu sein, aber wir schaffen das schon.«

»Wir?«, fragte Liv.

»Meine Tochter Matilda und ich«, antwortete Liam. »Ich habe das Geschäft für sie gegründet, als sie jünger war, weil sie von der westlichen Kultur wie besessen war. Ich dachte sie würde darüber hinwegkommen, wie die meisten Riesen es scahffen, aber nein. Stattdessen hat sie mich hier festgehalten, selbst nachdem ich viele Kaufangebote erhalten habe.«

»Oh, Kinder haben komische Vorstellungen von Orten, an denen sie noch nie gewesen sind«, sagte Liv. »Ich bin sicher, sie ist bald damit durch.«

Liam schoss ihr einen irritierten Blick zu. »Das ist jetzt fünfzehn Jahre her.«

Wie aufs Stichwort verließ eine riesige Frau mit einem Tablett mit Lebensmitteln den rückwärtigen Bereich. Sie hatte zwei Zöpfe und Sommersprossen auf dem Rücken ihrer Stubsnase. Riesen waren normalerweise nicht attraktiv mit ihren groben Zügen und dem allgegenwärtigen finsteren Blick, aber diese war tatsächlich hübsch. Sie wagte es sogar, einen Gnom anzulächeln, als sie ihm einen Korb mit Maisbrot vor die Nase stellte.

»Darf es noch etwas anderes sein, Alfred?«, fragte sie, beugte sich vor und schenkte dem Winzling ein angenehmes Lächeln.

Er schob ein Bündel Bargeld über den Tisch und schüttelte mit saurem Gesichtsausdruck den Kopf.

Fröhlich steckte sie das Geld ein und kam in ihre Richtung. »Papa, kann ich deinen Freunden etwas bringen?«

Liam blickte zu seiner Tochter auf, sein Gesichtsausdruck wurde etwas weicher. »Sie werden nicht lange bleiben und sie sind nicht meine Freunde.«

»Wir sind Bekannte, aber auf dem besten Weg, Freunde zu werden.« Liv reichte der Riesin die Hand. »Ich bin Liv Beaufont. Du musst Matilda sein.«

Zu ihrer Überraschung schüttelte die Riesin ihre Hand und lächelte noch breiter. »Freut mich, dich kennenzulernen, Liv. Ist das die Abkürzung für etwas? Olivia, vielleicht?«

»Nein, nur Liv«, antwortete sie und zeigte auf Rory. »Und das ist Rory. Er hätte gern ein Pulled Pork Sandwich und einen Korb Pommes frites.«

»Hätte ich nicht«, sagte Rory grimmig.

Als hätte sie ihn nicht gehört, fuhr Liv fort: »Und ich hätte gern einen Teller mit Würstchen, Kartoffelpüree und gebackenen Bohnen.« Als sie zu Rory aufblickte, nickte sie plötzlich. »Ich gebe dir recht, wir sollten mit gebratenem Gemüse anfangen. Du hast immer die besten Ideen.«

»Ich habe nichts gesagt«, erklärte Rory ungerührt.

Matilda schaute ihren Vater fragend an und er nickte zustimmend. »Bring ihnen, was sie wollen, Mattie, aber mach schnell. Sie werden nicht lange bleiben.«

Sie schrieb die Bestellung auf und marschierte zurück in die Küche.

»Es ist richtig, wir haben es eilig«, begann Liv. »Das Huhn wartet draußen und frisst Kies und wir haben einen Fall, den wir abschließen müssen.«

Rory räusperte sich. »Wie ist das Huhn überhaupt hier gelandet?«

Liam warf einigen Gnomen, die sich zum Spionieren umgedreht hatten, einen vernichtenden Blick zu. Sie drehten sich wieder zurück und murmelten sich gegenseitig an. »Es tauchte hier zusammen mit meiner wöchentlichen Bestellung von Hühnern auf. Wir machen alles so frisch wie möglich.«

»Oh«, sagte Liv und es dämmerte ihr. Sie zeigte zur Rückseite. »Du kümmerst dich also tatsächlich um das Geflügel da hinten? Wie das Entfernen der Federn und so?«

»Aus diesem Grund gibt es bei uns die besten Hähnchenflügel im ganzen Süden«, erklärte Liam stolz.

»Das ist bei Riesen nicht ungewöhnlich«, erklärte Rory. »Wir mögen fast alles so frisch wie möglich.«

Liam stimmte mit einem Nicken zu. »Aber die Sache war die, wir wussten von Anfang an, dass mit diesem Huhn etwas nicht richtig war. Es entkam immer wieder und machte hinten Krawall. Da wurde mir klar, dass es verzaubert sein musste.«

»Verzaubert?«, fragte Liv erstaunt. »Wie?«

»Ich glaube nicht, dass das überhaupt ein Huhn ist«, erklärte Liam, als Matilda ein Tablett mit Essen herausbrachte.

»Willst du damit etwa sagen, es sei eine Person?«, fragte Rory.

Liam nickte.

»Das ging aber schnell«, stellte Liv fest und ihr lief das Wasser im Mund zusammen, als Matilda ihnen das Essen vor die Nase stellte. »Vielen Dank.«

»Immer wieder gerne«, sagte Matilda. »Kann ich euch sonst noch etwas bringen?«

»Nein, danke …«

»Ich nehme einen süßen Tee und er hätte gerne noch extra Servietten«, bestellte Liv und zeigte auf Rory. Er hatte seinen Teller schon weggeschoben, als wolle er nichts essen.

Liv gabelte ein Würstchen auf und hielt es vor sein Gesicht. »Willst du mal beißen?«

Er schüttelte völlig irritiert den Kopf.

»Gut, denn ich habe es dir nur deshalb angeboten, weil ich ein paar von deinen Pommes frites möchte«, erklärte sie.

Er schob den Teller in ihre Richtung.

»Was geschah also, nachdem das Huhn aufgetaucht war?«, fragte Rory, während er Liv beim Essen beobachtete, mit Ekel im Gesicht, weil sie ihr Essen nur so in den Mund stopfte.

»Nun, ich habe es euch ziemlich genau erklärt«, antwortete Liam. »Nachdem das Huhn aufgetaucht war, verursachte es eine ziemliche Unruhe, weil es von uns weg wollte. Da wusste ich, dass es nicht echt war. Es war schlauer als die anderen, mit denen wir jede Woche zu tun haben. Dann kamen diese Zeitverschiebungen. Sie dauerten an und gerade als ich das Huhn hier rausschmeißen wollte, tauchten diese Kobolde auf. Sie hätten beinahe alles zerstört auf der Jagd nach dem Huhn. Dann verschwanden sie mit ihm und ich dachte, alles würde wieder normal werden.«

»Aber dann sind wir mit dem Huhn aufgetaucht«, vermutete Liv.

»Genau«, sagte Liam und lächelte seine Tochter an, als sie den Tee vor Liv stellte.

»Vielen Dank«, brummelte Liv mit dem Mund voller Pommes. »Aber ich verstehe das nicht. Wir haben einen Bericht bekommen, dass hier illegale magische Technik benutzt wurde.« Liv hielt Papa Creola vorsichtigerweise aus der Geschichte heraus, da niemand wissen durfte, dass er hinter der Mission stand.

»*Gibt es* hier so etwas?«, fragte Rory.

Liam schüttelte den Kopf zur gleichen Zeit, als seine Tochter nach hinten zeigte. »Da ist dieses Ding, das dem Huhn vom Bein gefallen ist.«

Dem Gesichtsausdruck ihres Vaters nach zu urteilen, war das keine Information, die er hatte mitteilen wollen.

»Was ist es denn?«, wollte Liv wissen.

Rory zog die Schriftrolle von Papa Creola heraus und warf einen Blick darauf. »Ist es so groß wie ein Ring und schwarz?«

»Ja«, sagte Matilda errötend. »Ich weiß nicht, was es kann.«

Liv hüpfte auf und ab, um zu versuchen, die Schriftrolle über Rorys dicken Armen zu lesen. »Da steht, dass es eine Zeitmaschine ist.«

»Was soll das sein?«, fragte sie.

»Nun, das würde die Zeitverschiebungen erklären«, belehrte Liv sie. »Sie könnte euch in die Zukunft und dann in die Vergangenheit geworfen haben.«

Liam schüttelte den Kopf. »Das Huhn hat das getan, nicht dieser dumme Ring.«

»Oder vielleicht ist das Huhn nötig damit es funktioniert, oder vielleicht hat das Huhn das Teil deaktiviert«, argumentierte Liv. »Es gibt vieles, was wir nicht wissen.«

»Alles, was ich weiß, ist, dass ich dieses Huhn so weit wie möglich von diesem Ort entfernt haben möchte«, sagte Liam. »Es bringt nichts als Ärger.«

Rory nickte und schob seinen Teller zu Liv, als sie ihren eigenen fast geleert hatte. Sie nahm ihn ohne Zögern an. »Habt ihr die Zeitmaschine, die das Huhn bei sich hatte?«

Liam rollte mit der Schulter und warf seiner Tochter, die zu warten schien, einen Blick über die Schulter zu. Sie nickte sofort und verschwand in den rückwärtigen Bereich.

Dann beugte sich der Riese vor, seine Augen auf Rory gerichtet. »Wenn ich ihn dir gebe, versprichst du dann, den Vogel wegzuschaffen und nie wiederzukommen?«

Rory begann zu nicken. »Ja, das wäre gut …«

Liv schlug mit der Hand auf den Tisch und ließ die Teller leicht hüpfen. »Dieses Versprechen können wir nicht geben. Wir werden das Huhn hier wegschaffen, aber was das Nicht-Zurückkommen betrifft, nun, irgendwann könnten wir deine Hilfe bei etwas brauchen.«

Liam richtete sich auf. »Ich bin mir nicht sicher, ob ich euch den Ring dann übergeben kann.«

»Nun, dann muss ich das Hühnchen hier lassen und meinen Genossen im Haus erzählen, wie unkooperativ du warst«, meinte Liv trocken, während sie in Rorys unberührtes Sandwich biss. Es war eines der besten, das sie je in ihren Mund hatte, was sie traurig machte, dass sie jetzt mit vollem Mund sprechen musste. »Sie werden wahrscheinlich noch mehr Krieger schicken und lass dir gesagt sein, dass keiner von ihnen so vernünftig und lustig ist wie ich.«

Liams zusammengekniffene Augen richteten sich auf Rory und er nickte. »Du willst dich nicht mit den anderen Kriegern beschäftigen. Sie sind noch größere Nervensägen und das will etwas heißen.«

Liv glotzte ihren Freund an. »Hey, das ist gemein!«

»Ist doch wahr«, murmelte er.

»Ja, gut«, sagte Liam und winkte Matilda zu sich herüber. Sie hatte an der Küchentür gewartet, Widerwillen im Gesicht. »Ihr könnt den Ring haben, aber taucht nicht einfach grundlos hier auf. Wenn deinesgleichen zu oft hier herumhängt, ist das schlecht fürs Geschäft.«

»Da frage ich mich doch gleich, was du in die spezielle Soße tust, dass du nicht willst, dass die Behörden hier herumschnüffeln«, bemerkte Liv mit höhnischem Tonfall.

»Es geht mehr um meine Klientel«, erklärte Liam. »Sie wollen sichergehen, dass sie nicht von den Behörden schikaniert werden.«

Liv war gerade dabei, sich weiter zu verteidigen, als Rory sich mit einem ernsten Blick in seinen Augen nach vorne beugte. »Du brauchst dir keine Sorgen um meine Freundin zu machen. Sie ist nicht wie die anderen. Es wäre klug, nett zu ihr zu sein. Sonst bekommst du noch mehr Ärger.«

Matilda schob Liv mit einem sanften Lächeln im Gesicht eine kleine Schachtel über den Tisch. »Das ist es, wonach ihr sucht, nehme ich an.«

Liv öffnete die Schachtel und fand einen kleinen schwarzen Ring, wie ein Markierungsring, den man am Bein eines

Tieres erwarten würde. Sie nickte: »Ja, danke. Und das Essen war köstlich.«

»Warum hinterlässt du dann die Hälfte davon auf deinem Gesicht?«, fragte Rory und reichte ihr eine Serviette.

Liv lachte und wischte sich das Gesicht ab.

Liam, der anscheinend genug von ihren Spielereien hatte, zeigte mit einem strengen Gesichtsausdruck auf die Tür. »Du findest selbst hinaus, Magierin.«

»Aber ich habe nicht bezahlt«, sagte Liv und griff in ihre Taschen.

»Dein Geld brauchst du hier nicht«, lächelte Matilda.

»Das ist doch lächerlich«, erklärte Liv, die immer noch in ihren Taschen nach Geld fischte.

»Nun, wenn du jemals zurückkommen und mir von deinem Leben als Magierin erzählen möchtest, wäre ich sehr dankbar und würde es als Bezahlung annehmen«, antwortete Matilda.

Liam bedeckte sein Gesicht mit der Hand und stöhnte. Seine Tochter errötete. Rory und Liv tauschten verwirrte Blicke aus.

»Was erzählen?«, fragte Liv.

Liam schüttelte den Kopf. »Bitte entschuldigt meine Tochter. Sie ist von Magiern fasziniert und dem Haus und anderen bösen Dingen.«

»Papa, ich habe dir gesagt, sie sind nicht böse. Sie werden nur missverstanden«, sagte Matilda mit gedämpfter Stimme. »Wenn du dir mehr Zeit nehmen würdest, um mit Anderen zu reden und nachzufragen, würdest du es vielleicht genauso sehen. Wir sind alle eins, glaube ich.«

Liv lächelte und stieß Rory mit dem Ellbogen in die Seite. »Alle eins, was? Das gefällt mir. Sie erinnert mich an einen anderen Ausgestoßenen, den ich kenne.«

Er trat ihr unter dem Tisch auf den Zeh, sodass sie vor Schmerz fast schrie. »Ich weiß nicht, wovon du sprichst.«

Liv ließ einen langsamen Atemzug heraus und drängte sich von ihrem Freund weg. »Jedenfalls vielen Dank für die Informationen und das Essen und was sonst noch alles.«

»Reden wir nicht mehr darüber«, stellte Liam finster fest. »Ernsthaft, erwähnt es niemals irgendjemandem gegenüber. Tut so, als würden wir nicht existieren. Es wäre besser so.«

Kapitel 18

»Kannst du glauben, dass die Beiden anscheinend dachten, das Huhn sei alles andere als ein dummer Vogel?«, fragte Liv Rory, als sie das Grillrestaurant verließen.

Er zuckte mit den Achseln und schielte in die Nachmittagssonne, während der heiße Wind ihnen ins Gesicht blies. »Was hast du mit ihm gemacht?«

Liv suchte die Gegend ab, in der Gewissheit, dass der Vogel in der Nähe sein sollte. Der Platz um die Kiste herum, bei der sie das Huhn zurückgelassen hatte, war leer, bis auf eine Steppenhexe, die der Wind herbeigetragen hatte. »Ich dachte, es wäre hier. Ich habe ausdrücklich gesagt, es solle nicht weggehen.«

Rory stampfte an den Kisten vorbei und um das Gebäude herum. Liv folgte ihm und hörte ein leises Gackern. Als sie um das Restaurant herumkamen, bemerkte sie, dass der Wind dort hinten nicht so stark war, teilweise durch die Bauten blockiert. Das Gackern wurde lauter und auf der anderen Seite eines verrosteten alten Lastwagens war die Quelle des Geräusches zu hören. Liv starrte ihren riesigen Freund neugierig an und machte sich auf den Weg, um herauszufinden, was das Huhn gerade tat.

Als sie um die Ecke schaute, fand sie etwas vor, das sie nicht erwartet hatte. Das Huhn kratzte wie zuvor mit dem Schnabel im Schmutz, aber es hinterließ keine sinnlosen Spuren, wie Liv erwartet hätte. Stattdessen hatte es eine

Reihe von scheinbar komplexen Gleichungen skizziert. Als das Huhn Liv und Rory sah, krächzte es laut auf.

Liv und Rory erstarrten beide und schauten mit großen Augen auf die in den Schmutz geschriebenen Gleichungen.

»Du hältst es also nach wie vor für unwahrscheinlich, dass es sich bei dem Huhn um eine echte Person handelt, die in ein Huhn verwandelt wurde?«, fragte Rory.

»Ich meine, ganz ehrlich, das ist das erste Huhn, mit dem ich je zu tun hatte«, gab Liv zu. »Vielleicht verhalten sich alle so bizarr.«

»Das ist nicht das erste, dem ich begegnet bin«, sagte Rory. »Keines, das ich kenne, beschäftigte sich mit Algebra, geschweige denn konnte rechnen.«

Liv neigte den Kopf zur Seite und versuchte, die in den Schmutz geschriebenen Gleichungen zu entziffern. »Das sieht nach wissenschaftlichem Zeug aus. Wie Physik oder so etwas.«

Rory stimmte mit einem Nicken zu. Er schwang seinen Finger Richtung Huhn, aber es geschah nichts.

»Versuchst du, den Zauber, unter dem es steht oder auch nicht, rückgängig zu machen?«, wollte Liv wissen.

Er nickte. »Ja, aber es funktioniert nicht.«

»Lass es mich versuchen«, meinte Liv und zeigte auf das Huhn. Auch jetzt passierte nichts. »Okay, nun, ich schätze, wir müssen es mitnehmen. Aber ich kann mich aktuell nicht mit dem Chaos beschäftigen, in das es gerade verstrickt ist. Ich muss Papa Creola die magische Technik bringen.«

»Klar«, erklärte Rory. »Vampire sind wichtiger. Ich kann es für eine Weile behalten, aber wenn es tatsächlich Ärger macht, möchte ich das Huhn nicht so lange bei mir haben.«

Das Huhn protestierte mit lautem Gackern.

DIE DICKKÖPFIGE FÜRSPRECHERIN

Liv legte ihre Hände auf die Hüften und blickte den Vogel an. »Hey, die Welt kann sich nicht nur um dich drehen, aber wir versuchen zu helfen, Dorothy!«

Das Krächzen, das aus dem Schnabel des Tieres kam, klang fast wie ein »Nein.«

Liv warf Rory einen Seitenblick zu. »Okay, sein Name ist nicht Dorothy.«

Er schüttelte den Kopf und hob das Huhn hoch. »Warum hast du ihnen gesagt, dass wir vielleicht hierher zurückkehren wollen?«

»Ist das nicht offensichtlich?«, fragte Liv. »Du bist einsam und einer von nur wenigen Riesen in Gefangenschaft ...«

»Ich würde es vorziehen, wenn du es nicht so ausdrücken würdest«, sagte Rory.

Liv räusperte sich. »Du lebst nicht in der Wildnis wie die meisten ...«

»Noch einmal. Versuch es noch einmal«, unterbrach Rory.

»Schön, du lebst unter uns Heiden und sie auch.« Liv zeigte auf das Restaurant. »Das ist selten, nicht wahr?«

Rory nickte und schob das Huhn in Livs Arme, obwohl sie überhaupt nicht begeistert davon war, das Tier zu nehmen.

»Ich dachte nur, weil wir darüber gesprochen haben, wie einsam du bist, vielleicht ...«

»Von einsam habe ich nichts gesagt«, erklärte Rory.

Liv winkte grinsend ab. »Was immer du gesagt hast. Wie auch immer, Matilda ist wie du. Sie mag andere magische Rassen und sie lebt hier. Was wäre, wenn du sie fragst ...«

Rory ließ sie stehen und schlenderte den staubigen Highway entlang, als ob er vorhätte, zur nächsten Stadt zu trampen. Liv rannte ihm nach.

»Im Ernst, du musst dich deswegen nicht aufregen«, lenkte sie ein und trug das Huhn ungeschickt unter einem Arm. »Ich versuche nur zu helfen.«

»Ich habe dich nicht um deine Hilfe gebeten.«

»Nun, du solltest wissen, dass die Sache mit Familie und Freunden so läuft«, erklärte Liv bereitwillig.

Rory drehte sich abrupt um, seine Augen funkelten wütend und sein Mund war schmollend verzogen. »Manchmal machst du …«

»Manchmal mache ich was?«, forderte Liv ihn auf.

»Manchmal machst du …«

Er konnte scheinbar den Satz einfach nicht aussprechen, egal wie sehr er sich bemühte.

»Manchmal mache ich dich so glücklich mit meinem ständigen Wunsch, dich zum Lachen und Liebe in dein Leben zu bringen?«, vervollständigte Liv mit einem breiten Grinsen auf dem Gesicht.

Er schüttelte missmutig den Kopf.

»Manchmal, wenn ich die besten Absichten im Herzen trage, bereitet es dir wirklich Kummer, dass ich meine eigenen Bedürfnisse auf Kosten der Deinen zurückstelle?«, versuchte es Liv noch einmal.

Er schüttelte erneut den Kopf, als ein Laster vorbeifuhr und heiße Luft auf alle drei schoss. Das Huhn krächzte aus Protest. Ihr wurde klar, dass sie wie eine Verrückte aussehen musste, die am Straßenrand stand und mit einem Huhn im Schlepptau zu sich selbst sprach.

»Manchmal bin ich …«

»Manchmal machst du mich wahnsinnig, weil du nicht weißt, wann man besser den Mund hält!«, schrie Rory.

Es war das erste Mal, dass Liv ihn so sah, sein Gesicht rot und die Hände an den Seiten zu Fäusten geballt.

Sie machte einen Schritt zurück, das Huhn zitterte an ihrer Seite, als ob es plötzlich auch Angst hätte.

»Rory, ich versuche nur zu helfen. Ich sah eine Gelegenheit und ergriff sie. Du hattest mir gerade zu Ende erzählt, dass du ... und dann trafen wir Matilda, und ... Nun, es ergab einfach Sinn. Ich betrachte das als Glücksfall.«

Er schüttelte den Kopf, seine braunen Locken fielen ihm ins Gesicht. »Vielleicht will ich deine Hilfe nicht.«

Die Anspannung in Livs Kehle erschwerte ihr das Atmen. »Gut. Wenn das so ist, dann halte ich mich raus. Du sollst wissen, dass ich nur möchte, dass du glücklich bist.«

Wie ein großes Kind verschränkte Rory die Arme über seiner Brust. »Vielleicht ist Glück für einige von uns nicht möglich und deine Bemühungen sind reine Zeitverschwendung.«

Livs Brust schmerzte, als sie sah, wie ihr Freund seine Emotionen im Zaum hielt. »Rory, das kann nicht ...«

»Wirst du mir ein Portal öffnen«, fragte er, seinen Blick auf den weiten blauen Himmel gerichtet. »Ich bin bereit, nach Hause zu gehen.«

Liv diskutierte nicht lange. Stattdessen öffnete sie ein Portal zu Rorys Haus und er marschierte ohne ein weiteres Wort hindurch.

Bevor sie hindurchtrat, warf sie einen Blick auf das Huhn in ihren Armen. »Ich glaube ihm nicht. Und du, Susan?«

Das Huhn ließ ein quietschendes Gackern los, das meilenweit zu hören war. »Gut, dein Name ist auch nicht Susan. Und ich gebe nicht auf, meinem Freund zu helfen. Es ist mir egal, was er sagt. Er will Liebe und ich werde dafür sorgen, dass er sie auf die eine oder andere Weise findet.«

Kapitel 19

Zu Livs Überraschung wartete Rory auf sie, nachdem sie durch das Portal getreten war. Sie dachte, er würde sofort über den Bürgersteig stürzen und in sein Haus stürmen, aber stattdessen trug er einen entschuldigenden Ausdruck auf dem Gesicht. Vielleicht lag es daran, dass ihr Vogelkacke am Hosenbein herunterlief.

Er nahm ihr das Huhn ab, dem es nichts mehr auszumachen schien, durch das Portal zu gehen, so wie beim ersten Mal. Es war nur etwas gewöhnungsbedürftig, dachte Liv und erinnerte sich daran, wie diese Art des Reisens sie glauben ließ, ihr Gehirn verwandle sich in Haferbrei.

»Es tut mir leid«, murmelte Rory, drehte sich weg und ging den Bürgersteig hinunter.

»Was?«, fragte Liv, ernsthaft unsicher, ob sie gerade gehört hatte, wie sich der Riese entschuldigt hatte.

»Es tut mir leid«, wiederholte er. »Ich weiß, du versuchst nur mir auf deine seltsame Weise zu helfen. Es ist nur, ich bin es nicht gewohnt, dass ...«

»Jemand hilft«, ergänzte Liv.

Rory schüttelte den Kopf, korrigierte sich dann und nickte. »Das bin ich auch nicht gewohnt. Aber was ich sagen wollte, war: Ich bin es nicht gewohnt, Freunde zu haben. Und plötzlich bist du gekommen und mir königlich auf die Nerven gegangen ...«

Liv lachte. »Gutes Wortspiel. Weil ich eine Royal bin und außerdem ...«

»Ja, ich verstehe«, sagte Rory. »Jedenfalls, vor dir, nun ja, bin ich meistens für mich allein geblieben.«

»Nein«, täuschte Liv Ungläubigkeit vor.

Er nickte. »Es ist wahr. Ich habe mit Leuten geredet und so, aber …«

»Das waren meistens Menschen, denen du helfen wolltest, indem du ihre Miete bezahlt hast oder ihnen eine deiner Nieren geben wolltest«, erklärte Liv.

»Das tue ich nicht«, antwortete Rory, obwohl sie beide wussten, dass es eine Lüge war. Vielleicht nicht das mit der Niere, aber nur, weil seine riesigen Organe nicht kompatibel wären. Er hatte auf jeden Fall die Miete vieler Menschen bezahlt und wer wusste schon, was noch alles.

»Aber diese Menschen, mit denen du interagierst? Nun, sie schauen zu dir auf«, begann Liv. »Ich würde es wagen zu sagen, dass viele von ihnen dich mögen. Aber sind sie auch Freunde?«

Rory setzte das Huhn auf der Veranda ab, als sie an seinem Haus ankamen. »Nein und ich habe bisher nie jemandem erzählt, was ich heute vor dir sozusagen ausgepackt habe.«

»Dass du dir mehr wünscht?«, fragte Liv, Sympathie in ihrer Stimme, ihr Herz schwoll vor Stolz an.

Rory schnippte mit den Fingern und vor dem Vogel erschien ein Schälchen mit Hühnerfutter. Er blickte zu ihm auf mit einem Ausdruck, der deutlich sagte: »Ist das dein Ernst? Du willst, dass ich *das* esse?«

»Ich glaube, das Huhn will Tacos oder Burger oder etwas, das normalerweise nicht für Hühner geeignet ist«, bemerkte Liv.

Rory zuckte mit den Achseln und schnippte wieder mit den Fingern. Ein Teller mit verschiedenen Lebensmitteln erschien: Gemüsecurry, ein grüner Salat und eine Scheibe Brot mit Butter.

»Wo ist das Fleisch?«, fragte Liv.

»Ich halte es nicht für richtig, ihm das zu geben, bis wir Genaueres wissen«, stellte Rory klar.

»Hühner fressen allerdings auch Käfer«, argumentierte Liv.

Der Vogel krächzte, offensichtlich beleidigt wegen der Vorstellung.

Rory seufzte. »Nun, ich werde mich eine Weile an die einfachen Dinge halten, bis wir mehr Informationen haben.«

Das Huhn begann, am Brot zu picken und es in Stücke zu rupfen.

Nachdem sie das Huhn einen langen Moment lang beobachtet hatten, wandte sich Rory an Liv. »Ich bin nicht wirklich gut mit diesem Freundschaftskram, wie man sieht.«

Liv lachte, ließ sich auf der vorderen Veranda nieder und klopfte auf die Stelle neben sich. »Mein einziger Freund war fünf Jahre lang eine Katze, die mit mir spricht, glaube ich.«

»Du hattest auch John«, argumentierte Rory.

»Nein, ähnlich wie du habe ich ihn nie wirklich an mich rangelassen«, erklärte Liv. »Also, versteh mich richtig. Ich bin auch nicht gut darin, Freunde zu haben, aber ich möchte feststellen, dass du ein wirklich guter Freund für andere bist, was schon ein guter Anfang ist. Ich denke, man muss nur bereit sein, anderen zu erlauben, einem zu helfen, so wie man selbst versucht, allen zu helfen.«

Rory nahm den Platz neben ihr ein. »Ja, ich habe irgendwie gewusst, dass das kommen muss. Früher war alles einfacher. Ich konnte für mich sein und wusste nicht einmal, was mir gefehlt hat. Und dann … Ich weiß nicht mal, wie ich es erklären soll.«

»Schon kapiert«, sagte Liv und rollte mit den Augen, als das Huhn auf Rorys Schoß kletterte. »Mir ist das Gleiche passiert. Deine Mauern stürzen ein. Du bist nicht mehr der Einzelgänger, sondern hast plötzlich Menschen in deinem Leben, die du – selbst wenn du es leugnest – gerne um dich hast. Und es ist, als hätte man einen Bissen Schokoladenkuchen gegessen. Wenn man einmal probiert hat, will man mehr.«

Rory streichelte geistesabwesend das Huhn. »Ja, ich schätze, du hast recht. Ich habe das alles nicht erwartet und es ist ein bisschen viel.«

Liv stimmte mit einem Kopfnicken zu. »Ich hätte nie gedacht, dass einer meiner engsten Freunde ein mürrischer Riese sein könnte, der einen mysteriösen Beruf hat, oder ein Fae, dem ich gleichzeitig ins Gesicht schlagen und auf allen meinen Partys haben möchte, da er die Dinge viel interessanter macht.«

Das sanfte Gackern des Huhns füllte die Stille, während die beiden gedankenverloren in die Luft starrten.

»Ich denke, der Zeitpunkt des Zusammentreffens mit Matilda war irgendwie interessant«, gab Rory nach einer Weile zu.

»Verdammt richtig«, stimmte Liv zu. »Es war fast unheimlich. Sie ist wirklich nett, im Gegensatz zu ihrem Vater.«

Rory nickte.

»Und sie macht fantastisches Essen«, fuhr Liv fort.

Der Blick des Riesen fiel auf den grasbewachsenen Hof. »Und sie sieht nicht schlecht aus.«

Liv lächelte und kontrollierte ihre Begeisterung. »Ja, sie ist hübsch. Vielleicht können wir in Zukunft einmal wieder dort vorbeischauen? Ich würde gerne noch die Rippchen und das Maisbrot probieren.«

Rory löste seinen Blick von der Stelle, auf die er gestarrt hatte und grinste Liv an. »Ja, ich schätze, dafür könntest du mich mitnehmen.«

Liv zwinkerte ihm zu. »Ich weiß, es wird dir keinen Spaß machen und du wirst mich nur begleiten, aber dafür sind Freunde doch da, oder?«

Er nickte, setzte das Huhn ins Gras und beobachtete, wie es herumpickte. »Danke, dass du … na ja, du bist eine riesige Nervensäge, aber es gefällt mir inzwischen.«

Liv lachte. »Riesig. Noch ein gutes Wortspiel.«

Kapitel 20

Nach dem Gespräch mit Rory fühlte sich Liv wesentlich besser. Ihre gute Laune verflog, als sie Papa Creolas Laden betrat, der fast leer war. Hinter dem Tresen, der geöffnet war und dessen Inhalt weniger wurde, raschelte es.

Liv lugte um die Seite und fand Subner, der ein ganzes Sortiment von Gegenständen in eine Ledertasche stopfte. »Was geht hier vor? Wo ist Papa Creola?«

Er zuckte zusammen und runzelte die Stirn. »Er sagte mir, du würdest wiederkommen.«

»Wo ist er hin? Nimmt er seinen Platz als Vater Zeit wieder ein?«, fragte Liv hoffnungsvoll.

Der gereizte Gnom schüttelte den Kopf. »Nein, genau das Gegenteil ist der Fall. Er ist noch tiefer untergetaucht. Nicht einmal ich weiß, wo er jetzt ist, dank deines Freundes!«

Liv neigte ihren Kopf zur Seite und versuchte zu verstehen, auf wen er sich bezog. Ihre Gedanken glitten zu Rory, aber wie sollte er dafür verantwortlich sein? War es, weil sie ihm erlaubt hatte, sie auf der Mission zur Bergung der Zeit-Artefakte zu begleiten?

»Was hat mein Freund damit zu tun?«, fragte Liv.

»Nun, jetzt, da er der König der Fae ist, ist Papa Creola sicher, dass er sein Versteck verraten wird«, erklärte Subner auf der Tasche sitzend, weil er versuchte, die Objekte nach unten zu drücken, um mehr Platz zu schaffen.

»Oh, du meinst Rudolf«, seufzte Liv. »Das würde er nie tun. Er hat die ganze Zeit niemandem gesagt, wo Papa Creola war.«

»Er hat es dir gesagt«, argumentierte Subner.

»Ja, aber das war etwas anderes«, erklärte Liv. »Er wusste, dass ich es niemandem erzählen würde und das habe ich auch nicht. Rudolf brauchte mich nur, damit er den Auferstehungsstein holen konnte.«

Der Gnom schüttelte den Kopf, sein Gesicht errötete vor Ärger. »Das macht nichts. Papa Creola wollte kein Risiko eingehen, also ist er mit all den magischen Artefakten geflohen und jetzt muss ich versuchen, herauszufinden, was ich mit diesem Ort anfangen soll.«

»Er ist gegangen?«, fragte Liv ungläubig. Sie streckte ihre Hand aus und die Tasche mit den magischen Gegenständen, die sie gefunden hatte, erschien. »Aber ich habe alles, worum er gebeten hat und ich habe es in Rekordzeit geschafft. Er sagte mir, wenn ich alles schnell bekäme, würde er mir mit den Vampiren helfen.«

Subner seufzte und schaute sie mitleidig an. »Ja, nun, du darfst ihm nicht alles glauben. Wenn man ihn aufschreckt, versteckt er sich immer weiter. Papa Creola kümmert sich nur um sich selbst.«

Liv sah tiefe Einsamkeit an die Oberfläche der Augen des Gnoms rutschen. Er war verlassen worden und er konnte es offensichtlich nicht begreifen.

»Aber ich habe alles, was er wollte«, wiederholte Liv kleinlaut.

»Das ist wahrscheinlich einer der Gründe, warum er gehen musste«, vermutete Subner. »Da all diese magischen, technischen Geräte beschlagnahmt wurden, muss er sich keine Sorgen mehr machen, dass sie in die falschen

Hände geraten könnten, was es für ihn einfacher macht, unterzutauchen.«

»Aber was, wenn ich sie alle denen zurückgebe, denen ich sie abgenommen habe?«

Subner tauchte hinter dem Tresen auf und warf ihr einen herausfordernden Blick zu. »Wirst du das tun?«

Liv seufzte. »Nein. Das kann ich auf keinen Fall machen. Aber ich glaube auch, dass es da draußen jemanden gibt, der noch mehr magische Technik entwickelt oder etwas Unheimliches tut. Aufgehalten habe ich denjenigen nicht. Papa Creola muss uns helfen. Da ist auch dieses Huhn, das mathematische Gleichungen schreibt und diese Kobolde ...«

Subner hielt eine Hand hoch und hinderte sie daran, mehr zu sagen. »Es gibt nichts, was wir tun können. Papa Creola ist weg und er kommt sicher nicht zurück, um jemandem zu helfen. Ich schlage vor, du kümmerst dich allein um das Koboldproblem. Oder du tust es eben nicht. Es spielt sowieso keine Rolle. Ohne den Vater Zeit wird alles zum Teufel gehen.«

»Aber er hat sich doch lange Zeit versteckt«, argumentierte Liv.

»Er hat sich versteckt, aber auch über die Dinge gewacht«, korrigierte Subner. »Er ließ mich eingreifen, wenn die Dinge zeitlich außer Kontrolle gerieten. Diesmal hat er mich jedoch verlassen, was bedeutet, dass es niemanden gibt, der helfen kann, wenn die Dinge anfangen, den Lauf der Zeit durcheinander zu bringen. Wir werden in Vergessenheit geraten und Papa Creola ist das völlig gleichgültig.«

»So schlimm kann es doch nicht wirklich sein, oder?«, fragte Liv.

Subner warf ihr einen verächtlichen Blick zu. »Die Person, die für den Lauf der Zeit verantwortlich war, ist weg und wird nicht wiederkommen. Die Dinge werden ziemlich schnell außer Kontrolle geraten.«

In ihrem Kern wollte Liv nicht glauben, dass der Gnom richtig lag. Sie musste ihm das Gegenteil beweisen, auch wenn das bedeutete, dass sie schrumpfen und die Rolle von Vater Zeit selbst übernehmen musste. Dann kam ihr etwas in den Sinn, das sie nicht hätte außer Acht lassen dürfen.

Livs war mehr als frustriert. »Aber die Vampire! Er sollte mir mit ihnen helfen. Kannst du mir etwas anbieten?«

Subner starrte auf seine prall gefüllte Tasche hinunter, als ob eine Antwort darin liegen könnte. »Es tut mir leid, aber das kann ich nicht. Ich weiß nicht, welche Lösung Papa Creola dir für die Vampire angeboten hätte. Ich weiß nicht einmal, was ich jetzt tun soll.«

Liv sah sich in dem staubigen Laden um. »Warum bleibst du nicht hier? Bau alles wieder auf. Eröffne den Laden mit neuen Produkten. Das ist ein erstklassiger Standort auf der Roya Lane.«

Subner überlegte einen Moment lang. »Ich wüsste nicht, womit ich anfangen sollte. Ich habe Papa Creola schon so lange gedient, dass ich nichts anderes kenne.«

»Was hast du vorher gemacht?«, fragte Liv.

Er dachte kurz nach, kratzte sich am Kopf, starrte auf seine Füße. »Um ehrlich zu sein, ich weiß es nicht mehr.«

Unbeeindruckt sagte Liv: »Nun, dann ist der Neuanfang leicht. Wenn du nicht weißt, wo du gewesen bist, wird überall, wo du hingehst, ein Neuanfang sein.«

Subner seufzte dramatisch, nicht überzeugt von ihren Worten. »Ich weiß deinen Rat zu schätzen, aber ich bin mir nicht sicher, wer ich ohne Papa Creola bin. Es wird einige Zeit dauern, das herauszufinden.«

DIE DICKKÖPFIGE FÜRSPRECHERIN

Liv erkannte in diesem Moment, wie ähnlich sie sich doch alle waren. Jeder war auf irgendeiner Ebene einsam und wollte sich mit anderen Gleichgesinnten verbinden. Sogar diejenigen, die wie sie ausgegrenzt waren, waren bei der Bildung ihrer Identität auf andere angewiesen. Fünf Jahre lang hatte sie so getan, als sei sie vom Haus der Sieben getrennt. Dass sie keine Magierin war, war keine große Sache. Es gab jedoch keine Möglichkeit, sich von ihrem Volk zu lösen und sie wusste, dass deshalb die Sterblichen Sieben gefunden werden mussten. Wenn sie ein Teil des Hauses gewesen waren, dann sollten sie es eines Tages wieder sein. Andernfalls wären sie für immer unvollständig.

Der Gnom fragte: »Hast du eine Waffe, die du gegen die Vampire einsetzen kannst und damit meine ich nicht das von einem Riesen geschmiedete Schwert?«

Liv blickte zu Bellator an ihrer Hüfte hinunter. »Genau, das wird bei denen nicht funktionieren, oder?«

Er schüttelte den Kopf.

Liv rief den Stock ihres Vaters aus ihrer Wohnung herbei und hielt ihn Subner hin, damit er ihn betrachten konnte.

Seine Augen weiteten sich, als sie die Enden des Stockes auseinanderzog und zwei getrennte Silberschwerter zum Vorschein kamen. »Ja, das könnte funktionieren.«

»»Könnte?««, erkundigte sich Liv unsicher.

Er streckte die Hände aus, die Frage brannte in seinen Augen.

Liv fühlte, was er wollte und reichte ihm die beiden Schwerter. Nachdem er die Klingen inspiziert hatte, sagte er: »Das ist schöne Handwerkskunst. Wo hast du die her?«

»Der Stock gehörte meinem Vater«, gab Liv zu und dachte dann an Fane, den Werwolf, der ihn Theodore Beaufont geschenkt hatte. »Er wurde ihm von einem Freund geschenkt.«

»Einem Gnom?«, fragte Subner.

Liv schüttelte den Kopf. »Nein, einem Sterblichen.«

Als ob er ihren Widerwillen spürte, nahm Subner sie unter die Lupe. »Das ist von einem Gnom gemacht.«

»Oh«, sagte Liv, überrascht, diese Information zu erhalten.

»Was bedeutet, dass es nur von einem Gnom verändert werden kann«, erklärte er.

Liv wusste nicht, was das heißen sollte, aber plötzlich glühten die beiden Teile des Stockes in Subners Händen. Er schloss die Augen, ein heiterer Ausdruck glitt über sein Gesicht. Er starrte Liv an und wirkte plötzlich viel jünger als vorher.

Als er Liv den Stock zurückgab, verbeugte er sich leicht. »Ich habe ihn verbessert.«

»Wie verbessert?«, wollte Liv wissen.

»Es gibt nur einen Weg, das herauszufinden«, antwortete er. »Viel Glück bei deiner Mission, Kriegerin Beaufont. Ich wünschte, ich hätte dir mehr helfen können.«

Kapitel 21

So frustriert Liv darüber war, dass Papa Creola sie im Stich gelassen hatte, so schlecht fühlte sie sich wegen Subner, der ohne den anderen Gnom völlig verloren schien. Ja, sie musste den Vampiren allein gegenübertreten, aber wenigstens wusste sie, wenn sie einen ihrer Freunde an ihrer Seite haben wollte, würden sie auftauchen. Stefan wäre sofort da gewesen, wenn sie ihn gefragt hätte, aber beide wussten, dass eine Mission wie diese ihn in wütende Raserei versetzen würde. Rory wäre natürlich auch noch da, aber er war nicht der unauffälligste ihrer Freunde. Und Rudolf hätte wahrscheinlich auch seine Hilfe angeboten, aber zweifellos dann etwas vermasselt. Trotzdem würde er sie niemals im Stich lassen. Dessen war sich Liv sicher.

Dank des Berichts des Rates wusste Liv wo sich der Vampirzirkel versteckte. Es war jedoch unmöglich zu erahnen, wie viele es waren oder wer ihr Anführer war. Hätte sie es gewusst, hätte sie ihn einfach herausholen und mit dem Ganzen fertig werden können.

Die Größe des Schlosses am Rande der französischen Stadt vermittelte Liv kein gutes Gefühl bei dem was auf sie zukam. Das dreistöckige Gebäude mit Türmen an beiden Seiten könnte problemlos eine kleine Armee von Vampiren beherbergen. Es war auf drei Seiten von Wasser und auf der vierten von einer breiten Grasfläche umgeben. Hier stand Liv gerade. Sie hatte keinen Plan, nicht wirklich. Es war früh am Morgen und sie hatte vor, mit dem Stock ihres Vaters in das Schloss zu marschieren und so viele Vampire abzuschlachten, wie sie konnte, bevor sie überwältigt wurde. Sie wollte sich auf ihre Magie verlassen, um wirklich Schlimmeres zu verhindern, aber sie wusste genau, dass dieser Plan mehr als löchrig war. Dennoch hatte sie keine andere Wahl. Die Vampire mussten bekämpft werden und sie waren allein ihr Problem.

Auf dem Weg zum Haus holte Liv eine Flasche mit Benzin und ein Streichholz aus ihrer Tasche. Das war ein magerer Versuch, wie sie erkennen musste, aber es war zumindest einer. Als sie an der Tür ankam, übergoss sie die Holzteile mit dem Benzin und trat zurück. Sie schickte ein Stoßgebet zum Himmel, zündete das Streichholz an und warf es gegen die Tür. Wie sie befürchtet hatte, ging das Streichholz sofort wieder aus. Dieser Ort war vor Feuer geschützt. Anscheinend war das unter Vampiren so üblich. Wenn es funktioniert hätte, hätte Liv mit ihrer Windmagie das Feuer ausbreiten und rechtzeitig zum Mittagessen zu Hause sein können. Nun müsste sie an diesem Abend vermutlich in Frankreich speisen, aber hoffentlich wäre nicht sie die Mahlzeit.

Liv setzte verschiedene Zaubersprüche an der Haustür ein, aber zu ihrer Überraschung waren alle vergeblich. Der Zugang war mit einem seltsamen Zauber verschlossen, den sie nicht rückgängig machen konnte, ebenso wie den Feuerschutz am Haus – und die geheimnisvolle Person als Huhn bei Rory zu Hause.

Mit einem langen Seufzer probierte Liv drei weitere Zaubersprüche aus, aber keiner von ihnen war von Erfolg gekrönt. Wenn sie nicht ins Schloss kam, war alles vorbei, bevor es überhaupt angefangen hatte. Sie müsste bis zum Einbruch der Nacht warten, wenn die Bestien zu ihren

Mahlzeiten herauskamen. Dann wären sie im Vorteil, also würde das auch nicht funktionieren.

»Warum klopfst du nicht einfach an?«, bot Plato an, der plötzlich an ihrer Seite auftauchte.

Liv blickte stumm auf ihn herab. »Oh, warum ist mir das nicht eingefallen? Ich bin sicher, dass einer der Vampire da drin aus seinem Sarg oder was auch immer aufstehen und die Tür öffnen wird.«

»Man kann es nicht wirklich sagen, wenn man es nicht versucht«, erklärte Plato.

Liv rollte mit den Augen, hob aber die Faust zum Klopfen.

»Mit deinem Stock«, schlug Plato vor.

Sie hielt inne, ihre Hand noch immer erhoben, um anzuklopfen. »Warum mit dem Stock?«

»Warum nicht?«, antwortete er.

»Was weißt du schon, Kuh-Katze?«, neckte sie und wies auf die schwarzen Flecken, die ihn wie eine Holsteiner Kuh aussehen ließen.

»Ich weiß gar nichts«, log er. »Ich dachte mir nur, du solltest den Stock benutzen.«

Liv seufzte, war aber dankbar, dass Plato aufgetaucht war. Mit dem, was vor ihr lag, allein fertig zu werden, war nicht das, was sie wollte. Da Plato jetzt hier war, fühlte sie sich … plötzlich hoffnungsvoll.

Sie hob den Stock an, wollte gerade mit dem Ende an die Tür zu klopfen, als auf der anderen Seite etwas klickte und die Tür knarrend einen Zentimeter weit aufging.

Sie hielt inne, schaute Plato fragend an.

»Woher wusstest du, dass das passieren würde?«

»Glücklicher Zufall«, antwortete er.

»Kann der Stock auch andere Dinge öffnen, die magisch versiegelt sind?«, fragte sie.

»Wie Särge und was weiß ich nicht alles? Ja, ich vermute es.«

Liv untersuchte ehrfürchtig den Stock, der kürzlich von Subner, dem Gnom, verbessert worden war. Vielleicht würde doch alles gut werden. Alles, was sie tun musste, war, in das riesige Schloss zu schlendern und ein paar Vampire zu massakrieren. Das sollte doch so schwer nicht sein, oder?

Als sie die Tür zum Herrenhaus aufstieß, rutschte Livs Herz in die Hosentasche. Der Ort war völlig in Dunkelheit gehüllt. Jedes einzelne Fenster war von innen vernagelt und kein Sonnenstrahl konnte ins Haus dringen.

Kapitel 22

Das Haus strömte eisige Kälte aus, sie fegte über Livs Gesicht und blies ihr Haar zurück, während sie in die Dunkelheit starrte.

»Nun, das ist auch eine Möglichkeit, jemanden willkommen zu heißen«, sagte Liv und blickte zu der Stelle, an der Plato gewesen war. Er war verschwunden, was nur eines bedeuten konnte: Jemand war in der Nähe. Er verschwand immer, wenn jemand in der Nähe war und die einzigen Menschen, die sie in diesem Schloss zu finden erwartete, waren diejenigen, die sie zu filetieren gezwungen war.

Die Klingen machten ein schrilles Geräusch, als sie den Stock auseinander zog. Liv betrat den riesigen Eingangsbereich und bemerkte den Kronleuchter an der Decke und die beiden Treppen, die sich von beiden Seiten des Raumes nach oben schlängelten und eine Art Balkon, der sie miteinander verband.

Sie deutete auf den Kronleuchter und schaltete ihn an, dankbar dafür, dass ihr Zauber hier etwas bewirken konnte. Diffuses Licht ergoss sich über das komplizierte Muster der Tapete und die vielen Antiquitäten, die den Raum füllten. Vor sich konnte Liv ein Wohnzimmer sowie einen Ballsaal zu ihrer Rechten und einen Speisesaal zu ihrer Linken ausmachen.

»Sieht aus, als hätte ich das Frühstück verpasst«, meinte sie und bemerkte, dass der Tisch bis auf einige Lampen völlig leer war. Sie versuchte, auch diese mit ihrer Magie anzuzünden, aber es funktionierte nicht. Erstens, weil Feuerzauber nicht gerade etwas war, womit Magier ständig zu tun hatten. Sie beherrschten hauptsächlich das Element des Windes. Jede magische Rasse bevorzugte ein bestimmtes Element und konnte mit den anderen nur eingeschränkt umgehen. Zweitens spürte Liv, dass es nahezu unmöglich war, überall im Schloss Feuer zu erzeugen.

Glücklicherweise waren noch andere Lichter vorhanden, die Liv mit ihrer Magie einschalten konnte und die ihr halfen, dem Raum etwas Wärme zu verleihen, weil er vorher so kalt erschienen war.

Die Tür in Livs Rücken schlug mit einem lauten, entschiedenen Geräusch zu, sie drehte sich um und stellte fest, dass sie verschlossen sein musste. *Das ist gut so*, dachte Liv. *Ich habe nicht vor, von hier wegzugehen bevor ich fertig bin. Dann werde ich den Stock meines Vaters wieder benutzen, um die Tür zu öffnen.*

»Ich wusste gar nicht, dass ich beim Lieferdienst Essen bestellt hatte«, erklärte eine kalte Stimme von oben.

Liv drehte sich in der Erwartung um, einen Vampir zu sehen, der kopfüber wie eine Fledermaus von der Decke hing. Stattdessen sah sie einen Mann, der einen Smoking trug. Er hatte einen Vollbart, sein schwarzes Haar war nach hinten gegelt und er hatte ein leichtes Glitzern in seinen dunklen Augen.

»Wer bist du?«, fragte Liv. Sie sah sich um und erwartete, dass plötzlich noch mehr Vampire um sie herum stehen würden, jetzt, da die Tür nach draußen geschlossen war.

»Ich bin Bernard«, antwortete er. Seine Stimme klang seltsamerweise hinreißend, wie eine alte Ballade, die nur für sie geschrieben war.

»Bist du der Herr im Haus?«, wollte Liv wissen.

Er gluckste, nahm die Treppe rechts und glitt wie ein Gespenst hinunter. »Ich bin der Anführer dieses Zirkels, wenn du das meinst.«

»Wo kommst du her?«, bohrte Liv weiter, um ihn hinzuhalten.

»Yorkshire«, lautete die Antwort und sie registrierte seinen Akzent.

»Nein, wie lange hast du dich versteckt?«, fragte Liv nach.

»Seit der ersten Ausrottung?«

Bernard lachte. »Oh, nein. Ich bin noch ziemlich jung.«

»Wer hat dich dann gemacht? Und wann?«, fragte Liv ihn weiter aus.

Der Mann schnalzte mit der Zunge, als er unten an der Treppe ankam, ein Lächeln erhellte seine Augen. »Oh, ich kann dir nicht alle meine Geheimnisse verraten. Und wer kann schon sagen, dass ich mich überhaupt an alles erinnern kann? Es waren ein paar verrückte Wochen.«

Liv hielt eines der Schwerter vor das Gesicht des Vampirs. »Sag mir, wo du herkommst und ich mache es dir leicht.«

Sein Lachen klang wie eine Trommel, die ihr Inneres zum Schwingen brachte und sie fühlte sich plötzlich zerbrechlich. »Du spazierst in mein Haus, um meine Kinder zu vernichten und bietest mir an, mich zu schonen? Das ist ja süß. Aber mein Liebling, du wirst hier nicht lebend rauskommen. Aber auch nicht tot, glaube ich. Ich könnte jemanden wie dich gut gebrauchen.«

»Lieber würde ich sterben«, sagte Liv und an ihrer Hüfte fühlte sie, wie Bellator an ihr zerrte, als ob es versuchte, ihre Aufmerksamkeit auf etwas in ihrem Rücken zu lenken. Sie drehte sich um, schnitt mit den Klingen durch die Luft und kam mit zwei Körpern in Kontakt. Ihr erstes Schwert glitt über den Torso eines Mannes, seine Fangzähne waren entblößt und seine Klauen griffen nach ihr. Das andere Schwert schlitzte einer Frau die Kehle auf und warf sie rückwärts gegen die verschlossene Tür. Einen Augenblick später gingen sowohl der Mann als auch die Frau in Flammen auf, das Feuer verschwand schnell, als ihre Körper zu Asche wurden.

»Oh, du bist also zum Spielen gekommen«, meinte Bernard und wagte es, näher heranzukommen. »Das wird ein Riesenspaß.«

Er verschwand und tauchte sogleich auf dem Balkon auf, wo er zuvor gestanden hatte und schaute auf sie herunter. »Ich werde dich für eine Weile mit meinen Kindern allein lassen. Sie sind nicht so schnell und verführerisch wie ich, aber du wirst sie zweifellos als ausgezeichnete Gastgeber erkennen. Bis wir uns wiedersehen, gehe ich mich erst einmal frisch machen.« Mit stolzer Miene strich er über die Ärmel seiner Jacke. »Ich mag es, mich zu den Mahlzeiten herauszuputzen.«

Als ob er nie dort gewesen wäre, verschwand Bernard.

Kapitel 23

Liv fühlte sich, als wäre sie geradewegs in eine Falle getappt. Ja, sie hatte keine andere Wahl, als sich diesem dort ansässigen Übel zu stellen, aber als sie die vielen verschiedenen Bereiche absuchte, in denen sich Vampire verstecken konnten, wünschte sie sich, sie wäre es anders angegangen. Wie, das wusste sie nicht. Vielleicht hätte sie noch einen Teller Nachos essen sollen bevor sie sich dem Tod gestellt hätte. Als Vampir zu leben, musste zum Kotzen sein, da sie ja nicht essen konnten. Diesem Lebensstil konnte sie wirklich nichts abgewinnen.

Liv wollte gerade die Haustür öffnen, als etwas Verschwommenes an ihr vorbeihuschte. Sie verkrampfte sich und presste ihren Rücken gegen die Wand.

Oh ja, dachte sie, Vampire hatten Supergeschwindigkeit und viele andere fantastische Talente, die diesen Kampf viel interessanter gestalten würden. Und mit interessant meinte sie extrem brutal.

Liv wusste nicht weshalb, aber sie hatte plötzlich den Drang, einen Messerkampf zu beginnen und mit ihren Schwertern etwas klein zu schnibbeln. Sie stieß sich genau in dem Moment von der Wand ab, als mehrere Gestalten durch die Eingangshalle stürzten. Liv drehte sich und schwang ihre Schwerter gleichzeitig über und um ihren eigenen Körper. Dann landete sie auf dem Boden und schwang eine Klinge nur Zentimeter über das alte Hartholz, während sie die andere nach oben stieß. Mehrere Male fühlte sie, wie ihre

Klingen etwas berührten, aber sie bewegte sich weiter, wie Akio es ihr beigebracht hatte – als wäre sie Wasser, fließend und unaufhaltsam.

Wie eine Balletttänzerin drehte sich Liv, bewegte die Schwerter unabhängig voneinander in ihren Händen, manchmal warf sie sie und fing dann das eine hinter ihrem Rücken und das andere nur Zentimeter von ihrem Gesicht entfernt wieder auf. Sie hatte keine Ahnung, was genau passierte, nur dass sie fühlte, obwohl sie Bellator nicht benutzte, wie es sie in verschiedene Richtungen führte, als würde sie von einem Tanzpartner beim Walzer geführt. Am Fuße der Treppe erstarrte Liv, ihre Sicht klärte sich plötzlich. Sechs Vampire vor ihr schwankten, die meisten hielten ihre Hände auf Wunden an ihren Körpern gedrückt. Einer nach dem anderen gingen sie in Flammen auf, bevor sie in kleinen Häufchen Asche am Boden landeten. In der Mitte des Kreises der Vampire, die es nun nicht mehr gab, stand ein weiblicher mit platinblonden Haaren und stechendem Blick, der viel Grausamkeit versprach.

»Das waren meine besten Freunde«, sagte die Frau und machte einen Schritt vorwärts, die Hände an den Seiten. Ihr langes weißes Kleid flatterte, als sie näher kam.

»Es tut mir irgendwie leid«, antwortete Liv und stolperte die Treppe hinauf. »Aber sie wollten gerade an mir knabbern, also …«

»Bernard will, dass du verschont wirst, aber das wird nicht passieren«, fuhr die Frau fort und raste vorwärts.

Liv hob eines der Schwerter direkt vor sich, zielte auf das Herz der Frau und die Vampirin blieb weniger als einen Zentimeter von der Spitze entfernt stehen. Als sie hinunterblickte, lächelte sie boshaft, ihre Reißzähne ließen Liv einen weiteren Schritt zurückstolpern.

Die Frau hob ihre Hand und nach einer hastigen Bewegung flog ein Schwert aus Livs Hand Richtung Haustür, wo es wie ein Pfeil in einem Brett stecken blieb.

Liv riss die andere Hand nach oben, aber das Schwert, das sie gehalten hatte, war verschwunden. Sie suchte entsetzt alles ab, ihre einzige Verteidigung war verschwunden, während sie allein in diesem Vampirzirkel stand.

Das Gackern der Frau durchschnitt die Luft, sodass Liv die Treppe wieder um zwei Stufen nach oben gehen musste. »Du hast nicht bemerkt, dass du eines deiner Schwerter in meinem Kumpel vergessen hast, oder?« Sie zeigte auf den Boden des Eingangs, wo das andere Schwert in einem Aschehaufen lag. Liv hatte sich so schnell bewegt, dass sie es wohl übersehen hatte, die Klinge mitzunehmen.

»Nun, wie wäre es, wenn ich dir einen Vorsprung von zwei Sekunden gebe«, schlug die Frau vor und schlich weiter vorwärts. »Dann kann die Jagd beginnen.«

Liv ging zwei Schritte zurück, hielt sich am Geländer fest und musste erkennen, dass sie auf dem Weg in den zweiten Stock und immer weiter weg von der Haustür war. Aber es war auch nicht so, dass sie ohne ihren Stock, den sie weder in der Hand noch zusammengeschoben hatte, irgendwie herauskommen konnte.

Von all dem nicht abgeschreckt, fegte sie mit der Hand in Richtung dieser Frau, in der Hoffnung, dass ihre Magie den Vampir zurückschlagen konnte. Stattdessen gackerte diese lediglich lauthals.

»Deine Tricks funktionieren bei mir nicht, Magierin«, erklärte sie, nahm ihr langes weißes Gewand in die zierlichen Hände und huschte auf Zehenspitzen die Treppe hinauf, als ob sie auf dem Weg ins Bett wäre.

Furcht rauschte durch Livs Körper, als ihr klar wurde, dass sie sich nicht auf ihre Magie verlassen konnte. Ohne diese oder den Stock ihres Vaters war sie – einfach ausgedrückt – echt am Arsch. Ja, sie hatte Bellator, aber ihr Schwert konnte keinen Vampir töten. Vielleicht konnte es sie einschränken, aber das würde nicht lange anhalten.

Selbst wenn ihre Magie bei den Vampiren nicht funktionieren konnte, so wirkte sie doch bei ihr. Sie winkte mit der Hand und legte einen Geschwindigkeitszauber auf sich selbst. Das würde sie vielleicht so schnell wie ein Vampir machen. Nun, vielleicht.

Der Zauber begann zu wirken, als die Frau sich auf Liv stürzen wollte, ihre Hände griffen nach ihrer Kehle, das lange platinblonde Haar wehte nach hinten. Alles verlangsamte sich für Liv, als sie rückwärts zur Seite stürzte, sich abrollte und anschließend einen langen Gang hinuntersprintete. Es gab mehrere Türen dort und sie versuchte die erste.

Verschlossen.

Die zweite ebenfalls.

Dieses Gackern ertönte wieder in ihrem Rücken, aber Liv wurde nicht langsamer. Sie versuchte es Tür für Tür, in der Hoffnung, dahinter ein Fenster oder einen Weg nach draußen zu finden. Wenn sie nur zu einem gelangen würde, könnte sie mit ihrer Magie die Verbarrikadierungen aufbrechen, sich hinausstürzen und in dem das Schloss umgebenden Burggraben landen.

Liv sprintete weiter und bewegte sich so schnell, dass es schwer war, die Dinge zu erkennen, wenn sie an ihnen vorbeikam. Dann landete sie urplötzlich unsanft auf dem Rücken, der Atem wurde ihr aus den Lungen gepresst. Sie hatte keine Ahnung, was passiert war, bis sie bemerkte, dass ihr der Teppich unter den Füßen weggezogen worden war. Buchstäblich.

Die unheimliche Frau stand sechs Meter entfernt und hielt den Teppich in der Hand, ihr durchdringendes, glockenhelles Lachen war eine Beleidigung für die Verletzungen, die sie gerade verursacht hatte.

Was für ein Scheißjob, dachte Liv, als sie zur Seite sprang und versuchte, so schnell wie möglich in den Bereich auszuweichen, den dieser lästige Dauerbrenner nicht abdeckte. Ein unscharfer Fleck flitzte an Liv vorbei und kippte eine Statue vor ihr um. Sie stürzte zu Boden und verteilte Trümmerstücke über die ganze Stelle.

Liv schirmte ihr Gesicht ab und warf sich mit dem Rücken gegen die Wand. Sie erwartete, dass der Vampir nach diesem kurzen Moment des Zögerns auf ihr landen würde, aber stattdessen stürzte Liv durch die Wand, an die sie sich gelehnt hatte, in einen Raum voller Licht.

Sie hatte keine Ahnung, was geschehen war, als sie sich umschaute. Sie war anscheinend auf eine brüchige Mauer gestoßen, aber wie war sie hindurchgekommen?

»Das ist ein Geheimgang«, erklärte eine ihr nicht unbekannte Stimme.

Liv drehte sich um, völlig unvorbereitet auf die Person, die mit ihr im Raum stand.

Sie hatte nicht erwartet ihn jemals wiederzusehen und doch stand dort im gleißenden Licht der Vater Zeit.

Kapitel 24

Liv konnte es nicht fassen. Papa Creola stand leibhaftig vor ihr, seine Wangen so rosig wie beim letzten Mal, als sie ihn gesehen hatte. Und doch schien die Kulisse irgendwie falsch.

Sie drehte sich um, in der Gewissheit, dass sich ein Vampir jede Sekunde von einem unsichtbaren Ort aus auf sie stürzen und verschlingen würde, wodurch sie zu etwas Schrecklichem werden musste.

»Hier können sie nicht reinkommen«, klärte Papa Creola sie auf, als ob er ihre Gedanken lesen könnte. »Nun, der Vampirzirkel kann es nicht. Es ist allerdings nur eine Frage der Zeit, bis Bernard uns findet. Er kann teleportieren, also stellen Wände kein Problem für ihn dar.«

»Was machst du hier?«, fragte Liv und verschränkte die Arme über der Brust. Sie war sich nicht sicher, ob sie wütend auf den Gnom sein sollte oder erleichtert, weil sie nur Bruchteile von Sekunden davon entfernt gewesen war, zu einem Festmahl zu werden.

»Ich bin weggelaufen«, gab er zu, Schamesröte überzog sein Gesicht.

»Ich weiß«, antwortete Liv. »Subner hat es mir gesagt. Du hast ihn wirklich sehr durcheinander gebracht. Ich hoffe du bist mit dir zufrieden.«

Er ließ den Kopf hängen und sagte: »Natürlich bin ich das nicht. Ich bin mir nicht sicher warum ich das getan habe. Oh doch, ich denke, ich bin es. Es ist, weil ich ein Feigling bin. Ich war schon immer einer. Ich sagte dir bereits, ich fühle mich hilflos. Meinesgleichen kann bestimmte Dinge tun, aber mein Job ist so banal. Die Zeit vergeht wie im Flug. Ich bin müde.«

»Aber es ist dein Job!«, schrie Liv. »Und du hast versprochen mir zu helfen und dann bist du einfach aufgestanden und verschwunden. Das ist nicht fair.«

Er schüttelte den Kopf und sah plötzlich tausend Jahre alt aus, das weiseste Wesen der Welt. Liv sah einen Blitz in ihrem Kopf und anschließend hatte sie eine Vision. Zuerst kam der Urknall, dann streiften Dinosaurier auf der Erde umher. Die großen Pyramiden wurden gebaut. Ereignisse aus der Geschichte zogen nacheinander schnell an ihr vorbei. Sie schüttelte den Kopf, nahm die Gegenwart wieder auf und starrte den Gnom an.

»Meine Arbeit war nie einfach«, erklärte Papa Creola, seine Stimme von uraltem Schmerz gequält.

»Aber es ist dein Job«, antwortete sie. »Ohne dich ...«

»Ohne mich, was?«

»Ohne dich geraten wir in Vergessenheit«, führte Liv aus und erinnerte sich an das, was Subner gesagt hatte. »Wir brauchen dich, um die Löcher im großen Ganzen zu reparieren. Wir brauchen dich, um über diejenigen zu wachen, die versuchen mit der Zeit zu spielen. Wir brauchen dich im Kampf gegen die Vampire!«

»Ich weiß«, sagte er sachlich.

Sie hatte erwartet, dass er mit ihr streiten würde, aber er tat es nicht. Stattdessen behielt er einfach seine Hände hinter dem Rücken und schaukelte auf den Zehenspitzen vor und zurück. »Ich bin zurückgekehrt, Liv Beaufont, Kriegerin für das Haus der Sieben, weil mir klar wurde, dass ich im Unrecht war. Ich habe mich viel zu lange versteckt und seltsamerweise hast du mir zu dieser Erkenntnis verholfen. Ich kann mich nicht länger vor meiner Arbeit verstecken und wenn ich meine Perspektive ändere, finde ich vielleicht tatsächlich meinen Frieden damit. Und es gibt eine weitere wichtige Komponente, die ich vernachlässigt habe.«

»Und welche wäre das?«, fragte Liv. Sie konnte nicht glauben, dass sie hier stand und mit Vater Zeit sprach, während im Schloss Vampire Jagd auf sie machten.

»Ich war noch nie besonders gut im Delegieren«, gab er zu.

»Was hat das damit zu tun?«, wunderte sich Liv.

»Nun, die Probleme, auf die wir in der Vergangenheit gestoßen sind, sind aufgetreten, weil ich nicht überall gleichzeitig sein konnte«, stellte er klar. »Aber dann bist du zu mir gekommen und du wolltest gar nicht, dass ich all deine Probleme beseitige. Du warst bereit, sie selbst zu lösen, wenn ich dir dabei helfen würde. Und ich war auf halber Strecke zu einem mysteriösen Ort, an dem mich niemand jemals finden könnte, als ich erkannt habe, dass ich mich nicht länger verstecken durfte und wenn ich anfangen würde, meine Ressourcen zu nutzen, könnte ich meinen Job am Ende vielleicht sogar genießen. Ich sollte der König sein, der über die Zeit herrscht.«

»Ich glaube, wir nennen dich ›Vater‹«, korrigierte Liv.

»Wie auch immer«, erklärte er. »Aber ich könnte den Kriegern helfen und sie könnten wiederum meine Schlachten schlagen. Ich könnte Elfen die Verantwortung übertragen, für Anfragen von Sterblichen oder anderen, die um Unterstützung bitten.«

»Die Antwort wird immer Nein lauten, nicht wahr?«, musste Liv einfach fragen.

»Natürlich«, meinte Papa Creola verschmitzt. »Aber zumindest muss ich nicht mehr derjenige sein, der das sagt.

Und wenn nötig, werde ich meine Kraft einsetzen, um das große Ganze zu heilen oder Dinge richtigzustellen. Und was noch wichtiger ist, ich muss dafür nicht in einem dunklen Keller sitzen, versteckt vor der gesamten Welt.«

»Eigentlich denke ich, dass du viele Bewunderer haben wirst, wenn du die Dinge so einrichten kannst«, erklärte Liv.

»Aber meine Wachen werden sie abhalten mich zu nerven«, erkannte Papa Creola.

»Ja, natürlich«, bestätigte Liv lachend.

»Also, ja«, stellte der Gnom abschließend fest. »Man könnte wohl sagen, dass ich einen Sinneswandel hatte. Ich war bereit, für immer wegzugehen, aber dann wurde mir klar, dass ich die Menschheit mit mir nehmen würde. Sosehr ich auch vorgebe, euch alle zu hassen, war es doch schön zu sehen, wie sich die Welt über die Jahrhunderte weiterentwickelt hat. Was ich dir gezeigt habe, war nur ein winziges Fitzelchen meiner Erinnerungen und ich würde es hassen, wenn ich bald keine mehr dazu bekäme.«

»Was passieren könnte, wenn du dieses Vampirproblem außer Kontrolle geraten lässt.«

Papa Creola hielt einen Finger hoch, als wollte er sie korrigieren. »Eigentlich wird es das, wenn *du* sie lässt. Wie ich schon sagte, werde ich unter meinem neuen Regime Soldaten für meine Arbeit einstellen. Du wirst die erste sein.«

Liv zeigte auf sich. »Ich? Ich bin eine Kriegerin für das Haus der Sieben.«

»Das bedeutet, dass du auf Dauer viele Funktionen innehaben wirst«, vermittelte Papa Creola. »Ich hoffe, du hast das inzwischen begriffen.«

Liv warf einen Blick in den Raum, in dem sie sich befanden und bemerkte es schließlich. Um sie herum befand sich eine Bibliothek mit Büchern, eine schöne farbenfrohe

Auswahl, die sich durch den Raum bewegten. »Ja, aber ich dachte immer, ich arbeite für den Rat.«

»Der Rat arbeitet für mich«, belehrte Papa Creola. »Oder zumindest hat er das früher getan. Früher arbeitete er für mich und Mutter Natur und viele andere, die das Gleichgewicht gehalten haben. Jetzt arbeitet der Rat nur noch für sich selbst.« Papa Creola schlenderte zu Liv, zauberte einen Trittschemel herbei, hüpfte darauf und stieß sie in die Brust. »Aber wenn sich alles so ändert, wie du es versprochen hast und du die Dinge wieder so herstellst, wie sie waren, musst du auf mich hören.«

Livs lenkte ein. »Okay, was soll ich tun?«

Papa Creola sah zur Seite, als hätte er ein Geräusch gehört, obwohl Liv außerhalb dieser speziellen, seltsam Bibliothek nichts hören konnte.

»Ich werde dir etwas geben, das dir helfen wird, die Vampire schnell zu besiegen«, versprach Papa Creola. Er streckte seine Hand aus, nahm ihre Hand, legte sie auf seine und bedeckte sie mit der anderen Hand.

Liv war angespannt und wusste nicht, was sie sagen sollte. Ihre Hand begann sich zu erwärmen, dann wurde sie so heiß, dass sie versuchte, sich aus seinem Griff zu winden. Sie bemerkte, dass er sie so fest umklammert hatte, dass sie nicht loslassen konnte. Sie versuchte es noch einmal, aber Papa Creola hatte einen eisernen Griff.

Er begann eine Sprache zu murmeln, die so alt und seltsam war, dass Liv sie nicht einmal ansatzweise verstehen konnte. Stattdessen hatte sie das Gefühl, dass Lava durch ihre Adern zu fließen begann. Auf ihrer Stirn bildeten sich Schweißperlen. Sie wollte kaltes Wasser trinken. Sie wollte in ein Becken mit Eiswasser tauchen.

Gerade als Liv bereit war, alles zu tun, um dieser Hitze zu entfliehen, ließ Papa Creola sie los.

Er sah sie streng an, ein Ausdruck der auf seinem normalerweise fröhlichen Gesicht völlig fehl am Platz aussah. »Du bist die erste Nicht-Gnomin, Liv Beaufont, Kriegerin für das Haus der Sieben, die jetzt die Kraft der Feuerballmagie besitzt.«

Liv konnte sich des Freudenausrufs nicht erwehren, der ihr aus der Kehle sprang. »Ist das dein Ernst?«

Papa Creola lachte tatsächlich. »Ja, Liv. Wie denkst du, dass du mir helfen kannst, ohne die Kraft zu besitzen, die ich den meinen schenke? Du bist jetzt eine von uns. Du bist ein Gnom.«

»Nennst du mich jetzt klein?«, fragte sie und blickte auf ihre Hand hinunter, weil diese zu rauchen begann, als ob sie in Flammen stünde.

»Das tue ich«, sagte er, »aber so wirst du mit den Vampiren fertig werden.«

Liv fühlte sich erleichtert. »Aber wie werde ich mit dem neuen Übel umgehen, das auf uns zukommt? Es hat das Huhn erschaffen, oder wie auch immer?«

Papa Creola trat vom Hocker herunter und schaute zu ihr auf. »Ich brauche dabei deine Hilfe, aber zuerst kommen die Vampire.«

»Und dann hilfst du mir mit meinem Hühnchenfreund?«, fragte Liv.

Er schüttelte den Kopf. »Zuerst gibt es etwas Familiäres zu erledigen, das du aufschiebst. Ich möchte, dass du dich zuerst darum kümmerst.«

Liv wusste, dass er sich auf das Matterhorn bezog, ohne zu verstehen auf welche Weise er davon wusste.

»Dann werde ich dir mit dem Huhn helfen«, fuhr Papa Creola fort. »Das ist ein größeres Projekt, eines, das uns viel Zeit kosten wird, um Abhilfe zu schaffen. Versprich einfach, das Huhn bis dahin in Sicherheit zu wahren.«

Liv nickte, vorübergehend verwirrt. »Heißt das, dass du nicht verschwindest?«

»Für dich, Liv Beaufont, werde ich noch lange Zeit da sein«, meinte er, als er zu verblassen begann. »Du arbeitest jetzt für mich. Und bitte sag dem Haus, dass ich wieder zurück bin.«

Kapitel 25

Wie eine Erscheinung in ihrer Einbildung, verschwand Papa Creola vor Livs Augen.

Sie bewegte ihre Hand und glaubte nichts von dem, was gerade passiert war. Vater Zeit war zurück und er wollte sie beschäftigen. Sie würde eine neue Mission bekommen, aber zuerst die Vampire, dann das Matterhorn. Es schien alles zu viel, und doch war es das Beste, was sie erwarten konnte.

Liv wandte sich dem Geheimgang zu und hielt ihre Hand hoch. Auf ihrer Handfläche erschien ein kleines Feuer, das sich drehte und drehte, als würde es sich auf einen schnellen Wurf vorbereiten. Liv lächelte sich selbst zu und flüsterte: »Das wird ein Riesenspaß.«

Die Wand gab nach, als Liv sie berührte, glitt in die Nischen und schuf einen schmalen Durchgang. Sie schlüpfte in den dunklen Flur, der jetzt nur durch das Feuer in ihren Händen erleuchtet wurde, aber doch so hell war, dass Liv den dämonischen weiblichen Vampir am anderen Ende des Ganges sehen konnte. Ihr langes weißblondes Haar umrahmte das längliche Gesicht, ihre Lippen waren nach unten gezogen, die Augen zusammengekniffen.

Der Vampir raste vorwärts und verschwamm sofort. Liv schoss den Feuerball ab, der zu der Größe eines Softballs herangewachsen war und traf die Vampirin in die Brust, wodurch sie mehrere Meter weit zurückgeworfen wurde. Ihr Schrei tat Liv in den Ohren weh. Die Frau wälzte sich vor Schmerzen auf dem Boden, rollte sich zusammen und schlug auf die Flammen ein, die aber dadurch noch verstärkt wurden.

In ihrem Rücken hörte Liv schnelle Schritte. Sie entfachte einen weiteren Feuerball in ihrer Hand, den sie während ihrer Drehung auf drei Vampire losließ, die in ihre Richtung unterwegs waren. Der Feuerball riss den mittleren Vampir von den Beinen und schleuderte ihn mit einem lauten Knall gegen die Wand.

Liv erzeugte gleichzeitig mit beiden Händen zwei Feuerbälle und warf sie. Der rechte traf sein Ziel, aber der andere verfehlte, weil der Vampir einen Haken schlug. Er erlosch an der Wand neben dem ersten Vampir, der lichterloh brannte und dicken Rauch in die Luft sandte.

Der Vampir, der ihrem Angriff entgangen war, ein junger Mann mit einer Narbe im Gesicht, stürzte sich schneller auf Liv, als sie reagieren konnte und presste sie mit einer Hand an die Wand, sein Gesicht zu nahe, die Reißzähne glitten in Position. Livs Puls pochte heftig unter dem Griff des Mannes.

Sie versuchte, einen Feuerball zu erzeugen, aber der Mann war zu nah. Ihr Herz raste, als sich seine rasiermesserscharfen Zähne näherten und wie schon vorher fühlte sie einen Ruck an ihrer Hüfte und wusste, dass sie noch eine weitere Möglichkeit hatte. Sie fummelte an ihrem Umhang und griff nach Bellator, wobei sie feststellte, dass das Schwert zu einem kleinen Dolch geworden war. In einer schnellen, überlegten Bewegung hob Liv das Messer an und stieß es in den Rücken des Mannes.

Mit einem Ruck zog sie an der Waffe, ein intensives schmerzhaftes Stöhnen entfuhr seinem Mund und Liv war frei. Mit ihrem Fuß trat sie ihm ins Gesicht, er rollte auf den Bauch. Bellator steckte immer noch in seinem Rücken, also

DIE DICKKÖPFIGE FÜRSPRECHERIN

schnappte sie sich den Griff, drückte mit dem Fuß gegen den Vampir, riss es heraus und schob ihn gleichzeitig mehrere Meter weit weg. Er griff an seinen Rücken und bemerkte nicht, dass Liv einen Feuerball bildete. Diesmal verfehlte er sein Ziel nicht und die Flammen verschlangen ihn.

Die anderen Vampire waren bereits zu Asche verbrannt. Es war seltsam zu sehen, wie sie in Flammen aufgingen, schnell verbrannten und zu rauchender Asche wurden.

Liv bedeckte ihren Mund wegen des Qualms und eilte den Weg zurück, den sie gekommen war. Als sie fast an der Treppe angelangt war, erschien Bernard mit einer Gruppe weiterer Vampire hinter sich. Liv blieb stehen und drehte sich um, aber da waren noch mehr Vampire. Sie hatten sie umzingelt.

»Ein toller Trick, den du auf Lager hast«, begann Bernard, seine Stimme fast wie eine Droge. »Aber das wird nicht bei allen funktionieren.«

Liv schoss mit Feuerbällen auf die Vampire in ihrem Rücken und hielt sie damit fern. »Wer hat dich gemacht?«, schrie sie Bernard an.

»Das ist nicht wichtig«, sagte er und verschwand.

Liv stockte der Atem. Sie wusste nicht, ob sie rennen sollte oder ob sie dann einfach dorthin laufen würde, wo Bernard sich materialisieren könnte. Eines war sicher: Portalmagie funktionierte hier nicht. Die Vampire hatten an alles gedacht.

Als die Gestalten ihr gegenüber losstürmten, warf Liv mehrere Feuerbälle, wobei sie zwei von ihnen traf und sie in andere hineinschleuderte. Neben der Treppe befand sich nun eine Feuerwand.

»Du machst wirklich alles kaputt«, meinte Bernard hinter Liv, während er sie an der Taille packte. Liv setzte ihr ganzes

Gewicht ein, um ihn über ihren Rücken zu ziehen, aber er verschwand einfach in der Luft.

Diesmal wartete Liv nicht auf sein Wiederauftauchen. Stattdessen machte sie sich auf den Weg zur Treppe, aber zu ihrem Entsetzen waren beide Seiten von Vampiren bevölkert, die in ihre Richtung unterwegs waren. Sie zog in Erwägung, Feuerbälle zu verwenden, aber irgendetwas sagte ihr, dass sie sehr schnell umzingelt werden würde, wenn sie diese Strategie versuchte, also wählte sie den einzigen anderen Weg, der ihr zur Verfügung stand.

Liv sprang nach einem Sprint über das Geländer nach unten. Ihr Aufprall auf den Marmorboden war hart, aber sie rollte sich anmutig ab und hob den Teil des Stockes auf, der dort lag, wo sie ihn vergessen hatte.

Am oberen Ende der Treppe erschien Bernard, das Gesicht voll gieriger Genugtuung, während seine Brut ihn umgab. »Das war ein ziemlich lustiges Spielchen«, begann Bernard. »Und obwohl du dich besser gewehrt hast, als ich erwartet hatte, ist es an der Zeit, die Sache jetzt zu beenden.«

»Dem muss ich allerdings zustimmen«, antwortete Liv, griff mit der Hand über die Schulter und zog das andere Schwert, das in der Tür steckte, heraus. Sie fügte den Stock wieder zu einer Einheit zusammen.

Bernard lachte, als hätte sie gerade auf einer Dinnerparty einen guten Witz erzählt. »Selbst mit deinen Tricks kannst du dem, was als Nächstes kommt, nicht entkommen. Du kannst nicht mehr fliehen.« Er streckte seine Hand aus und der Stock flog Liv aus der Hand, durch die Luft und landete im Ballsaal.

Sie rollte mit den Augen. »Okay, dann werden wir das auf die harte Tour machen müssen. So soll es wohl sein.«

DIE DICKKÖPFIGE FÜRSPRECHERIN

Liv beugte die Finger beider Hände, setzte ihre gesamte Kraft ein und bündelte all ihre Energie zu den Feuerbällen, die sie erzeugen wollte. Sie materialisierten sich sofort, drehten sich schneller als die vorherigen und wuchsen zu einer Größe von Fußbällen an.

»Damit kannst du uns nicht alle mitnehmen«, verdeutlichte Bernard und hielt die Arme weit ausgestreckt. »Und selbst wenn du es könntest …«

Wieder verschwand er und tauchte auf der anderen Seite des Speisesaals zur Linken von Liv wieder auf. »Ich würde einfach …«

Er teleportierte noch einmal und landete wieder auf dem Balkon. »Ich entziehe mich dir weiterhin«, stellte er mit einem zufriedenen Grinsen fest.

»Letzte Chance, mir zu sagen, wo du herkommst, du Arschloch!«, rief Liv und hielt ihre Hände hoch, wobei das Gewicht der Feuerbälle tatsächlich belastend war.

»Er ist unwichtig«, winkte Bernard ab. Gelangweilt von der ganzen Geschichte befahl er seine Brut nach vorne. »Schnappt sie euch. Fesselt ihr die Hände, dann kann sie uns nichts mehr tun.«

Er wollte tatsächlich einige Vampire opfern, damit die anderen sie kriegen konnten und wenn sie die Absicht gehabt hätte, Feuerbälle auf ihn zu schleudern, wäre das ein guter Plan gewesen. Aber das hatte sie nicht im Sinn. Stattdessen streckte sie ihre Hände weit aus und warf die Feuerbälle links und rechts zur Seite. Der zu ihrer Linken traf den langen Esstisch und explodierte, wodurch noch mehr Flammen in die Luft geschossen wurden.

Der andere traf die Vorhänge, die die verbarrikadierten Fenster verdeckten, sie fingen schnell Feuer und es breitete sich aus. Die Vampire, die Bernard geschickt hatte, waren fast bei ihr. Sie streckte die Hand in Richtung Esszimmer aus und holte mit Magie den Stock ihres Vaters zu sich, aber er bewegte sich nicht so schnell über den Boden in ihre Richtung, wie sie es gerne gehabt hätte.

»Nein! Schnappt sie euch!«, brüllte Bernard.

Die Vampire stürzten vorwärts und stolperten beinahe übereinander, als sie über die Treppe heruntereilten.

Meine Reserven sind gering, erkannte Liv sofort. Trotzdem landete der silberne Stock in ihren Händen, als der erste Vampir nur noch einen Meter entfernt war. Er duckte sich vor ihr, aber Liv hatte Bellator bereits in der Hand, schwang das Schwert über seine Schulter und warf ihn einige Meter zurück. Die Hand mit dem Stock streckte sie aus und klopfte mit der Spitze gegen die Tür. Sofort sprang sie auf und ließ helles Sonnenlicht in die Eingangshalle.

Die Schreie, die die Luft erfüllten, waren fast so schrecklich wie der Rauch, der Liv beinahe blind machte. Sie duckte sich, entkam den Fängen eines Vampirs, der auf sie zusprang und er wurde sofort zu Asche, als das Sonnenlicht seinen Körper berührte. Liv sprintete hinaus in die Sonne und drehte sich um. Sie sah, wie sich die Brut von der Tür entfernte, wobei sie darauf achtete, dem Sonnenlicht auszuweichen.

Bernard starrte von seinem Platz auf dem Balkon mit bösem Blick auf sie herab.

Er. Er hatte gesagt, ›er‹ habe ihn gemacht. Liv musste herausfinden, wer ›er‹ war, aber zuerst musste sie das Vampirproblem lösen, wie Papa Creola es ihr aufgetragen hatte. Die Seiten des Schlosses brannten bereits, die Flammen züngelten bis in den zweiten Stock. Liv konnte nicht riskieren, dass Vampire überlebten, aber ihr wurde klar, dass ihre Kräfte zur Neige gingen. Deshalb wusste sie, dass sie sich auf die ihr angeborene Kraft verlassen musste: den Wind.

DIE DICKKÖPFIGE FÜRSPRECHERIN

Mit dem letzten Rest ihrer Reserven schoss Liv einen Wind von perfekter Intensität auf das Schloss und sorgte dafür, dass das Feuer heiß brannte und sich noch schneller ausbreitete, sodass kein Vampir aus dem Gebäude entkommen konnte.

Kapitel 26

Als Liv durch die Tür der Reflexion trat, richteten sich alle Augen auf sie. Es konnte daran liegen, dass sie nach Lagerfeuer roch, da sie sich nach ihrer Rückkehr aus Frankreich nicht umgezogen hatte, oder dass ihr Haar ›ein fürchterliches Durcheinander‹ war – so hatte Plato es genannt, als er sich vor dem Schloss zu ihr gesellt hatte und ihr Gesellschaft leistete, während das Gebäude bis auf die Grundmauern niederbrannte. Aber höchstwahrscheinlich war es doch so, dass alle überrascht waren, sie überhaupt zu sehen.

Clark sprang auf, die Erleichterung war seinem Gesicht anzusehen. »Geht es dir gut?«

»Natürlich geht es ihr gut«, seufzte Adler müde. »Das ist deutlich zu sehen. Aber Miss Beaufont, zurückzukehren, bevor dein Fall gelöst ist, ist ein Grund zur Ent…«

»Der Fall ist erledigt«, stellte Liv klar und nahm ihren Platz neben Stefan ein. Wie üblich war Decar abwesend. Der einzige andere anwesende Krieger war Emilio, der Liv verächtlich beäugte.

»Er ist *was*?«, quietschte Bianca und beugte sich nach vorne.

Adler tippte sich mit dem Finger an die Stirn. »Man hat von dir erwartet, dass du alle Vampire ausschaltest.«

Liv schaukelte wie Papa Creola auf den Fersen vor und zurück. »Ja, ich habe jeden einzelnen von ihnen erwischt.«

»Das ist unmöglich, denn …«

DIE DICKKÖPFIGE FÜRSPRECHERIN

»Der Bericht wurde gerade aktualisiert«, bemerkte Raina und las von ihrem Tablet ab. »Er besagt, dass es keine vampirischen Aktivitäten mehr gibt.«

Clark setzte sich wieder und prüfte dies auf seinem eigenen Gerät. Aufgeregtes Geschwätz entstand im Rat.

»Das ist sehr beeindruckend, Kriegerin Beaufont«, lobte Haro und verbeugte sich vor ihr. »Ich denke, ich spreche für alle, wenn ich sage, dass dies eine unglaubliche Leistung ist.«

Der weiße Tiger ging hinter Liv vorbei, sein Schwanz zuckte und traf ihren Umhang. Sie warf ihm einen Seitenblick zu, als er die Position neben ihr einnahm.

»Sind wir ganz sicher, dass alle Vampire verschwunden sind?«, fragte Lorenzo und las auf seinem Gerät. »Dieser Bericht kam gerade rein, aber er könnte ungenau sein.«

»Ich habe zugesehen, wie sie verbrannt sind«, erklärte Liv und erinnerte sich daran, wie sie mit Plato im Gras saß und einen Schokoriegel aß, bis das Schloss in sich zusammenfiel. Die entsetzlichen Schreie der Vampire sorgten nicht unbedingt für die appetitlichste Atmosphäre, aber Liv wusste, dass sie ihre Reserven wieder auffüllen musste, sonst wäre sie nie in der Lage gewesen nach Hause zurückzukehren.

»Woher wissen wir, dass es nur einen Vampirzirkel gab?«, fragte Bianca.

»Es gab nur diesen einen«, antwortete Adler und zeigte sich wegen dieser guten Nachricht, die Liv überbrachte, ziemlich niedergeschlagen.

»Hast du Zugang zu Informationen, die wir nicht haben?«, wollte Hester wissen.

Adler schüttelte den Kopf. »Nein, ich weiß nur, dass es unmöglich wäre, dass mehr als ein Zirkel entstehen kann, wenn die Seuche so frisch ist.«

»Ja und ich habe die Leiterin des Zirkels getroffen«, erklärte Liv. »Sie war ziemlich schrecklich, aber ich bin zuversichtlich, dass sie weg ist, was bedeutet, dass ihre Brut auch weg ist.«

»Hast du ›sie‹ gesagt?«, fragte Adler.

»Das habe ich«, antwortete Liv und hielt das Grinsen zurück, das auf ihrem Gesicht auftauchen wollte.

»Wenn das der Fall ist, hast du den wahren Leiter des Zirkels vermutlich nicht eliminiert«, belehrte Adler die Kriegerin.

Liv wölbte eine Augenbraue. »Oh, ist der Anführer des Vampirzirkels etwa ein Mann? Woher weißt du das?«

Adler blätterte auf seinem Gerät, als wäre er auf der Suche nach etwas. »Ich glaube, das stand irgendwo im Bericht.«

Die schwarze Krähe kreiste über ihren Köpfen. Es sah aus, als wollte sie kurz darauf landen, aber Adler warf ihr einen wütenden Blick zu und sie flog zu ihrer Sitzstange zurück.

Liv schloss die Augen und fragte sich, ob es ihm tatsächlich gelungen war, den Vogel zu verzaubern, damit er seine Lügen nicht verraten würde. Dafür waren die Regulatoren da: um Wahrheit von Lüge zu unterscheiden.

Sie warf einen Blick auf den weißen Tiger Jude, der das Gegenstück zur Krähe darstellte. Er repräsentierte Ehrlichkeit und Tapferkeit, sodass Liv froh war, ihn an ihrer Seite zu wissen. Diabolos hingegen deckte Täuschung und Feigheit auf – oder zumindest sollte er das.

»Ich finde das Geschlecht des Zirkel-Leiters nicht in den Notizen«, sagte Hester mit gesenktem Kinn, während sie las.

»Es steht irgendwo da drin«, erklärte Adler abweisend. »Der Punkt ist, wie können wir darauf vertrauen, dass du den gesamten Vampirzirkel losgeworden bist, Miss Beaufont? Der Leiter könnte immer noch da draußen sein.«

»Ist er nicht«, antwortete Liv und betonte das Wort ›er‹ besonders. »Ich weiß mit Sicherheit, dass Bernard verschwunden ist.«

Irritiert flackerten Adlers Augen bei der Erwähnung des Brutführers auf.

»Warte, ich dachte, du hättest gesagt, der Leiter sei eine Frau«, meinte Lorenzo verwirrt.

Liv nickte. »Ich habe mich wohl falsch ausgedrückt. Aber ich kann garantieren, dass der Vampirzirkel verschwunden ist, denn mein Boss hätte mir sonst Bescheid gesagt. Er ist eine Art Mikromanager.«

Dies erregte nun die Aufmerksamkeit aller, auch die von Stefan. Er wandte sich neugierig an Liv.

»Boss?«, fragte Adler. »Wir sind deine Chefs. Du unterstehst dem Rat.«

»Sicher, sicher«, sagte Liv abweisend. »Entschuldigt die Verwirrung. Ich meinte euren Chef.«

Bianca runzelte die Stirn und starrte Liv bockig an. »Wir unterstehen niemandem. Der Rat ist der oberste Gesetzgeber.«

Wieder schaukelte Liv vor und zurück. »Das sollte man meinen, aber so war es eigentlich nie gedacht. Wir arbeiten für eine höhere Macht und eines dieser Wesen hat darum gebeten, dass ich ihm direkt berichte.«

»Was tust du, Liv?« Stefan versuchte verzweifelt sein Lachen zu unterdrücken.

»Wovon redet sie?«, verlangte Bianca Aufklärung von Adler.

Etwas grob schob er sein Tablet nach vorne. »Ich weiß es nicht. Wir haben heute wirklich keine Zeit für deine Spielchen, Miss Beaufont. Wenn du tatsächlich mit dem Vampirfall durch bist …«

»Das bin ich, das ist eine Tatsache«, erklärte Liv.

Adlers helle Augen wanderten zu Liv. »Dann bestätigen wir, dass wir dir baldmöglichst einen neuen Fall zuweisen werden.«

»Eigentlich hat der Boss das schon getan«, tat Liv kund, die das Ganze sichtlich genoss.

Raina teilte die Belustigung ihres Bruders und beugte sich nach vorne. »Kriegerin Beaufont, würde es dir etwas ausmachen, uns zu sagen, wer der Boss ist, für den du arbeitest?«

»Vielen Dank, dass du so höflich nachfragst«, sagte Liv mit einer leichten Verbeugung. »Und natürlich werde ich das. Ich berichte jetzt direkt an Papa Creola, oder wie die meisten von euch ihn kennen, den Vater Zeit.«

Unter den Ratsmitgliedern brach Gemurmel aus. »Das ist unmöglich!« »Sie ist eine Lügnerin!« »Ich habe genug davon!« Adler, Bianca und Lorenzo schrien, während die anderen nervös hin und her flüsterten.

»Man muss sich einfach nur richtig in Szene setzen, nicht wahr?«, fragte Stefan aus dem Mundwinkel.

»Ich würde es wirklich vorziehen, das nicht zu tun, aber es passiert einfach immer irgendwie«, antwortete Liv.

»Ich glaube dir nicht«, neckte er. »Du hast das sorgfältig konstruiert, bevor du die Bombe hast platzen lassen.«

»Oh, als ob ich gewusst hätte, dass sie so reagieren würden«, sagte Liv in normaler Lautstärke. Sie musste nicht mehr flüstern, da sich der Rat nun so laut unterhielt, dass sie Stefan und Liv nicht einmal bemerkten.

»Du weißt, dass er sich schon verdammt lange versteckt, oder?«, bohrte Stefan weiter.

»Das wusste ich, seitdem ich ihn das erste Mal getroffen hatte«, erklärte Liv.

DIE DICKKÖPFIGE FÜRSPRECHERIN

»Und du dachtest nicht im Traum daran, dem Rat seinen Standort mitzuteilen?«, hakte Lorenzo ein, nachdem er die Antwort von Liv gehört hatte.

Liv hielt ihr Kinn hoch. »Er hat mich gebeten, es nicht zu tun.«

»Wir sind *der Rat*!«, schrie Adler. »Du darfst uns keine Informationen vorenthalten!«

»Wie wir bereits diskutiert haben, steht Vater Zeit über euch«, erklärte Liv ruhig.

Stefan stieß einen langen, langsamen Atemzug aus, als wollte er sich auf den nächsten Schlag vorbereiten.

»Das ist Unsinn«, argumentierte Bianca. »Olivia hat keine Beweise …«

»Mein Name ist Liv, B.« Sie schnipste mit den Fingern und es materialisierte sich ein fast vollkommen grüner Ball in der Luft. Es gab nur einen kleinen gelben Splitter, wie ein winziges Stück Kuchen oben auf der Kugel. »Sieht aus, als sei es fast soweit. Warum seht ihr euch nicht alle die aktuelle Veröffentlichung von *Magische Kreaturen Zentral* in der Roya Lane an?«

Der Rat begann, die Tablets zu durchforsten.

»Das ist viel besser, als ins Theater zu gehen«, flüsterte Stefan ihr zu.

»Du gehst nie ins Theater«, argumentierte Liv. »Denn das würde ja voraussetzen, dass du einen Anzug anziehst und dich kämmst.«

»Das ist einer der Gründe, warum das hier besser ist als das Theater«, sagte Stefan mit einem Augenzwinkern. »Aber ich ziehe mir extra einen Anzug an, wenn du mich einmal zu einer Vorstellung begleiten möchtest.«

Liv hob eine Augenbraue und versuchte herauszufinden, ob das sein Ernst war.

»Donnerlittchen!«, rief Hester aus.

»Das kann nicht wahr sein!«, schrie Bianca.

Haros Blick huschte zwischen Liv und seinem Tablet hin und her, als hätte er Schwierigkeiten, die Informationen zu verarbeiten. »Dieser Artikel hier besagt, dass du die erste namentlich bekannte Delegierte für den Vater Zeit bist.«

Liv nickte stolz. »Vom Boss. Wie ich schon gesagt habe.«

»Warte«, gab Bianca zu bedenken. »Soll das echt sein? Wie können wir das feststellen?«

»Das ist real«, erklärte Clark. »Das ist Vater Zeit, der dort in der Gegenwart abgebildet ist. Es gibt mehrere Zeugen dafür, wenn du den Artikel genau liest.«

»Er ist mehrere Seiten lang«, maulte Bianca.

»Darf ich vorschlagen, dass du einen Schnell-Lese-Kurs belegst?«, bot Liv an. »Das ist in Zeiten wie diesen wirklich nützlich. Dann müssen wir nicht alle warten, während du all die Worte erst aufnehmen musst.«

»Ratsherr Beaufont hat recht«, berichtete Haro. »Das ist der wahre Vater Zeit.«

Adler legte sein Gerät weg und schien vor Wut fast blind zu sein. »Miss Beaufont, wirst du dem Rat genau erzählen, was passiert ist und warum der Vater Zeit sagt, du wärst dafür verantwortlich, dass er nach all dieser Zeit wieder aufgetaucht ist?«

»Sicher«, zwitscherte Liv. »Papa Creola und ich wurden einander vorgestellt ...«

»Papa?«, fragte Hester, ein merkwürdiger Ton in ihrer Stimme.

Liv nickte. »Ja, ich schätze, diejenigen, die ihn persönlich kennen, nennen ihn so. Ich wurde ihm von Rudolf vorgestellt, den ihr alle kennt als ...«

DIE DICKKÖPFIGE FÜRSPRECHERIN

»Den neuen König der Fae?«, fragte Bianca, die aussah, als hätte sie gerade einen ganzen Apfel verschluckt.

»Miss Beaufont, meinst du Rudolfus Sweetwater?«, verlangte Adler zu wissen und klopfte mit den Fingern laut auf den Tisch.

»Ja, aber normalerweise nenne ich ihn Dumpfbacke oder Armleuchter«, erklärte Liv mit gezwungen ernstem Gesicht.

»Ich erinnere dich daran, dass du über einen König sprichst«, sagte Emilio und lenkte damit die Aufmerksamkeit aller auf sich. Er hatte sich nie unpassend geäußert und er hatte selten gesprochen, wenn Liv in der Nähe war.

Liv nickte. »Ja, aber ich kannte ihn, bevor er König wurde. Ich war dabei, als er Königin Visa besiegt hat und habe ihm meine Macht geliehen, damit er den Job auch abschließend erledigen konnte. So interessant ist die Geschichte aber nun auch wieder nicht.«

»Stimmt, ich schlafe wirklich gleich ein«, erwiderte Stefan atemlos.

»Jedenfalls stellte mich Rudolf Papa Creola vor«, fuhr Liv fort. »Als ihr mir dann die fast unmögliche Aufgabe übertragen habt, die Vampire loszuwerden, bat ich den Vater Zeit um Hilfe und wir trafen eine Vereinbarung. Die Sache lief von meiner Seite gründlich schief und in letzter Minute ist der kleine Kerl eingesprungen und gab mir, was ich brauchte, um die Vampire zu besiegen, während er erklärte, ich sei ab sofort für ihn im Einsatz.«

»Was hat er dir gegeben?«, fragte Clark, teils aufgeregt und teils besorgt.

Liv streckte ihre Hand aus. »Die eine Sache, wegen der ich von Anfang an jeden Gnom schikaniert habe.« In ihrer Handfläche materialisierte sich eine kleine Feuerkugel, die sich mit jeder Sekunde schneller drehte.

»Das ist etwas, was ich noch nie einen Magier habe tun sehen«, meinte Haro beeindruckt.

Adler warf sich in seinem Stuhl zurück und schien durch all diese guten Nachrichten ernsthaft verärgert zu sein. »Du hast also den Vater Zeit deinen Hintern retten und die Vampire besiegen lassen?«

Liv schüttelte den Kopf. »Nein, er sagt, es ginge ihm nur ums Delegieren. Er hat mich sozusagen aufgewertet und mich dann allein gelassen, aber wenn es diese Vampire noch gäbe, wäre er mir sicher auf den Fersen. Ich habe das Gefühl, er ist ein echter Kontrollfreak.«

»Und du behauptest, dass der Vater Zeit dir bereits einen anderen Fall zugewiesen hat?«, fragte Hester.

Liv nickte. »Ja, ich helfe ihm dabei, magisch-technische Geräte mit Zeitbezug aufzuspüren und zu konfiszieren.«

»Das war es, was er die Krieger kurz vor seinem Verschwinden hat tun lassen«, tat Adler hitzig kund. »Er wird jetzt wahrscheinlich nur damit weitermachen.«

»Ja, er hat sie übrigens von meiner Mutter holen lassen«, erklärte Liv. »Und sie sagte ihm, er solle sich nicht verstecken.«

»Sie hat uns nie gesagt, dass sie von seinen Plänen wusste«, sagte Adler.

»Es scheint, dass Geheimnisse zu bewahren in eurer Familie liegt«, meinte Lorenzo trocken.

»Noch einmal, dies ist der Vater Zeit«, erinnerte Liv sie daran. »Und ich bin sicher, er war schon längst weg, bevor sie es jemandem hätte erzählen können. Außerdem, was werdet ihr alle tun, wenn Papa Creola beschließt, dass er wieder aussteigen will?«

Es entstand allgemeines Gemurmel unter den Ratsmitgliedern.

»Das ist ganz richtig«, forderte Liv ihre Aufmerksamkeit zurück. »Es gibt nichts, was wir dagegen tun *können*. Er ist allmächtig. Wenn er nicht hier sein will, dann wird er gehen. Alles, was wir tun können, ist, tun was er sagt und hoffen, dass er nicht allzu verärgert ist. Oh und die Elfen sollten auch ihre Arbeit tun.«

»Die Elfen?«, fragte Raina.

»Oh, ich glaube, sie werden mit der Filterung von Anträgen auf zeitliche Änderungen beauftragt«, berichtete Liv. »Falls jedoch jemand von euch daran denkt, eine solche Anfrage einzureichen, wird die Antwort immer ›Nein‹ lauten. Ich denke, das soll eher eine Art Show sein – wie Kaffeefahrten mit Produktpräsentation.«

»Er kann sich nicht unsere Krieger schnappen und ihnen Aufgaben zuweisen«, klagte Bianca.

»Oh doch, er kann«, argumentierte Haro. »Kriegerin Beaufont hat recht. Wir arbeiten für ihn. Er kann uns übertrumpfen. Es klingt jedoch eher so, als würde er einfach einen Befehl direkt weitergeben. In diesem Fall umgeht also der Direktor die Manager. Ich bin sicher, das wird nicht oft passieren.«

»Heißt das also, dass du auf direktem Weg zu Vater Zeit kannst?«, fragte Adler interessiert. Ausnahmsweise klang er einmal nicht irritiert, sondern lediglich neugierig.

»Er hat mir gesagt, wo ich ihm Nachrichten hinterlassen kann«, erklärte sie und bezog sich dabei auf Subners Laden.

»Und wo?« Adler stand auf.

Liv schwieg.

»Oh, das ist lächerlich!«, schrie Bianca. »Wir sind der Rat und müssen …«

»Ich denke, Kriegerin Beaufont hat in diesem Fall das richtige Maß an Diplomatie gezeigt«, sagte Hester stolz.

Clark lächelte seine Schwester an.

»Ich stimme zu«, bestätigte Haro. »Das ist ein großer Fortschritt für das Haus der Sieben. Und dass du, Kriegerin Beaufont, in dem Artikel erwähnt wirst, wird Wunder für unseren Ruf bewirken. Die ›Erste Delegierte von Vater Zeit‹ ist ein beeindruckender Titel, der sich positiv für uns alle auswirken wird.«

»Ich glaube nicht, dass wir ihr dafür so schnell ein Lob aussprechen sollten«, flüsterte Bianca lapidar. »Sie hat dem Rat Informationen vorenthalten.«

»Ich habe mit einem Mann, von dem ich wusste, dass er wichtig ist, eine Vereinbarung getroffen«, argumentierte Liv.

»Du wirst also an diesem Magische-Technik-Fall für den Vater Zeit arbeiten?«, fragte Clark. »Wirst du uns über deine Fortschritte auf dem Laufenden halten?«

Liv lächelte ihren Bruder an. »Ja, natürlich, aber zuerst muss ich der Krönung von König Schwachkopf beiwohnen.«

Emilio wandte sich an Liv. »Du gehst in das Königreich der Fae?«

»Nun, nicht freiwillig«, antwortete Liv. »Aber wenn ich es nicht tue, wird Rudolf mich pausenlos schikanieren.«

»Dies ist eine weitere Ehre für das Haus«, erklärte Hester, ihre grauen Augen funkelten.

Raina stimmte mit einem Nicken zu. »Wir hatten keinen Vertreter bei einer Krönungszeremonie seit … nun, ich bin mir nicht sicher.«

»Noch nie«, murmelte Adler und legte sein Kinn auf die Hand.

Emilio räusperte sich. »Darf ich darum bitten, dass …«

»Ähm, nein«, unterbrach ihn Bianca. »Wir haben das besprochen.«

DIE DICKKÖPFIGE FÜRSPRECHERIN

»Ich weiß nicht, wie es euch allen geht, aber ich würde gerne wissen, worum Emilio bitten wollte«, sagte Liv mit Blick auf den anderen Krieger.

Er schluckte und blickte sich im Raum um, vorsichtig, um dem hitzigen Blick seiner Schwester auszuweichen. »Ich frage mich nur, ob es mir erlaubt wäre, ebenfalls an der Zeremonie teilzunehmen. Ich habe an den Verhandlungen mit Königin Visa teilgenommen und hätte gerne die Gelegenheit, den neuen König kennenzulernen. Wenn in Zukunft Verhandlungen nötig sind, dann …«

»Ich denke, Kriegerin Beaufont wird diese in Zukunft führen«, erklärte Raina. »Sie ist mit dem König per du, also ergibt das nur Sinn.«

Liv bemerkte die Verzweiflung in Emilios Augen und beschloss, sich einzuschalten. »Ich denke, dass es nicht schaden kann, bei der Zeremonie stärker vertreten zu sein. Und wenn ich nicht verfügbar bin, um mit den Fae zu verhandeln, wäre es gut, Unterstützung zu haben.«

»Denkst du, dass der König dir erlauben wird, einen Gast mitzubringen?«, fragte Haro.

»Oder sogar drei«, meinte Liv und erinnerte sich, dass er Rory gebeten hatte, zu kommen und sie würde auch gerne Sophia mitnehmen, damit sie verschiedene Rassen kennenlernen würde, wenn Clark die Erlaubnis dazu erteilen sollte.

»Dann bin ich dafür, denn Krieger Mantovani hat ohnehin aktuell keinen Fall zu erledigen«, stimmte Raina zu.

»Dem schließe ich mich an«, erklärte Hester, gefolgt von weiteren Bestätigungen durch den Rat. Die einzige, die sich hartnäckig gegen diese Idee aussprach, war Bianca Mantovani, die mit ihrem strafenden Blick scheinbar versuchte, ihren Bruder in zwei Hälften zu teilen.

Kapitel 27

Das Quietschen, das aus Sophias Mund schlüpfte, war fast so schrecklich wie das, das diese sterbenden Zombies ausgestoßen hatten. Liv hielt sich die Ohren zu und wartete, bis ihre kleine Schwester den Mund wieder schloss.

»Er hat ja gesagt?«, fragte Sophia zum dritten Mal.

Liv nickte. »Ja, Clark sagt, du kannst mit zu Rudolfs Krönung kommen, solange du nicht im Dunkeln unterwegs bist, die ganze Zeit an meiner Seite bleibst, nichts isst, was die Fae dir anbieten und ganz im Allgemeinen null Spaß hast.«

Wieder wurde gequietscht.

»Im Ernst, du musst mich warnen, bevor du das machst«, sagte Liv und hielt sich dabei die Hände über die Ohren.

»Ich brauche etwas zum Anziehen«, stellte Sophia fest, während sie im Trainingsstudio aufgeregt hin und her lief. Sie warteten auf Akio, aber er war durch irgendeinen Fall, an dem er gerade arbeitete, aufgehalten worden. Liv war sich ziemlich sicher, dass es für ihn nicht darum ging, ein Huhn für den Vater Zeit zu beschützen oder Kobolde zu jagen. Sie bekam die interessantesten Fälle. Für Liv passierten die Dinge einfach. Oder sie passierten ihr. Sie war sich noch nicht so ganz sicher.

»Ich denke, das, was du gerade anhast, ist in Ordnung«, schlug Liv vor und zeigte auf das gelbe Rüschenkleid des Mädchens. Eine grüne Ranke schlängelte sich über die Schulter und um das Oberteil. Wenn sie sich bewegte, sah es aus wie Wind, der durch den Jasmin im Garten des Hauses der Sieben wehte.

Sophia schaute mit einem finsteren Blick auf ihr Kleid hinunter. »Ist das dein Ernst? Das hier? Oh, nein. Wir müssen etwas aus dem Laden herbeizaubern. Zum Glück habe ich noch Clarks Zugangsdaten. Ich werde etwas für dich und mich besorgen.«

»Es ist dann aber nicht so wie im Märchen von Aschenputtel und verschwindet zu einer bestimmten Uhrzeit, oder?«

Sophia schüttelte den Kopf. »Nein, es ist so ähnlich wie das, in das ich dich gesteckt habe, als du zum ersten Mal in das Königreich der Fae gegangen bist.«

Liv schnitt eine Grimasse. »Ich habe immer noch Alpträume von diesem löchrigen, neongrünen Kleid.«

»Nun, du wirst etwas Ausgefallenes anziehen müssen und DAS kann es nicht sein.« Die kleine Magierin zeigte auf die Lederhose und das Tanktop, in dem Liv zum Sport gekommen war.

»Gut, aber um fair zu bleiben«, begann Liv, »wir fangen gleich mit dem Training an und man kann nicht anbehalten, womit man gekommen ist. Würdest du bitte etwas Praktischeres anziehen?«

Sophia dachte einen Moment lang nach und zeigte dann auf sich selbst. Einen Augenblick später wurde das Kleid durch etwas ersetzt, das man am treffendsten als einen edlen Kampfanzug beschreiben konnte – eine metallic-silberne Hose, kniehohe Stiefel und eine schwarze Lederweste. Ihr Haar war zu einem komplizierten Zopf geflochten, in den silberne Perlen eingewebt waren.

Liv schüttelte den Kopf. »Wie genau hast du das gemacht?«
Sophia zuckte die Achseln. »Ich übe viel in der Nacht.«

»Natürlich tust du das«, erklärte Liv gelangweilt. »Während andere Kinder Brettspiele spielen und fernsehen, streichelst du dein Drachenei und übst für Minderjährige illegale Magie.«

Sophia kicherte. »Danke für deinen Rat bezüglich des Drachen. Es hat wirklich geholfen.«

Liv, die sich vor ihrer Sparring-Runde dehnte, schaute plötzlich auf. »Ach, wirklich? Er rollt sich nicht mehr in die Mitte des Wohnzimmers?«

»Nein und ich glaube, er schlüpft doch für mich«, erklärte Sophia.

»Woher weißt du das?«

»Ich bin mir nicht sicher«, antwortete Sophia. »Es ist nur ein Gefühl, das ich von ihm bekommen habe. Es ist schwer zu erklären, aber meistens kommunizieren wir auf emotionaler Ebene, nicht mit Worten. Es ist wie Ideen oder Bilder und ich weiß einfach, was er meint. Wie auch immer, ich habe den Eindruck, dass er sich darauf freut, bald auf die Welt zu kommen, aber er ist noch nicht ganz so weit.«

Liv schwang Bellator hin und her, um ihre Schultern zu lockern. »Und in der Zwischenzeit, während er brütet, halte ich es für wichtig, dass wir dich vorbereiten.«

Akio erschien in der Tür des Trainingsstudios, sein schwarzes Haar verdeckte teilweise ein Auge. Er sah müde aus.

»Hey, du«, grüßte Liv und winkte ihn herein. »Danke, dass du bereit bist, Sophia zu trainieren.«

Er ging hinüber und bot der kleinen Magierin eine behandschuhte Hand. Sie neigte den Kopf und knickste vor ihm.

Er schüttelte den Kopf. »In der Schlacht schütteln wir Hände. Wir verbeugen uns. Aber wir machen niemals einen Knicks.«

DIE DICKKÖPFIGE FÜRSPRECHERIN

»Ich mag es, Dinge anders zu machen und ein Knicks ist würdevoll«, erklärte Sophia.

Akio warf Liv einen Seitenblick über die Schulter zu. »Und sie *ist* wirklich deine Schwester?«

»Das ist sie wohl«, sagte Liv und nahm eine Position an der Seite ein. Sie wollte nicht im Weg sein, während sie an ihren eigenen Fähigkeiten arbeitete.

»Ich verstehe ja, dass Krieger hart sein sollen«, begann Sophia, »aber warum scheint das immer zu bedeuten, dass sie männlich sein müssen? Es ist uns nicht erlaubt, im Kampf unsere weibliche Seite zu zeigen, als wäre das ein Zeichen von Schwäche. Aber was, wenn genau das Gegenteil der Fall ist? Sollten wir nicht beides zeigen dürfen?«

Liv schüttelte den Kopf und wich weiter zurück. »Akio, das ist jetzt dein Bier. Viel Glück mit dem frühreifen Kind.«

»Das ist sie definitiv«, sagte Akio und stemmte die Hände in die Seiten. »Und warum soll sie nach deiner Meinung jetzt mit ihrer Ausbildung beginnen? Sollte Sophia nicht dem regulären Lehrplan folgen, da sie für eine ganze Weile nicht als Kriegerin infrage kommen wird?«

Jetzt wurde es heikel. »Die Sache ist die. Meine Eltern hatten nicht viel für das Bildungssystem des Hauses übrig, wie wir schon früher besprochen haben«, erklärte Liv, hustete dann und versuchte herauszufinden, wie der nächste Teil seiner Frage am besten angegangen werden könnte. »Und ich möchte, dass Sophia von den Besten ausgebildet wird, falls sie sich verteidigen muss. Ich nehme sie öfter mit hinaus und möchte, dass sie für den Notfall vorbereitet ist.«

Akio nickte. Liv fühlte sich gut wegen der aufgezählten Gründe. Sie hatte nicht gelogen und doch musste sie die komplette Wahrheit nicht preisgeben.

»Und dann sind da noch die Vorbereitungen für die Ankunft des Drachen«, sagte Akio so beiläufig, als wolle er nach dem Abendessen einen Spaziergang machen.

Sophia reagierte zunächst nicht. Liv spannte sich an und fragte sich, wie er wohl an diese Information gekommen war. Da er spürte, dass sie nicht so schnell etwas herauslassen würden, winkte er ab und lachte.

»Ich glaube, dass Haro dir, Liv, von unserer Großmutter und der Prophezeiung, erzählt hat«, sagte Akio und nahm eine Waffe von der Ablage in der Ecke.

»Ja, er hat etwas erwähnt«, antwortete Liv.

»Großmutter Kazuko erwähnte nicht nur eine Prophezeiung über eine Person, die im Haus der Sieben viel Reibung unter den Mitgliedern des Hauses schaffen würde«, erklärte Akio. »Sie sagte auch, dass eine potenzielle Kriegerin später eine Drachenreiterin werden würde.«

Sophia warf Liv einen dringenden Blick zu, der entweder ›Können wir ihn ausschalten?‹ oder ›Wie kommen wir da wieder raus?‹ sagte. Es war schwer zu lesen.

Liv schüttelte kurz den Kopf und hoffte, dass sie Akio nicht töten und seine Leiche anschließend verstecken müssten. Liv hatte Zweifel daran, den erfahrenen Krieger auszuschalten zu können, selbst wenn sie jetzt über Feuerballmagie verfügte.

Akio testete die Balance eines *Wakizashi* und drehte sich zu den beiden Mädchen um. »Meine Großmutter nannte weitere Einzelheiten über diese zukünftige Kriegerin, wie zum Beispiel, dass ihre einzig überlebende Familie – eine Schwester und ein Bruder – sie unter allen Umständen beschützen würde, da sie nicht wollte, dass andere die unheimliche Stärke ihrer Kräfte bemerkten.« Beiläufig huschte Akios Blick zwischen Liv und Sophia hin und her. »Ich meine, vielleicht lese ich da etwas hinein und wenn du nicht gerade ein Drachenei beherbergst, dann sage mir bitte sofort, dass ich mich irre.«

»Akio«, begann Liv, »wir können das erklären.« Plötzlich fragte sie sich, ob Papa Creola sie in die Vergangenheit schicken könnte, um Akios Gedächtnis auszulöschen. Es war weit hergeholt, aber vielleicht könnte sie ihre Erste-Delegierte-Karte ziehen.

Er streckte seine Hand aus und eine halbtransparente Barriere entstand an der Außenseite der geöffneten Tür. »Ich denke, du weißt inzwischen, Liv, dass ich deine Erklärungen nicht will. Und ich werde deine Geheimnisse nicht verraten. Auch wird niemand hören, was wir jetzt gerade besprechen. Ich gebe einfach die Informationen, die Haro und ich über die Prophezeiung wissen, weiter, damit du weißt, was andere auch wissen könnten.«

Die Andeutung in seiner Stimme schickte einen Schauer durch Liv. Sie hatte die Prophezeiung vergessen. Akio und Haro kannten sie, weil ihre Großmutter sie überliefert hatte, aber vorher war sie aufgezeichnet worden und jemand hatte sie zerstört.

»Akio, siehst du jetzt, warum ich darauf bestehe, dass Sophia ausgebildet wird?«, fragte Liv.

Er nickte, ging auf Sophia zu und bot ihr das Schwert an. »Und wenn das, was ich von Großmutter Kazuko gehört habe, richtig ist, dann ist es wichtiger denn je, dass die junge Sophia die Disziplin der Kampfausbildung lernt.« Er kniete nieder und schaute ihr in die Augen. »Ich war einst wie du, ein junger Magier mit einer Macht, von der niemand wusste, nur meine Familie.«

Die blauen Augen von Sophia weiteten sich. »Was ist passiert?«

»Er starb«, warf Liv ein.

An ihren Humor gewöhnt, lächelte Akio sie von der Seite an. »Im Gegensatz zu anderen Kindern durfte ich keine Zeit beim Spielen verbringen, ich musste trainieren. Es war für mich wichtiger als für die meisten anderen, zu lernen, meine Kräfte zu kontrollieren, denn unsere magische Energie ist mit unseren Gefühlen verbunden, die viele Kinder nicht unter Kontrolle haben. Das wird also deine erste Aufgabe sein. Wenn du jedoch bald einen Drachen aufziehen musst, dann ist es umso wichtiger, dass du dich selbst kontrollieren kannst. In Japan glauben wir, dass der Drache eine Erweiterung der Männlich…«

Liv hustete heftig.

Akio schaute sie an. »Ich bitte um Entschuldigung. Ich benutze den Begriff ›Mann‹, weil uns die Geschichte bisher keine Beispiele von Reiterinnen nennt.« Er richtete seinen nachdenklichen Blick auf Sophia. »Natürlich ist die Geschichte der Drachen nicht gut dokumentiert, aber wenn du tatsächlich ein Ei hast, das schlüpfen könnte, könntest du, Sophia, der erste weibliche Reiter in der Geschichte werden.«

»Wow«, sagte Liv. Sie wollte ihre kleine Schwester plötzlich in eine Welt entführen, in der es nicht so viele Gefahren und Premieren gab und in der die Einsätze nicht so hoch waren, aber das konnte sie nicht tun, weil Liv wusste, dass Sophia für diese Welt geschaffen war. Wenn jemand die erste weibliche Drachenreiterin der Geschichte werden könnte, dann ihre kleine Schwester.

»Wie ich schon sagte«, fuhr Akio fort, »glauben wir in Japan, dass der Drache eine Erweiterung der Emotionen eines Mannes *oder einer Frau* ist, sodass alles, was du fühlst, dein Drache widerspiegelt. Wenn du nicht unter

Kontrolle hast, wie du dich fühlst und dich von deiner Wut überwältigen lässt, kannst du dann erahnen, wie gut du deinen Drachen beherrschen kannst?«

Sophias Augen fielen auf das Schwert in ihrer Hand. »Und es beginnt mit Kampf?«

Akio nickte und stand auf. »Ja, das ist eine Disziplin und sie wird dich nicht nur lehren, stärker zu sein, sondern sie wird dich auch lehren, wie flüchtig Emotionen sind. In einem Moment bist du voller Trauer über die Niederlage, im nächsten Moment bist du euphorisch durch einen Sieg. Eine echte Kriegerin lässt sich jedoch nicht so leicht beeinflussen. Sie bewegt sich von Schlacht zu Schlacht, so ruhig wie der Ozean, wenn die Winde still stehen. Und dein Drache, also …«

»Hört nur deine Befehle und sonst nichts«, beendete Sophia seinen Satz mit einem strahlenden Lächeln auf den Lippen.

»Ja, ich glaube, so wortgewandt hätte ich es nicht formuliert«, erklärte Akio.

Sophia warf Liv einen aufgeregten Blick zu. »Jemand hat kürzlich etwas Ähnliches zu mir gesagt.«

Liv nickte und erkannte, dass sie sich auf den Drachen bezog.

»Jetzt, für heute und in der Zwischenzeit, kannst du mit dieser Waffe üben«, verwies Akio auf die kurze Waffe, die Sophia in der Hand hielt. »Aber auch wenn du noch jung bist, möchte ich dich ermutigen, dir bald eine eigene Waffe auszusuchen. Etwas, mit dem du dich verbinden kannst.«

Liv war sich nicht sicher, warum, aber bevor sie die Worte aufhalten konnte, fielen sie ihr aus dem Mund. »Ich werde etwas für dich finden.«

Akio und Sophia schauten sie überrascht an.

»Ich meine nur, ich habe Verbindungen und ich glaube, ich kann die richtige Waffe für dich finden, Soph.«

Die kleine Magierin knickste mit einem Lächeln. »Danke, Liv. Das wäre großartig.«

Kapitel 28

Es war ein ganzes Leben her, dass das kleine Mädchen am Rande des schmalen Weges gestanden hatte, der zu dem darunter liegenden Haus führte. Allerdings gab es kein Strandhäuschen mehr. Es existierte nur noch in Livs Erinnerung, in der sie Reese immer noch lachen hören konnte und Ian allen befahl, ihre Sachen wegzuräumen, bevor sie sich an den Strand wagten. Irgendwo im Hintergrund dieser Erinnerungen waren Guinevere und Theodore Beaufont, die schweigend Händchen hielten und zusahen, wie ihre Kinder abseits des Hauses der Sieben ihr eigenes Leben genossen. Es war ein Ort, an dem ihnen wirklich erlaubt war, sie selbst zu sein – etwas, das ihre Eltern über alles andere stellten.

Die Meeresbrise wehte über Livs Haut, sodass sie sich plötzlich erfrischt fühlte und auch schwer unter der Last der Erinnerungen litt, die sie lange verdrängt hatte. Das Haus war ein Ferienhaus, das sich lange Zeit im Besitz der Familie Beaufont befunden hatte. Es war der Ort, an den ihr Vater sie gebracht hatte, wenn die Dinge keinen Sinn mehr ergaben und sie Abstand vom Rest der Welt brauchten.

Liv hätte nicht überrascht sein dürfen, dass sie sich gerade jetzt dort wiederfand. Nichts machte in ihrer Welt derzeit viel Sinn, aber dennoch hatte sie es aus einem bestimmten Grund bisher vermieden, dorthin zu gehen. Fast ebenso schwierig war die Idee gewesen, die Sachen von Ian und Reese durchzugehen. Liv hatte es vor sich hergeschoben, weil sie dachte, es würde nichts Neues zur Lösung des Rätsels beitragen.

Sie hatte recht gehabt, denn sie kannte ihre Geschwister. Sie hätten keine Hinweise hinterlassen, die Adler oder jemand anderes finden konnte. Nein, stattdessen hatte Ian den Kriegerring bei Sophia gelassen, damit sie ihn Liv geben konnte und Reese hatte das Rätsel über die Antike Kammer bei Clark hinterlassen. Deshalb erwartete Liv nicht, in den ausgebrannten Überresten des alten Ferienhauses etwas zu finden. Allerdings musste sie dort erst noch suchen. Dann, wenn sie bereit war, würde sie zum Matterhorn gehen. Leider dachte Liv, dass sie einige Zeit brauchen würde, sich darauf vorzubereiten. Alles in der Welt fühlte sich einfacher an, als an den Ort zu reisen, an dem ihre Eltern gestorben waren. Es war wie die Vorbereitung auf eine Gruselgeschichte. Was wäre, wenn der Geist ihrer Eltern dort wäre und mit ihr sprechen würde? Und seltsamerweise noch verheerender für Liv wäre, wenn sie zu diesem Ort ginge und nichts geschehen würde? Was, wenn ihre Eltern keine Nachricht hinterlassen hatten? Was, wenn sie den ganzen Weg gereist wäre, um zum Abschluss zu kommen oder Hinweise zu erhalten und sie würde nichts finden? Sie würde sich vielleicht noch leerer fühlen, als sie es gegenwärtig tat.

Als sie den Pazifischen Ozean betrachtete, konnte sie sich kaum vorstellen, sich noch leerer zu fühlen wie in diesem Moment. Während die Wellen rauschten, konnte Liv hören, wie Clark sich mit ihr über die richtigen Schwimmregeln stritt, seine Stimme war noch hoch, da er noch nicht im Stimmbruch war. Reese war damit beschäftigt, einen ihrer Songs zu summen und Ian trug Fakten aus dem *Handbuch für Krieger vor*, das Liv nie gelesen hatte. Ihr Vater hatte gesagt, es sei zwingend erforderlich, aber Livs Mutter hatte

DIE DICKKÖPFIGE FÜRSPRECHERIN

gemeint, es wäre lediglich ein Leitfaden. Am Ende waren sich beide einig, dass ihre Kinder selbst wählen sollten.

Liv fühlte sich, als wären sie alle noch am Leben, als sie den steinigen Pfad hinunterstolperte, bis dorthin, wo die Hütte einst auf der Klippe mit Blick auf den Ozean gestanden hatte. Asche und Trümmer waren immer noch auf dem Grundstück verstreut, obwohl der Wind immer wieder Teile davon mitnahm, auch während sie zuschaute. Die Sachen wurden hochgehoben und zum Strand hinuntergeblasen.

Liv stand an der Tür ihres Ferienhauses und tat so, als wollte sie anklopfen. Es war für sie unmöglich zu glauben, dass Ian und Reese in einem Feuer gestorben waren, dem sie nicht entkommen konnten. Dennoch hieß es in den Berichten, die nur wenige Einzelheiten enthielten, dass die Zaubersprüche, an denen Reese herumgebastelt hatte, sie bewusstlos gemacht und beide im Haus verbarrikadiert hatten. Als die Behörden auf das sich schnell ausbreitende Feuer aufmerksam wurden, hatte es bereits das komplette Haus verschluckt und alle im Haus getötet.

Ja, Reese hatte es geliebt, Risiken einzugehen, aber sie hätte niemals ihre und Ians Sicherheit gefährdet und Ian war unglaublich geschickt darin, hoffnungslosen Situationen zu entkommen. Er kam darin nach ihrer Mutter, hatte aber auch den Verstand ihres Vaters.

Nein, Ian hätte der größte Krieger werden sollen, den das Haus je gekannt hatte. Er hatte Verstand und Mut und auch ein einzigartiges Gleichgewicht, das die anderen nicht hatten. Reese war immer am Experimentieren. Das war ihr Ding. Clark war immer am Lernen. Und Liv, nun ja, sie war rebellisch. Aber Ian? Er wusste, wie er die Eigenschaften, die er von seinen Eltern geerbt hatte, kombinieren konnte. Er wusste, wie man sowohl berechnend als auch spontan war.

Ihr Bruder war gefährlich und auch vorsichtig. Er war intelligent und auch unglaublich sanftmütig.

»Was auch immer euch zwei von dieser Erde weggeholt hat, ist größer als ich«, schloss Liv, als sie ein mit Asche bedecktes Trümmerteil hinter sich her schleppte. Sie starrte in den weiten, blauen Himmel und fand sich lächelnd wieder. »Es muss größer sein als wir alle, aber das soll nicht heißen, dass wir es nicht aufhalten können.«

Der Wind vom Ozean zerrte an Livs Haaren und ihrem Umhang; es entstand ein lautes Flattergeräusch. Sie hob die Arme und fühlte sich plötzlich leicht und unbeschwert, zum ersten Mal seit … na ja, seit dem Tod ihrer Geschwister.

Am Morgen, nachdem Guinevere Beaufont ihre Tochter zum letzten Mal ins Bett gebracht hatte, war Liv mit einem unguten Gefühl aufgewacht. Unsicher, ob Reese sie mit einem Zauber belegt hatte oder ob Clark etwas brauchte, rannte Liv in das Familienzimmer, um Ian zu sehen, der gerade eine Nachricht von keinem Geringeren als Adler Sinclair erhielt.

Mit einem Gesichtsausdruck, den sie nie vergessen würde, schaute ihr Bruder sie und dann seine anderen Geschwister an. Nachdem er die Neuigkeiten mitgeteilt hatte, die auf dem Blatt Papier standen, das ihm Ratsmitglied Sinclair gegeben hatte, war Livs Leben nie wieder sorgenfrei. Danach hörte sie auf, den Behörden zu vertrauen, denen gegenüber ihre Eltern immer subtile Vorsicht hatten walten lassen.

Liv streifte mit den Augen über die Trümmer, unsicher, warum sie nichts außer einem lähmenden Herzschmerz dort fühlen konnte. Sie war keine Detektivin, als sie durch die Asche schritt, sondern eher das kleine Mädchen, das vor so langer Zeit weggelaufen war. Liv drehte sich abrupt um, weil sie dachte, es wäre falsch gewesen, dorthin zu gehen und zu riskieren, dass sie jemand sah. Im selben Moment fiel ihr etwas in der Asche zwischen den Trümmern ins Auge. Liv drehte sich und begann, den Boden nach dem Funken von tiefem Rot abzusuchen, das sie Sekunden zuvor gesehen hatte.

Zuerst fegten ihre Augen hin und her, ohne etwas zu finden. Und dann blieben sie an etwas hängen, das aus dem Grau und Schwarz hervorstach. Liv war sich sicher, dass ein Stückchen Papier in die Trümmer des Hauses ihrer Familie geflogen war, aber als sie sich hinkniete, um den roten Fleck aufzuheben, erkannte sie ihn. Der kleine Fetzen war so klein wie ein Blütenblatt, aber diese wären in einem Feuer verbrannt. Doch was hatte Sophia über Depours gesagt?

Teile von ihnen können zurückbleiben, nachdem sie benutzt wurden, so erinnerte sich Liv.

Sie nahm das blütenblattartige, magische Objekt in ihre Finger. Es zerbrach in kleine Stücke und zerfiel dann wie Sand, der sich im Wind verfing und an den Strand hinuntertragen ließ.

Liv erkannte, dass dieser Ausflug zum Strandhaus keine Verschwendung oder einfach nur eine emotionale Reise gewesen war. Sie wusste nun, dass keines von Reeses Experimenten schiefgelaufen war und sie und Ian getötet hatte.

Wie sie schon lange vermutet hatte, hatte jemand ihre Geschwister ermordet – und diese Person hatte mit einem roten Feuer-Depour die Spuren verwischt und alle Beweise verbrannt.

Kapitel 29

John streckte seine Hand unter dem Flipperautomaten heraus. »Flachzange«, forderte er schlicht und einfach.

Noch bevor er weitersprechen konnte, hatte Liv ihm die Zange in die Hand gelegt. So lief es, wenn sie gemeinsam an einem Projekt wie diesem arbeiteten – sie wusste einfach irgendwie was er brauchte, wenn er es brauchte. Vielleicht lag es daran, dass sie mitarbeitete, um zu verstehen, was genau er reparieren wollte, aber eine Erklärung der Funktionen des Flipperautomaten hätte nicht ausgereicht, weil er schon so alt war.

Sie hatte John die ganze Zeit beobachtet und versucht zu verstehen, was er tat, um das Beleuchtungsproblem zu beheben. Er hatte versprochen, dass die Maschine bis zum Ende des Nachmittags leuchten würde, wobei Ton und Bewegung zusätzlich eine ganz andere Geschichte waren.

»Und was machst du jetzt?«, stöhnte John, während er die Zange benutzte, um eine Schraube und einen Draht an Ort und Stelle zu befestigen.

»Die Polizei rufen«, scherzte Liv, aber ihre Stimme klang nicht belustigt.

Seitdem sie den Rest des Depour gefunden hatte, war es schwierig, die Geschehnisse in ihrem Leben auf die leichte Schulter zu nehmen. Ja, in gewisser Weise hatte sie gewusst, dass Ian und Reese ermordet wurden, oder sie hatte es zumindest sehr stark vermutet. Die Tatsache, dass sie all die Jahre von ihrer Familie getrennt war, hatte es ihr leicht gemacht, die Gefühle zu unterdrücken. Aber nachdem sie herausgefunden hatte, dass ein Depour verwendet wurde, waren die Wut und die Frustration, die sie nach dem Tod ihrer Eltern unterdrückt hatte, wieder hochgekocht. Liv hatte keine Ahnung, wie sie damit umgehen sollte, also hatte sie John gefragt, ob sie zusammen am Flipperautomaten arbeiten könnten. Das war für sie etwas, das ihr Ablenkung verschaffte.

»Du brauchst mehr Anhaltspunkte«, meinte John und drehte die Zange im Uhrzeigersinn.

»Ich weiß«, sagte Liv, als sie sich neben ihm auf den Boden setzte. »Es ist nur, dass das alles so überwältigend ist.«

»Ist es nicht«, antwortete John, rutschte unter der Maschine hervor und richtete sich auf. Er wischte sich die Stirn mit einem Tuch ab und holte tief Luft. »Wir wissen beide, dass du zum Matterhorn musst. Der kleine Kerl hat doch gesagt, dass du dorthin gehen sollst, nicht wahr?«

Liv kicherte ein wenig. »Ja, der Vater Zeit. Oder Papa Creola. Aber ich dachte nur, wenn ich noch etwas mehr recherchiere, dann …«

Der wissende Blick, den John Liv zuwarf, brachte sie zum Schweigen. Er schien sie zu durchschauen. »Hältst du dich selber hin?«

»Ja, ungefähr so, wie dein alter Lastwagen dich an einem kalten Tag«, gab Liv zu.

»Nun, ihr seid beide so stur, wie der Tag lang ist«, stellte John fest und stand mühsam auf.

»Haha«, meinte Liv und reichte John den Schraubenzieher, bevor er darum bat. Er nahm ihn mit einem seltsamen Gesichtsausdruck entgegen, der zu fragen schien: »Woher wusstest du das?«

»Ich weiß einfach nicht, ob ich schon bereit für das Matterhorn bin«, sagte Liv mit einem Achselzucken.

John zog eine Grimasse, als er etwas an seinem Platz festschraubte. »Das ist verständlich. Ich glaube, es ist selten der richtige Zeitpunkt, unsere Lieben zu verlieren, geschweige denn jemanden, der in unserem Leben so wichtig war wie unsere Eltern. Aber wir können die Vergangenheit nicht ändern.«

»Ich muss mich also mit ihrem Tod auseinandersetzen«, antwortete Liv hartnäckig.

Er schüttelte den Kopf. »Das wird einige Zeit in Anspruch nehmen und es wird vielleicht nie vollständig möglich sein. Aber du musst daran arbeiten. Und das ist nie leicht. Wer weiß, was du auf diesem Berg findest?«

»Was ist, wenn ich nichts finde?«, wollte Liv verzweifelt wissen.

»Es scheint mir, dass du das wie eine strategische Mission angehst«, bemerkte John. »Ich kann es dir nicht verdenken. Deine Rolle als Krieger hat dich zu einer anderen Denkweise verleitet. Aber was ist wirklich, wenn du *nichts* findest?«

»Nun, dann wäre es reine Zeitverschwendung gewesen«, bestand Liv darauf. »Es wäre dann ein Risiko gewesen, das ich nicht hätte eingehen müssen.«

»Ja, aber wenn es gar nicht darum geht, Beweise zu finden, sondern darum etwas zu finden, das dir bei der Heilung hilft, eine Mission für dein Herz also?«

Livs Leben war in den letzten Monaten schwarz-weiß gewesen. Es gab das Krieger-Geschäft und den Elektronikladen und dann waren da noch ihre Freunde außerhalb der Stadt. Aber was wäre, wenn die Mission zum Matterhorn kein Ergebnis bringen würde, außer ihr Herz zu öffnen? Was, wenn sie nicht in der Lage war, damit umzugehen? Es

DIE DICKKÖPFIGE FÜRSPRECHERIN

wäre dann weder eine Mission als Kriegerin gewesen noch eine Trauerreise als Tochter von Guinevere und Theodore. Es war entschieden beides und keines von beiden und sie würde die Wahrheit nie erfahren, bis sie sich auf diesen Berg wagte.

Liv stand abrupt auf und erschreckte sich selbst und Pickles, der sie aufgeregt anbellte, als er aus seinem Bett aufsprang.

»Danke, John«, sagte Liv. »Wie immer hast du geholfen, ein anderes Licht auf die Dinge zu werfen.«

Schweigend stellte sie fest, dass John ihr geholfen hatte, die Dinge aus einer ausgewogenen Perspektive zu betrachten. Seltsamerweise konnte der Sterbliche das sehr gut.

»Oh, du möchtest jetzt also aufbrechen?«, fragte John offensichtlich doch besorgt.

»Nein, noch nicht«, tröstete Liv. »Ich gebe dir Bescheid, bevor ich gehe. Jetzt muss ich zu einer Krönung, was bedeutet, dass ich meine kleine Schwester bitten muss, mich ordentlich anzuziehen und meine Haare zu machen.«

»Besser du als ich«, lächelte er. »Viel Glück, Liv.«

Sie lächelte den Mann an, der jetzt wieder unter dem Flipper lag. John Carraway wusste es nicht, aber ihn zu haben kam für sie Glück am nächsten. Er rückte die Dinge für sie ins rechte Licht.

Kapitel 30

»Sie ist mir weggelaufen!«, schrie Rudolf, als sie nach hinten gebracht wurde. Kaum war Liv zur Krönung in den Saal geleitet worden, hatten zwei Wachen sie von Sophia, Rory und Emilio weggezerrt und ihr gesagt, dass der König einen Notfall habe. Da sie es nicht gewohnt war, mit hohen Absätzen zu laufen, stolperte sie auf dem Weg zu Rudolfs Gemächern sechzehn Mal beinahe über ihr Taftkleid. Es war babyblau und passte zu ihren Augen, aber es brachte sie auch zur Verzweiflung. Dennoch hatte sie versucht, es mit der stoischen Gelassenheit zu tragen, mit der Sophia das ihre trug.

Liv erkannte die Ironie, dass sie Taft trug, weil Rudolf mal lauthals in der Roya Lane erklärt hatte, dass es geschmacklos wäre, das anlässlich einer Krönung zu tun. Aber so wie sie sich das vorgestellt hatte, bot es Tarnung für ihr Schwert, das die Wachen ihr sonst nicht erlaubt hätten, mit hineinzunehmen.

»Versuche das mal unter einem Seidenkleid«, hatte sie Sophia gesagt, als diese versucht hatte, sie einzukleiden.

Rudolf kniete und schlug mit den Händen auf den Boden ein, als Liv in seine riesigen Räumlichkeiten geschoben wurde. Es war, als würde man einen Palast betreten. Überall waren edle Stoffe und alles glänzte, als wäre es am selben Tag extra poliert worden.

Liv lief zu ihm und stolperte fast wieder über ihre eigenen Füße. »Rudolf, was ist passiert?«

Er blickte vom Boden auf, sein Gesicht war rot vor Tränen. »Es geht um Serena. Sie hat mich verlassen!«

»Am Tag deiner Krönung?«, fragte Liv. »Das scheint mir ein bisschen egoistisch zu sein.«

»Ich stimme dir zu«, sagte Rudolf und stand auf. Er trug einen eleganten lila Frack mit den typischen sogenannten Schwalbenschwänzen, die seine Flügel perfekt ergänzten. Sein blondes Haar war nach hinten gegelt und Liv hätte schwören können, dass er Eyeliner aufgetragen hatte.

Er deutete Richtung Balkon und sah sie reumütig an. »Geh und sag ihr, dass sie ein wirklich egoistischer Fiesling ist.«

»Warte«, sagte Liv und wandte sich zwischen Rudolf und dem Balkon hin und her, auf dem sie eine Gestalt im schwindenden Sonnenlicht stehen sehen konnte. »Sie ist draußen auf diesem Balkon? Vielleicht hat sie dich gar nicht verlassen? Vielleicht ist sie nur rausgegangen, um frische Luft zu schnappen?«

Er schüttelte den Kopf. »Nein, sie hat gesagt, sie wäre fertig mit mir, aber sie könne nirgendwo hingehen, weil sie schon vor langer Zeit gestorben sei und alle, die sie gekannt hatte, gestorben wären. Und ihre Bankkonten wurden auch aufgelöst. Nach Ansicht der Sterblichen existiert sie also nicht mehr.«

Liv nickte. »Ja, das klingt kompliziert.« Sie nahm ihn am Arm und lenkte ihn zu einem Brunnen, der mit Blütenblättern gefüllt war. »Erzähle mir doch, was passiert ist, das Serena so verärgert hat.«

Rudolf nickte und schien zu versuchen, sich zusammenzunehmen. »Nun, wir sind im Begriff, König und Königin zu werden und sie hat all diese Ideen, aber ich bin mir nicht sicher, ob die Fae bereit sind. Und sie ist sterblich. Es wird einige Zeit dauern, bis sie das akzeptieren. Und dann bin da nur noch ich, der versucht herauszufinden, was ich machen soll. Ich wollte einfach nicht, dass sie irgendwelche Änderungen vornimmt.«

Liv nickte und verstand Rudolfs missliche Lage. »Okay, also hast du ihr gesagt, sie soll sich mit den zu drastischen Dingen zurückhalten.«

Er schüttelte den Kopf. »Oh nein, ich tat, was meine Berater mir gesagt haben und verbot ihr, etwas zu tun, ohne mich vorher zu fragen.«

»Irgendwas Politisches zum Beispiel?«, fragte Liv.

»Nein, alles andere auch«, korrigierte Rudolf. »Die Berater sagten, das sei am besten so. Meinst du nicht auch?«

»Nein«, schüttelte Liv energisch den Kopf. »Als erste Amtshandlung musst du diese Berater feuern.«

Rudolf setzte sich niedergeschlagen neben den Brunnen. »Ich habe es dir gesagt. Deshalb musst du in meinem Rat sein. Ich kann keinem von ihnen trauen und sie setzen mich so unter Druck.«

»Nun, es ist wichtig, Leute zu haben, denen man vertrauen kann«, erklärte Liv. »Aber du bist jetzt König und solltest in der Lage sein, selbstständig zu denken. Die Berater sind nur dazu da, Input zu geben, aber am Ende des Tages bist du derjenige, der die Entscheidungen trifft. Und nur wenn du das tust, kannst du niemandem die Schuld an den Ergebnissen geben, außer dir selbst.«

Rudolf seufzte. »König sein ist eine Menge Arbeit.«

Liv nickte. »Ja, es geht halt leider nicht ständig um Party und die Entscheidung über das Muster vom Teppich im Thronsaal.«

Er spöttelte. »Ich würde nie einen Teppich in den Thronsaal legen. Ausgerechnet du solltest das wissen.«

»Wirklich?«, fragte Liv, ihre Stimme triefte vor Sarkasmus. »Ich habe die letzten Wochen damit verbracht, Werwölfe, Vampire und andere magische Kreaturen aufzumischen und gleichzeitig meine Kampffähigkeiten zu perfektionieren und ich soll mich auch mit Innenarchitektur auskennen? Wir beide führen zwei sehr unterschiedliche Leben.«

Ein in Königsblau gekleideter Diener kam mit einem Tablett mit zwei Kelchen ins Zimmer. Rudolf nahm beide und leerte einen nach dem anderen. Dann, als er Livs Gesichtsausdruck sah, sagte er: »Ich hätte dir einen davon anbieten sollen, nicht wahr?«

»Das wäre nett gewesen«, antwortete sie.

Rudolf sah den Diener an und sagte: »Bitte hole noch ein Getränk für meine Freundin. Und bring die Flasche mit.« Als der Diener gegangen war, ließ Rudolf den Kopf hängen. »Es tut mir leid. Ich bin so nervös und mein Herz ist gebrochen. Ich weiß nicht, was ich tue.«

Liv konnte ihn besser verstehen, als sie angenommen hatte. »Hör auf, zu viel über die Dinge nachzudenken. Du bist jetzt der König, weil du dich gegen Visa, eine schreckliche Diktatorin, gewehrt hast. Sei einfach die Person, die du bist. Liebe dein Volk. Tu, was du mir versprochen hast und schaffe Gelegenheiten für sie, anstatt die Bevölkerung dazu zu zwingen. Ja, es wird eine Zeit kommen, in der du den Input von Beratern brauchst, aber für den Augenblick tue das, was du für das Beste hältst. Und was deine Beziehung betrifft, so kannst du das nicht wie eine politische Angelegenheit behandeln. Wie du gesagt hast, tut es dir im Herzen weh, was bedeutet, dass es nicht um die Krone geht, sondern um dich als Person und um Serena, die ich ebenfalls als eine Art Person betrachte.«

»Aber ich weiß nicht, wie ich sie glücklich machen kann. Ich bin mir nicht einmal sicher, was ich falsch gemacht habe«, klagte Rudolf.

»Du kannst nicht jemanden bitten, deine Königin zu sein und sie dann unterdrücken«, erklärte Liv. »Eine Königin ist dazu bestimmt zu regieren. Lerne von Cleopatra. Wenn die Niederlage offensichtlich ist, wird eine gute Frau gehen. Du hast deine Königin besiegt, bevor sie überhaupt eine Chance hatte, Erfolg zu haben. Sie hat Ideen und Träume für die Zukunft. Gut, vielleicht ist es noch zu früh, diese Pläne in die Tat umzusetzen, aber dennoch solltest du sie nicht im Keim ersticken. Sag ihr, sie soll damit noch warten. Und in der Zwischenzeit gehört sie nicht nur zu deinen Fans. Wenn du willst, dass sie deine Frau wird, dann bedeutet das, dass sie dir ebenbürtig ist. Du musst sie auch so behandeln, sonst ist es sinnlos.«

Rudolf stand da, seine Augen blitzten vor Aufregung. »Ja, das ist es. Ich muss sie zu meiner Ebenbürtigen machen. Ich darf nicht über sie herrschen.«

»Gut, dann wird es wohl eine Hochzeit geben«, sagte Liv und nahm den Kelch, den der Diener ihr gebracht hatte.

»Ja, und sie wird noch berauschender werden als die Krönung«, stellte Rudolf fest. »Es wird Luftschlangen und einen Schokoladenbrunnen und Farmtiere geben. Oh, und habe ich schon Luftschlangen erwähnt?«

»Du möchtest Ziegen auf deiner Hochzeit haben?«, fragte Liv fassungslos.

»Nun, natürlich«, antwortete Rudolf. »Wie sollten wir sonst die Felder mähen, damit Platz zum Tanzen ist?«

»Bitte beauftrage einen Fachmann mit der Planung dieser Veranstaltung«, riet Liv. »Ich denke, du selbst solltest deine gesamte Energie auf dein Königreich konzentrieren.«

Rudolf stimmte mit einem Kopfnicken zu. »Aber zuerst muss ich die Dinge richtig stellen, sonst habe ich niemanden mehr, der meine Königin wird.« Er blickte zögernd in Richtung des Balkons, auf dem Serena stand. »Ich weiß nicht, was ich ihr sagen soll.«

»Denk daran«, sagte Liv und nahm einen Schluck von dem süßen Wein, »lass dein Herz sprechen. Wenn du das tust, wird es schon gut gehen.«

»Okay, ich denke, das kann ich.«

»Entschuldige dich auch dafür, dass du so ein Trottel warst«, befahl Liv. »Und sage ihr, dass das auch in Zukunft noch viele, viele Male passieren wird.«

Rudolf lächelte, seine blauen Augen leuchteten. »Danke, Liv. Es ist mir egal, was die Leute sagen. Du bist wirklich ein guter Mensch.«

»Wow, ich bin überwältigt von deinem Lob.« Liv leerte ihren Kelch und schüttelte den Kopf, als Rudolf auf den Balkon trat.

Kapitel 31

Wenn Rudolfs Hochzeit noch besser als seine Krönung werden sollte, musste Liv das sehen. Sie konnte sich nichts Größeres vorstellen als das, was gerade stattfand. Sie war bei ihrer Ankunft im Königreich der Fae so schnell weggeholt worden, dass sie keine Zeit hatte, die massiv-goldenen Säulen zu würdigen, die den Weg säumten, der zur Vorderseite des Krönungssaals führte.

Blumengirlanden hingen von der Decke, sodass es aussah, als blickten sie auf einen Garten. Die polierten weißen Marmorböden wirkten wie ein verzauberter Sandstrand und die Illusion von Wellen, die über ihre Füße schwappten, begrüßte Liv, als sie auf der Suche nach ihren Begleitern den Mittelgang entlang schritt.

Die Fae waren in feinste Kleider gehüllt, viele von ihnen glitzerten, als wären sie mit Diamantstaub gepudert. Noch nie in ihrem Leben hatte Liv so viele schöne Dinge an einem Ort gesehen. Es war fast zu viel, denn es war an jedes Detail gedacht worden, von den Feenwesen, die ihren Staub auf der Menge verteilten, bis hin zu den Harfen, die im Raum schwebten und von selbst spielten. Es war unglaublich zauberhaft und gab Liv das Gefühl, betrunken zu sein.

Zweimal lief sie den Gang auf und ab und fand weder Sophia noch die Anderen. Liv war kurz davor, in Panik zu geraten, dass sie ihre kleine Schwester im Königreich der Fae verloren hatte, als ihre feine Stimme rief: »Hier drüben!«

DIE DICKKÖPFIGE FÜRSPRECHERIN

Liv konnte es kaum glauben. Sophia, Rory und Emilio standen vorne im Saal, direkt neben dem unglaublich bunten Thron, der auf Rudolf wartete. Sie eilte zu ihnen, begleitet von den Wellen, die versuchten, ihre Füße zu fangen, als sie sich der Gruppe näherte.

»Was macht ihr hier oben?«, fragte Liv und war nervös, als sollten die Wachen, die sie umringten, sie vor die Tür setzen, weil sie oben auf der Plattform standen.

»Wir sollen hier stehen«, antwortete Sophia, während Liv die Treppe bis zu ihnen hinaufstieg.

»Aber das ist …«

»Wo sich die Familie und die höchsten Beamten befinden sollten«, antwortete eine der Wachen in Königsblau, der einen Speer in der Hand hielt und seinen Blick nicht von seinem Fixpunkt abweichen ließ.

»Oh, aber ich bin nicht …«

»König Rudolfus gab uns den klaren Befehl, dass du während der Krönung hier sein solltest, Kriegerin Beaufont«, erklärte die Wache und wies auf den Platz rechts vom Thron. »Deine Freunde werden direkt hinter dir stehen.«

Liv wusste nicht, was sie sagen sollte, also schüttelte sie stattdessen nur den Kopf wegen Sophia, die schöner aussah als die gesamte Dekoration im Saal. Die junge Magierin trug ein silbernes Ballkleid, das sogar für eine Prinzessin passend wäre. Ihr blondes Haar hing in Locken über die Schultern und auf ihrem Kopf befand sich ein Diadem, das Raina ihr speziell für diesen Anlass geliehen hatte. Wenn es das Licht einfing, sah es einfach atemberaubend aus.

»Wenn Rudolf dich sieht, wirft er dich vermutlich raus«, sagte Liv, die sich bückte, um mit ihrer kleinen Schwester zu sprechen.

Sophia kicherte und erwartete wahrscheinlich, dass noch ein Witz kommen würde. »Warum sollte er das tun?«

»In dieser Aufmachung wirst du ihn in den Schatten stellen und ihm die Schau stehlen.«

Sophia machte einen Knicks und senkte den Kopf. »Ich danke dir.«

Liv sah sich um, als würde sie jemanden suchen. »Soph, ich dachte, Rory würde bei dir bleiben. Wo ist er hingegangen?«

Sophia bedeckte ihren Mund und kicherte weiter.

Rory, der wie eine Mauer vor Liv stand, rollte mit den Augen. »Ich bin genau hier.« Er trug einen Smoking und hatte sein normalerweise chaotisches Haar bis auf ein paar Locken am Halsansatz glatt nach hinten gestrichen.

»Was?«, sagte Liv scheinbar ungläubig. »Nein, nein. Mein Freund Rory ist hier irgendwo, wahrscheinlich trägt er ein Flanellhemd und hat eine Axt dabei. Habt ihr ihn gesehen?«

Emilio, der einen langen Drachenhautmantel über einem einfachen Anzug trug, schien überhaupt nicht beeindruckt zu sein. »Der Riese hat sich umgezogen, während du weg warst. Er steht genau hier neben mir«, meinte er und zeigte ohne jegliche Emotion auf Rorys Gesicht.

Liv ließ den Spaß und nahm die Hände an die Hüften. »Du hast Sophia allein gelassen? Ich habe dich gebeten, bei ihr zu bleiben.«

Rory sah sie reumütig an. »Ich musste etwas tun. Es hat nur eine Sekunde gedauert. Es tut mir leid. Sie hat darauf bestanden.«

»Sie ist acht Jahre alt«, konterte Liv.

»Ich habe dem Riesen versprochen, dass ich auf deine Schwester aufpassen würde«, bestätigte Emilio mit selbstgefälligem Ton in der Stimme.

»Zunächst einmal hat der Riese einen Namen«, erklärte Liv. »Er heißt Rory Laurens.« Sie warf Rory einen Seitenblick zu. »Oh, und übrigens, Rudolf wird dich Ron oder Ronald nennen. Entschuldigung. Es tut mir aber nicht leid.«

Es schien ihm nichts auszumachen, weil er seinen Blick auf die Blumen richtete.

»Und zweitens«, fuhr Liv fort und lenkte ihren Blick auf Emilio, »bist du nicht dafür qualifiziert, auf meine Schwester aufzupassen. Ich weiß nicht das Geringste über dich, wie zum Beispiel, warum du dich so seltsam benommen hast und unbedingt mit uns zu dieser Zeremonie kommen wolltest.«

»Wovon redest du?«, argumentierte Emilio. »Wir kennen uns, seit wir Kinder waren.«

»Seitdem hat sich viel geändert.«

»Mir geht es wirklich gut«, mischte sich Sophia ein, nahm Livs Hand und drückte sie. »Rory war nur ganz kurz weg und die Zeit war sehr schnell vorbei, weil es hier so viele Dinge zu sehen gibt. Ich war noch nie an einem Ort, der so herrlich war.«

Liv las die Ehrfurcht in den Augen ihrer Schwester und erkannte, dass der Krönungssaal für sie schon so erstaunlich war, für das kleine Mädchen musste er noch blendender wirken. Für jemanden, der nicht sehr oft in die Welt hinausgehen durfte, musste der Anblick dieser Sehenswürdigkeiten wie eine überirdische Erfahrung aussehen.

»Okay, nun, trotzdem möchte ich dich während dieser Feierlichkeiten in meiner Nähe haben«, befahl Liv und warf dann einen Blick auf Rory und Emilio. »Obwohl wir nicht die ganze Zeit bleiben werden.«

»Was?«, protestierte Emilio. »Warum nicht?«

»Der Empfang dauert drei Wochen und keiner der Fae hier wird sich noch an etwas erinnern können, was passiert ist, weil sie alle betrunken sein werden«, erklärte Liv.

»Aber ist das nicht eine großartige Gelegenheit, das Band zwischen den Magiern und den Fae zu verbessern?«, fragte Emilio.

»Liv steht an der rechten Seite des Königsthrons«, konterte Rory. »Ich glaube, ein besseres Band kann man nicht knüpfen.«

Da er keine weitere Antwort erhielt, schmollte Emilio. In dem Krieger ging definitiv etwas vor, aber Liv konnte sich nicht entscheiden, ob sie sich genügend dafür interessierte, um darauf einzugehen. Er teilte Biancas Überheblichkeitskomplex und die versnobten Blicke, aber vielleicht steckte hinter all dem tatsächlich ein guter Mensch. Das wollte sie jedenfalls glauben.

Die Harfenmusik verstärkte sich und signalisierte den Beginn der Zeremonie. Liv blickte nach vorne und ließ Sophias Hand los, weil sie einen Schritt machte, sodass sie direkt neben dem Thron stand.

Als sie wieder aufschaute, war sie insgeheim dankbar, dass Rory hinter ihr blieb und sie auffangen würde, falls sie umkippen sollte. Tausende und Abertausende von Fae starrten sie an. Sie starrten sie von unten aus an, wo sie auf gepolsterten Stühlen saßen und vom Balkon darüber. Viele von ihnen zeigten auf die seltsame Gruppe und glotzten Rory an, den einzigen Riesen im Saal. Tatsächlich waren außer den Fae, den Royals des Hauses und Rory keine anderen wichtigen magischen Rassen anwesend.

Für Liv war das ein Fortschritt, aber es gab noch viel zu tun. In ihrer Vorstellung sollten Elfen und Gnome und viele andere magische Kreaturen bei der Krönung des neuen Königs der Fae anwesend sein. Nicht jedes Jahrhundert wurde ein neuer Herrscher gekrönt.

Die riesigen Türen am hinteren Ende des Saales öffneten sich und lenkten die Aufmerksamkeit aller darauf. Eine ganze Prozession von Fae marschierte hindurch, Wachen und andere, die Liv nicht kannte, obwohl sie wahrscheinlich Rudolfs Familie waren. Ganz hinten kam Serena, die ein pflaumenfarbenes, mit kleinen Amethysten besticktes Ballkleid trug. Ihr Gesicht zeigte kein Lächeln, als sie nach vorne ging, aber sie schien auch nicht mehr so wütend zu sein, wie zuvor.

Und zu Livs Überraschung nickte sie ihr tatsächlich zu, als sie an ihr vorbeiglitt und ihre Position auf der linken Seite des Throns einnahm. Vielleicht hatte sie nun endlich erkannt, dass Liv nicht versuchte ihr den Mann auszuspannen, oder Rudolf hatte ihr erzählt, dass sie ihm geholfen hatte, indem sie ihm Ratschläge wegen Serena gegeben hatte. Was auch immer es war, die künftige Königin der Fae sah nicht so aus, als wolle sie Liv ermorden, was auf jeden Fall ein Fortschritt war.

Unsichtbare Trompeten ertönten über den Köpfen und lenkten die Aufmerksamkeit aller noch einmal nach hinten. Rudolf erschien in der Tür, er trug ein rotes, mit weißem Fell gefüttertes Gewand, das seine Schultern und seinen Rücken bedeckte.

»Wow, sieht der gut aus«, flüsterte Sophia hinter Liv.

»Das weiß er auch«, erwiderte sie.

Sophia hatte recht. So majestätisch die Dekorationen auch waren, alles verblasste im Vergleich zu dem vorwärts schreitenden Fae. Liv war sich nicht sicher, ob es sich um einen Zauber handelte, aber als er sich dem Thron näherte, bekam sie den Eindruck, dass sich ein sehr mächtiger Mann näherte. Wie Rudolfus Sweetwater sich gewandelt hatte, um diesen unglaublich kompetenten Herrscher darzustellen, wusste Liv nicht. Er nickte Liv kurz zu und lächelte Serena leicht an, bevor er seinen Platz vor dem Thron einnahm. Zu

Livs Erstaunen verlief alles unglaublich förmlich, als hätte die Krönung in Rudolf einen Schalter umgelegt.

Vielleicht wird der ausgeflippte Spinner erwachsen, dachte Liv. *Vielleicht wird er doch noch ein guter Herrscher.*

Als er sich seinem Volk zuwandte, brach im Saal Beifall aus und Blütenblätter regneten von der Decke herab.

Unter dem ohrenbetäubenden Applaus seiner Untertanen wandte sich Rudolf an Liv und sagte: »Ich muss dringend zur Toilette. Hoffentlich können wir das schnell hinter uns bringen.«

Liv lachte. »Schätze, du hättest meinen Wein nicht trinken sollen, was?«

Er zwinkerte ihr zu. »Vermutlich nicht.«

Kapitel 32

Die Dinge hätten für Adler Sinclair nicht besser laufen können. Olivia Beaufont hatte ihre kleine Schwester zur Krönung des Fae mitgenommen und Clark war in der Kammer des Baumes damit beschäftigt, die noch nicht unterzeichnete Vereinbarung mit den Elfen durchzugehen, wie Adler es angeordnet hatte.

Das war die Chance, die Adler gebraucht hatte, um ihr Quartier auf Anweisung des Gottmagiers zu durchsuchen. Indikos flog neben ihm den Flur hinunter und landete vor der Tür zur Wohnung der Beaufonts.

Nur Mitglieder der eigenen Familie durften den jeweiligen Wohnsitz innerhalb des Hauses der Sieben betreten. Diese Regeln galten jedoch nicht mehr für Adler, weshalb Diabolos auch nicht neben ihm gekreischt hatte oder gelandet war, weil er bei der letzten Ratssitzung gelogen hatte. Die Macht des Gottmagiers nahm ständig zu und hob die Grenzen auf, die Adler zurückgehalten hatten. Ja, er befürchtete sogar, dass Talon Sinclair zu mächtig werden könnte, aber es gab keine Möglichkeit mehr, das aufzuhalten, was bereits begonnen hatte.

Adler schob die Tür zur Wohnung der Beaufonts auf und spähte hinein. Es war dunkel. Im Gegensatz zu seinem eigenen Zuhause war es hier unordentlich, Kinderspielzeug lag herum – Kuscheltiere und auch Kunstgegenstände waren auf dem Boden vor dem Sofa verstreut. Über dem Kaminsims stand die Aufschrift Familia Est Sempiterum.

Adler schüttelte den Kopf. Wie gut hatte das bei den Beaufonts funktioniert? Wie konnte Familie für immer sein, wenn die meisten von ihnen schon gestorben waren? Nun, Adlers Familie, sie war ein Beispiel für diese Aussage. Seit Jahrhunderten lebte Talon noch immer, der älteste Magier in der Geschichte der Menschheit. Seine Macht war unübertroffen und bald würde er sich erheben und den Beaufonts, den Ludwigs und den anderen, die ungehorsam waren, ihren verdienten Platz zuweisen.

Nachdem er seinen Kopf durch die erste Türe gesteckt hatte, ging Adler weiter. Clarks Zimmer war ordentlich und gut organisiert, was ihn nicht überraschte. Adler war jedoch nicht gekommen, das Zimmer des Ratsmitglieds zu durchsuchen. Er wusste, dass es dort nichts von Interesse gab. Der Gottmagier hatte gesagt, es gäbe etwas im Haus, das nicht hier sein sollte und sich dann auf die Prophezeiung bezogen.

Viele Aufzeichnungen waren von Kazuko Takahashi angefertigt worden, die meisten später allerdings vernichtet worden. Adler kannte die Feststellungen in den meisten nicht, da Talon nicht gewollt hatte, dass die restlichen Aufzeichnungen erhalten blieben. Diese Prophezeiungen hätten zu viele Geheimnisse enthalten, für deren Geheimhaltung Adler hart gearbeitet hatte. Es gab jedoch eine, an die er sich gut erinnern konnte, weil sie ihn anfangs fasziniert hatte. Dann hatte sie ihn wütend gemacht.

Er warf einen verärgerten Blick auf Indikos, der immer noch im Wohnzimmer herumhüpfte. »Komm mal her, ja?«

Der Drache hatte einen seltsamen Ausdruck im Gesicht, den Adler noch nie zuvor gesehen hatte. War das Abneigung?

»Indikos, komm und hilf mir, dieses Ding zu finden«, befahl Adler und zeigte auf das Zimmer des jungen Mädchens.

DIE DICKKÖPFIGE FÜRSPRECHERIN

Ein hohes Kreischen entschlüpfte dem Maul des kleinen Drachen und er trottete zögerlich in jeder seiner Bewegungen vorwärts.

»Du hast kein Problem damit, mich in die Schwarze Leere zu begleiten, aber plötzlich scheust du dich das Zimmer dieses kleinen Mädchens zu betreten?«, fragte Adler und schob die Tür zu Sophias Zimmer auf.

Hier war es unordentlicher als bei Clark, Stapel von Büchern und Skizzen lagen herum. Von den Stangen des Himmelbettes in der Mitte des Zimmers hingen viele Kleider, als wären sie anprobiert und wegen Nicht-Gefallen ausgemustert worden. Neben dem Bett lagen Bücher, die über Sophias Altersfreigabe lagen, zweifellos ein Ergebnis des Einflusses ihrer Eltern. Sie hatten nicht gewusst, wie sie ihre Kinder beeinflussen sollten, weshalb Olivia so außer Kontrolle geraten war. Und jetzt war sie direkt dem Vater der Zeit unterstellt.

Dieses ganze Szenario hatte Adler wie einen Narren aussehen lassen. Noch schlimmer war, dass die Rückkehr von Vater Zeit für den Gottmagier ein Problem darstellte. Adler und *der Eine* wussten, dass seine Rückkehr Ärger auslösen würde. Die Existenz von Talon verletzte den Verlauf der Zeit, was bedeutete, dass dem alten Gnom etwas zustoßen musste. Er konnte nicht ohne schwerwiegende Folgen getötet, aber zumindest weggesperrt werden und niemand sollte zweimal über sein Verschwinden nachdenken, da er schon einmal seine Pflichten vernachlässigt hatte.

»Finde es!«, brüllte Adler den Drachen an.

Indikos flog auf den Schreibtisch in der Ecke, stocherte herum, ohne sich besonders anzustrengen.

»Ist es hier oder nicht?«, flippte Adler aus und warf seine Hände in die Luft. Er wollte nicht nur das finden, was die junge Magierin versteckt hatte, vielmehr brauchte er es, um sich die Gunst Talons zu verdienen. Der Gottmagier war feindseliger geworden, da er die Opfer nicht zu schätzen wusste, die Decar und Adler gebracht hatten, um die Dinge so am Laufen zu halten, wie er es gefordert hatte. Sie hatten alles aufgegeben, um sicherzustellen, dass die wahre Geschichte verborgen blieb.

Decar arbeitete derzeit unermüdlich daran, Probleme zu beheben. Bermuda Laurens schnüffelte anscheinend wieder herum, obwohl sie gewarnt wurde. Wenn sie ihnen auf die Spur käme, wie sie die wahre Geschichte versteckt hatten, müsste sie ausgeschaltet werden. Ohne weitere Warnung. Es spielte keine Rolle, ob sie die oberste Expertin für magische Kreaturen war – Adler konnte nicht riskieren, dass sie die Wahrheit herausfand.

Weil Indikos keine wirklichen Fortschritte machte, streckte Adler seinen Arm aus und befahl dem Minidrachen, zu ihm zu kommen. Als wollte er am Schreibtisch etwas schreiben, zappelte Indikos nervös herum.

»Ich sagte sofort!«, befahl Adler und fühlte, wie sein Gesicht vor Wut rot wurde.

Der Drache hob ab, seine Flügel schlugen zweimal, bevor er auf Adlers Unterarm landete. Als Adler den Drachen näher heranholte, starrte er ihn böse an. »Ist das hier, was ich suche?«

Indikos zwitscherte abgehackt. Ein Ja. Adler hatte lange genug mit dem kleinen Drachen verbracht, um ihn zu verstehen. Sie verband nicht dasselbe Band, das ein Reiter mit seinem Drachen teilen würde, aber es war genug. Indikos war für ihn geschlüpft und das bedeutete, dass sie miteinander verbunden waren. Es gab absolut nichts, was ihre Verbindung durchtrennen konnte – glaubte zumindest Adler Sinclair.

DIE DICKKÖPFIGE FÜRSPRECHERIN

»Wo ist es?«, fragte Adler den Drachen.

Indikos verengte seine gelben Augen, eine Rauchwolke quoll aus seinem Maul.

Adlers Wut übermannte ihn und er war überrascht, dass sich seine freie Hand um Indikos Hals gelegt hatte. Der Drache schlug mit den Flügeln und versuchte abzuheben, während seine Hinterfüße Adler am Arm kratzten. Er hielt die magische Kreatur über seinem Kopf in die Luft und wusste, dass er ihm nichts antun würde. »Sag mir, wo es ist! Ich habe keine Zeit für Spielchen.«

Aus Indikos Mund schoss eine Dampfwolke, die auf eine Spiegelkommode an der hinteren Wand zielte. Die Wolke traf die Kommode nicht, sondern verflüchtigte sich in der Luft.

Adler blickte über die Schulter, seine Augen funkelten triumphierend. »Natürlich versteckt sie ihn an einem dunklen Ort. Ich erinnere mich, dass du vor dem Schlüpfen dasselbe bevorzugt hast.«

Adler ließ den kleinen Drachen fallen, ohne sich um sein Wohlergehen zu kümmern und ging zu dem Möbelstück hinüber. Er riss die Doppeltüre auf, seine Gesichtszüge entglitten ihm beinahe bei dem Anblick vor ihm. Schon sehr lange hatte er nicht mehr auf ein Drachenei geblickt.

Es hatte ihn fürchterlich wütend gemacht, als er erfahren hatte, dass es eines Tages einen neuen Drachenreiter geben würde, der nicht er selbst war. Er hatte nicht alle Einzelheiten der Prophezeiung erfahren, wusste aber genug, um daraus abzuleiten, dass es Sophia Beaufont sein könnte. Ja, es war ihm bewusst, dass sie stärker war als die meisten, genau wie ihre Schwester Olivia. Allerdings hatte sie ihm keine Sorgen bereitet – bis jetzt nicht.

Er nahm das Drachenei aus der Kommode und genoss die Tatsache, dass er die Prophezeiung aufhalten würde.

225

Das war der brillanteste Teil der Vernichtung der Aufzeichnungen durch den Gottmagier gewesen. Sie wussten, was passieren sollte und sie konnten es verhindern.

Wenn Sophia Beaufont ihr Drachenei nicht hätte, könnte es nicht schlüpfen.

Adler steckte das Ei in sein Gewand und machte sich auf den Weg zur Tür, in der Zuversicht, dass er, weil er es gefunden hatte, wieder in Talons Gunst steigen würde. Er war von dieser Vorstellung so beseelt, dass er nicht bemerkte, dass sein eigener Drache Indikos ihm nicht aus der Wohnung folgte.

Kapitel 33

Nichts geschah, als Liv durch das Portal auf den Pfad trat, der zum Matterhorn hinaufführte. Sie war sich nicht sicher, was sie erwartet hatte. Vielleicht eine Erleuchtung? Eine Veränderung in ihrem Wesen? Dass das Loch in ihrem Herzen verschwand?

Stattdessen fühlte sie lediglich den dumpfen Schmerz in ihrer Brust. Er verließ sie nie, ähnlich wie der Kummer, den sie ständig mit sich herumschleppte.

Liv, die auf den mit Wolken bedeckten Berg starrte, bemerkte nichts Eigenartiges. Wenn von der Spitze des Berges etwas gesendet wurde, konnte man es von hier aus nicht erkennen. Sie machte einen Schritt vorwärts, ein Zweig knackte unter ihrem Fuß und ließ sie hüpfen. Als sie sich umdrehte, war sie erleichtert, plötzlich Plato neben sich zu sehen. Wenn er da war, bedeutete das, dass sie allein waren. Niemand war da oben, um sie zu ermorden, so wie es mit ihren Eltern geschehen war.

»Weißt du, was du suchst?«, fragte Plato.

Liv marschierte weiter und erkannte, dass es fast den ganzen Tag dauern würde, zum Gipfel zu wandern. »Nein, aber ich habe gehört, dass da vorne ein Starbucks ist. Ich könnte ein Gebäckstück und einen Milchkaffee vertragen.«

»Wie fühlst du dich?«, erkundigte sich Plato, wobei er leicht mit ihr Schritt halten konnte, während er über Felsen und losen Kies kletterte.

Liv schaute ihn vorsichtig an. »Weißt du das nicht schon?«

»Es macht mehr Spaß, wenn du es mir sagst und ich so tue, als wüsste ich es noch nicht.«

Liv war schon immer dankbar für Platos unterschwelligen Humor. Andere wären vielleicht vorsichtig auf Zehenspitzen um sie herum geschlichen, während sie sich dem Ort näherte, an dem ihre Eltern gestorben waren, aber nicht so Plato. Er gab ihr das Gefühl, normal zu sein, wenn sie sich sonst verletzlich fühlen würde.

»Ich fühle gar nichts«, gab sie schließlich zu. »Ich bin mir nicht sicher, was mit mir los ist, aber es ist nichts Weltbewegendes daran, hier zu sein. Ich hatte gehofft ...«

»Auf mehr?«, ergänzte Plato fragend.

Sie nickte.

»Manchmal kommt die Offenbarung, die wir suchen, erst dann, wenn wir sie am wenigsten erwarten«, bot er an.

Liv blieb stehen, drückte ihre Hände in den unteren Rücken und streckte sich leicht. »Weißt du, was da oben ist?« Ihr Blick war auf den Gipfel des Berges gerichtet, der in Wolken und Geheimnisse gehüllt war.

Plato schüttelte den Kopf. »Das tue ich nicht.«

Niedergeschlagen seufzend ging Liv weiter. »Ich frage mich, ob meine Eltern es wussten. Oder ob sie, wie ich, wegen einer wilden Ahnung hierhergekommen sind.«

»Was denkst du?«, wollte Plato wissen.

Livs Lachen hallte um sie wider. »Mein Vater wäre niemals aufgrund einer Ahnung irgendwohin gegangen. Meine Mutter hingegen? Nun, sie hätte ein Dutzend Berge bestiegen, nur aufgrund eines fremden Haares.«

»Dann glaube ich, dass du deine Antwort schon hast.«

»Ja, ich nehme es an«, meinte Liv, die im Moment nichts sicher wusste. Seitdem sie den Depour im Strandhaus gefunden hatte, hatte sich etwas in ihr verändert. Es war kein Beweis, dass Ian und Reese ermordet wurden, aber es deutete stark darauf hin und das nährte das Feuer in Liv, sodass sie den Dingen auf den Grund gehen wollte. Aber sie durfte nicht nachlässig werden.

Und was wäre, wenn sie erfahren würde, wer ihre Eltern ermordet hatte? Wäre die beste Vorgehensweise, die Drahtzieher zu verfolgen, oder war es besser, ihre Feinde nicht wissen zu lassen, dass sie ihr Geheimnis entdeckt hatte? Vor Jahren, als Liv den Verdacht hatte, dass der Tod ihrer Eltern kein Unfall war, worauf das Haus der Sieben aber bestanden hatte, hatte sie geschworen, alles zu tun, um sich zu rächen. Doch die Dinge waren größer, als die siebzehnjährige Liv damals vermutet hatte. Liv hätte nie geahnt, dass ihre Eltern gestorben waren, weil sie einem Geheimnis von solchem Ausmaß auf der Spur waren. Sie hätten gewollt, dass sie vorsichtig war und die Fakten langsam zusammentrug, bis sie stark genug wäre, ihre Feinde zu zermalmen.

Wer auch immer hinter diesem Krieg mit den Sterblichen stand, der sie aus dem Haus der Vierzehn entfernt hatte, war jemand, gegen den Liv nicht antreten konnte, ohne viel stärker zu sein. Diese Person hatte es geschafft, dass die Sterblichen keine Magie mehr sehen konnten, mit Ausnahme der Sterblichen Sieben.

Sie hatten einen Weg gefunden, die Geschichte nicht nur aus den Lehrbüchern, sondern aus den Köpfen von Millionen von Menschen zu löschen. Die Person, die hinter dieser Verschwörung stand, könnte das mächtigste Wesen der Welt sein. Dieser Gedanke hatte in Liv schon früher das Gefühl einer Niederlage hinterlassen.

Doch die Dinge hatten sich geändert. Sie arbeitete jetzt für den Vater Zeit und sie hatte den König der Fae auf ihrer

Seite. Bermuda Laurens, eine Expertin für magische Geschöpfe, stand ihr zur Verfügung und sie hatte sich mit vielen anderen verbündet: mit Werwölfen, Gnomen und Sterblichen. Dennoch wusste Liv, dass sie noch viel mehr tun musste, wenn sie das Monster besiegen wollte, das diesen Betrug begangen hatte.

In Gedanken versunken stolperte Liv vorwärts, als der Berg unter ihren Füßen zu beben begann. Sie hielt inne und suchte nach der Ursache. Platos Augen waren voller Dringlichkeit, als er zu ihr aufblickte.

»Wer verursacht das?«, fragte sie ihn.

»Ich glaube nicht, dass es ein Wer ist«, antwortete er.

Sie erkannte sofort, dass er recht hatte. Wenn jemand da gewesen wäre, wäre Plato höchstwahrscheinlich nicht mehr hier.

»Ist das ein echtes Erdbeben?«, vermutete Liv. Wenn es so war, war das Timing ziemlich beschissen.

»Das glaube ich nicht«, antwortete Plato. »Ich glaube, wir haben einen Sicherheitsalarm ausgelöst.«

Als würde sie erwarten, einen Stolperdraht zu sehen, schaute Liv dorthin zurück, woher sie gekommen waren. »Ein magisches Sicherheitssystem?«

»Wenn es dort oben eine Art Leuchtfeuer gibt, oder was auch immer, das die Sterblichen davon abhält, Magie zu sehen, würdest du es dann nicht schützen?«

Liv stürzte beinahe von dem ständigen Rumpeln, hielt aber ihr Gleichgewicht und stolperte weiter. »Ich schätze ja, wenn ich ein böses Monster wäre.«

»Denke wie dein Feind und du wirst ihm immer einen Schritt voraus sein.«

»Warum hast du das nicht schon früher gesagt?«, fragte Liv, rutschte rückwärts den Weg zurück und verlor an Boden. »Dann hätte ich damit gerechnet.«

DIE DICKKÖPFIGE FÜRSPRECHERIN

»Es mag dich überraschen zu erfahren«, stellte Plato zwischen seinen Atemzügen fest, als er über kleine Felsbrocken springen musste, die den Hügel hinunterkullerten, »dass ich die Dinge manchmal erst weiß, wenn du sie weißt.«

»Das ergibt doch keinen Sinn«, bemerkte Liv. Aber sie verstand es irgendwie. Plato war in gewisser Weise eine Erweiterung ihrer selbst, oder zumindest dachte sie gerne so über ihn. Seine Perspektive war ihre und er war auf ihre Stimmungen eingestellt. Sie war für ihn wie eine Figur in einem Buch. Er wusste so viel über diese Person, wie der Erzähler ausplauderte. Was er ihm nicht erzählt hatte, blieb ein Rätsel.

»Wir werden zurückgehen müssen«, erklärte Plato, nachdem er fast von einem Felsbrocken zerquetscht worden war.

Liv wollte gerade zustimmen, als sie etwas Glänzendes vor sich aufblitzen sah. »Warte! Ich sehe etwas!«

Der Boden rumpelte weiter, als befände sie sich auf einem Laufband. Sie bewegte ihre Füße, kam aber kaum vorwärts.

»Es ist zu riskant«, warnte Plato und schaute auf, als Kies auf sie herabregnete. Es war nur eine Frage der Zeit, bis ein großer Felsbrocken sie treffen würde.

»Aber ich habe …« Liv drängte weiter nach vorne. »Da! Ich weiß, dass es wichtig ist!«

Sie wusste nicht, woher dieses Wissen kam, aber irgendetwas an dem Glitzern vor ihr fühlte sich wie zu Hause an. Es rief ihr zu. Wie das Ei von Sophia schien es sie anzuziehen.

Als ob sie eine Rolltreppe in die falsche Richtung hinauflief, rannte Liv vorwärts und sprang über die größeren Brocken, die in ihre Richtung rollten.

Sie sah nur kurz, wie Plato sich in ein größeres Wesen verwandelte, um über die Felsen zu kommen. Dankbar, dass er sie nicht verlassen hatte, bahnte sich Liv ihren Weg über den herabrollenden Schmutz. Es war, als würde sie durch Treibsand rennen. In dem Moment, als sie langsamer wurde, wurden ihre Füße von Steinen begraben.

Obwohl sie keine Ahnung hatte, was ihr bevorstand, hoffte sie mit jeder Faser ihres Körpers, dass es noch da war.

Ein breiter Riss spaltete den Boden vor ihr in zwei Hälften. Liv blieb nicht stehen. Stattdessen beschleunigte sie und sprang über den Abgrund, während dieser weiter anwuchs.

Näher am metallischen Schimmer konnte sie den Griff eines Schwertes erkennen, das aus dem Boden ragte. Liv dachte, sie wüsste, was es wäre, aber sie wollte sich noch keine Hoffnungen machen. Sie quälte sich weiter, aber der Boden brach fast unter ihr ein, sodass sie fiel und zu rollen begann.

Ein scharfer Stein schnitt Liv in den Rücken, als sie sich überschlug. Obwohl sie wieder auf die Beine kam, wusste Liv, dass es nicht lange so bleiben würde. Sie war kurz davor, über den Rand der Klippe zu stürzen. In rascher Folge kamen Felsbrocken von oben und der Gedanke, dass sie auf demselben Berg wie ihre Eltern sterben könnte, versetzte sie in Angst. Sie verdrängte dieses Gefühl und kroch weiter.

Das Schwert war nur drei Meter entfernt. Es begann jedoch, sich nach unten zu neigen und könnte über die Klippe des Berges stürzen. Dann wäre es für immer verloren.

Liv wollte nicht darüber nachdenken, wem das Schwert gehört hatte, vor allem, weil sie bezweifelte, dass sie selbst da lebend herauskommen würde. Kurz bevor das Schwert jedoch über die Klippe in den Abgrund stürzen konnte, ließ sie alle Bedenken außer Acht und hechtete nach vorn, ihre Hand umschloss den Griff. Ein winziger Stromschlag fuhr ihr in den Arm, dieses altbekannte Gefühl, das sie schon in der Vergangenheit hatte. Das musste das Schwert sein.

DIE DICKKÖPFIGE FÜRSPRECHERIN

Sie versuchte, es aus dem Felsen zu ziehen, in dem es feststeckte, stellte aber fest, dass es nicht mehr eingeklemmt war. Liv und das Schwert stürzten über den Rand des Felsen in Wolken brodelnder Dunkelheit hinab.

Und dann griff etwas nach ihr.

Liv baumelte kopfüber mit dem Schwert in beiden Händen und schaute nach oben, um zu sehen, was sie am Bein festhielt. Sie erkannte eine vogelähnliche Kreatur mit den Zügen eines Löwen über ihr. Sie war viel größer als die Panther- oder Löwengestalt, die Plato zuvor schon angenommen hatte. Nein, ihre Fantasie spielte ihr keinen Streich. Die Kreatur hielt sich mit Klauenfüßen an ihr fest und musste ein Greif sein.

Kapitel 34

Als der Greif mit den Flügeln schlug, blies Liv der Wind ins Gesicht. Trotzdem wackelte und bewegte sie sich nicht. Stattdessen hielt sie das Schwert in ihren Händen und bemerkte nicht einmal das Blut, das über ihr Gesicht lief und ihren Kopf erhitzte.

Der schwarze Greif überflog die Klippen und glitt auf die Wiese hinunter, wo der Boden nicht mehr bebte.

Livs Gehirn konnte kaum begreifen, was soeben passiert war. Plato hatte viele Geheimnisse und seltsamerweise war sie froh, nicht alle davon zu kennen. Das war fast besser so.

Er setzte sie auf einer üppigen Wiese mit weißen Blumen ab und verschwand fast auf der Stelle. Als Liv aufgestanden war, drehte sie sich mehrere Male um sich selbst und dachte, er müsse sich versteckt haben. Er war jedoch verschwunden und es lag wohl kaum daran, dass sich eine andere Person zu ihnen auf die Wiese gesellt hatte.

Ähnlich wie er bestimmte Dinge über sie wusste, vermutete Liv, dass der Lynx so stark ausgelaugt war, dass Rückzug seine beste Option war.

Da sie wusste, dass sie keinen Moment zögern durfte, öffnete Liv ein Portal und trat mit dem Schwert, das sie mitgenommen hatte, hindurch.

Erst als sie sich in der Sicherheit ihrer Atelierwohnung befand, holte Liv das Schwert vorsichtig unter ihrem Umhang hervor.

DIE DICKKÖPFIGE FÜRSPRECHERIN

Obwohl es viele Jahre her war, dass sie diesen Gegenstand gesehen hatte, wusste sie zweifelsfrei, dass sie das Schwert ihrer Mutter, Inexorabilis, in der Hand hielt.

Wie sie nie ohne Bellator gehen würde, war auch Guinevere nie ohne diese Waffe gegangen. Sie war ein Teil von ihr gewesen. Es war von Elfen gefertigt und Liv schätzte die Handwerkskunst dieser Klinge. Der Griff hatte ein kompliziertes Design, und die Klinge schien mit Liv zu sprechen. Wie damals, als sie Turbinger in Händen hatte, konnte sie einige der Botschaften hören, aber längst nicht alle. Es war, als würden die Informationen über ein statisch aufgeladenes Radio übertragen.

Liv fühlte sich ihrer Mutter so nah wie schon lange nicht mehr und nahm die Hände am Griff fest zusammen.

Zwei Botschaften kamen klar und deutlich durch. Die erste war vor allem ein Gefühl, das mit einem stetigen Stromstoß zusammenhing, der durch sie floss, so wie es immer der Fall war, wenn sie das Schwert ihrer Mutter berührt hatte. Aus diesem Grund wusste Liv, dass dieses Schwert niemals ihr gehören konnte, selbst wenn sie es wollte. Es passte nicht zu ihr, aus welchem Grund auch immer.

Dennoch füllte sich Livs Brust mit Stolz, als sie auf die Waffe blickte.

Und dann gab es eine zweite Botschaft mit der Stimme ihrer Mutter, die sie über das Rauschen hören konnte:

»Die Zukunft gehört dir, mein Kind. Unserer Familie. Ich habe Erinnerungen tief in diesem Schwert verborgen und nur ein Experte kann sie aufdecken. Aber sei vorsichtig. Was du entdecken wirst, kannst du nicht mehr vergessen und es wird alles verändern.«

Kapitel 35

Adler hatte Indikos nicht mehr gesehen, seit er das Drachenei aus dem Zimmer von Sophia Beaufont geborgen hatte. Er machte sich jedoch keine Gedanken um den Miniaturdrachen, seine ganze Aufmerksamkeit galt dem Erfolg beim Stehlen des Eis.

Nun residierte es in seinen persönlichen Gemächern, wo niemand, nicht einmal Decar, zu ihm gelangen konnte. Nur diejenigen, die dort wohnten, konnten die Räume betreten: Adler und Indikos.

Zum ersten Mal betrat Adler die Schwarze Leere ohne die Unterstützung durch seinen kleinen Drachen. Die Zuversicht wegen seines jüngsten Sieges durchströmte ihn und gab dem Magier ein Gefühl der Unbesiegbarkeit. Selbst als der Gottmagier den Kopf hob und seine strahlenden Augen auf Adler richtete, die ihn beinahe blind machten, kauerte er nicht am Boden wie üblich.

»Es hat eine Übertretung gegeben«, sagte Talon Sinclair, sein Mund bewegte sich langsam, aber die Worte kamen schnell.

»Was?«, rief Adler, sein Herz raste plötzlich. »Das ist unmöglich! Das kann nicht sein! Wo?«

»Am Matterhorn«, antwortete der Gottmagier.

»Wer? Vielleicht waren es nur Wanderer oder …« Adler hielt sich zurück und erkannte, wie lächerlich seine Vorstellung wirken musste. Sterbliche konnten den Alarm nicht auslösen, sondern nur Magier. Und wenn sie auf dem Matterhorn waren, gab es nur einen Grund.

»Sie kommt näher«, stellte Talon fest. »Ich weiß, dass sie es war.«

Adler schüttelte den Kopf und wollte es nicht glauben. »Das kann nicht sein. Ich habe sie zur Krönung entsandt und sie hat andere Projekte zu erledigen. Olivia Beaufont ist keine Bedrohung für uns.«

»Ich glaube dir nicht mehr, Adler.«

»Aber Vater, ich habe das gefunden, was du gespürt hast«, erklärte Adler bestimmt und versuchte, wieder Boden unter den Füßen zu gewinnen. Er hatte gehofft, dass sich die Dinge ändern würden, wenn er das Ei an sich genommen hatte. Mit *dem Einen* auf einer Ebene zu stehen etwa. »Ich habe das Drachenei gefunden und es befindet sich jetzt in meiner Wohnung. Diese Macht wird uns gehören.«

»Ich will es nicht«, verkündete Talon, seine Stimme war so laut, dass Adler die Ohren schmerzten. »Aber ich will auch nicht, dass sie es bekommen.«

»Was soll ich deiner Meinung nach tun?«, fragte Adler. »Die übrigen Beaufonts töten? Der Rat wird zwar misstrauisch werden, aber ich kann es tun.«

Der Gottmagier lehnte sich auf seinem Thron zurück, seine blendenden Augen waren auf den Boden gerichtet. »Nein, die Beaufonts zu töten wäre Verschwendung. Ich werde ihre magische Kraft brauchen, um mein Leben zu erhalten. Um mich zu verwandeln und in das andere Reich zu gelangen. Was du tun musst, ist das zu beschützen, was sie suchen.«

»Decar arbeitet schon daran, Mylord«, sagte Adler und fühlte sein Innerstes zittern wie früher. Er hatte keine Fortschritte beim Gottmagier erzielt, obwohl er dachte, er hätte welche gemacht. Das Wesen vor ihm besaß noch immer jeden Teil von ihm, kontrollierte ihn in einer Weise, die er verabscheute und der er dennoch nicht widerstehen konnte.

»Das ist nicht genug!«, brüllte Talon und stand zum ersten Mal seit seinem Erwachen aufrecht. Als er es tat, überragte er Adler und schickte ihn zu Boden, vor Angst, von ihm angegriffen zu werden. Seine zerrissenen Gewänder wurden vom Wind verweht, der Geruch von Fäulnis waberte um ihn herum.

»Was möchtest du, dass ich tue, Mylord?« Adler rutschte auf Händen und Knien rückwärts und glitt über scharfe Knochen.

»Du begibst dich zum Matterhorn und wirst von nun an persönlich darüber wachen«, befahl der Gottmagier.

»Aber Mylord, ich kann meine Position im Haus der Sieben nicht aufgeben«, argumentierte Adler. »Wenn ich das tue, werden sie etwas ahnen. Und wer wird den Vorsitz bei den Angelegenheiten des Rates führen?«

»Oh, aber du *kannst* gehen«, erklärte Talon. »Das Haus der Sieben kann in deiner Abwesenheit nicht tiefer fallen, als während deiner Anwesenheit.«

Adler fühlte sich, als hätte man ihm in die Brust gestochen und verkrampfte sich vor Schmerz. »Aber Sir …«

Rasselnder Atem hallte durch den Raum. Die ganze Umgebung schien gleichzeitig einzuatmen, wenn der Gottmagier ausatmete. »Und außerdem werde ich hier sein, um über die Dinge zu wachen. Ich werde immer stärker und kann bald meinen Platz wieder einnehmen.«

»A-a-a-aber«, stotterte Adler. Er war bereit gewesen, dem Gottmagier gegenüberzutreten, aber um ihn herum war alles eingestürzt.

Mit ausgestrecktem Arm zeigte Talon Sinclair auf den Ausgang. »Los, Adler. Wache über das Matterhorn und kehre erst zurück, wenn ich es dir sage. Die Zukunft des Hauses der Sieben hängt davon ab, was du als Nächstes tust.«

Kapitel 36

Mit einer Welle der Hoffnung in der Brust schlenderte Liv in die Beaufont-Wohnung, das Kinn hoch erhoben. Sie hatte Plato seit dem Matterhorn nicht mehr gesehen, aber seltsamerweise wusste sie, dass er in Ordnung war, im Äther herumhing und sich erholte. Und sie beobachtete. Sie wusste, dass sie nichts anderes tun konnte, als auf seine Rückkehr zu warten, aber dennoch vermisste sie ihn von Stunde zu Stunde mehr.

Es war ein Tag vergangen, seit sie vom Matterhorn zurückgekommen war. Liv war von dem Beben ziemlich übel zugerichtet gewesen. Einen ganzen Tag lang hatte sie neben dem Schwert ihrer Mutter geschlafen, sich nicht richtig bewegen können und Angst gehabt, es aus den Augen zu lassen. Obwohl sie ursprünglich direkt ins Haus kommen wollte, sagte ihr Instinkt aus irgendeinem Grund, dass sie sich erst vollständig erholen müsse. Nun war sie dort, dankbar dafür, dass sie ihre volle Kraft zur Verfügung hatte.

Ihr Herz sprang fast aus der Brust, so aufgeregt war sie, Sophia und Clark zu berichten, was sie gefunden hatte.

Sobald sie jedoch den Wohnbereich betrat, zerschnitt ein durchdringender Schrei wie ein Messer ihre Aufregung. Liv eilte durch die Räumlichkeiten und versuchte, den Urheber ausfindig zu machen.

Sie stürmte in Sophias Schlafzimmer und fand das normalerweise ordentliche Zimmer völlig durcheinander vor. Clark saß im Schneidersitz mit niedergeschlagenem Gesichtsausdruck auf dem Boden. Neben ihm lag Sophia, zusammengerollt wie ein Fötus, die Knie an der Brust und schluchzte herzzerreißend.

»Was ist passiert?«, fragte Liv und durchsuchte den Raum nach Blut oder einem Monster oder einer anderen Quelle ihrer Schmerzen.

Clarks Kopf zuckte hoch, aber seine Augen fielen beim Anblick von Liv wieder nach unten. »Das Ei.«

Liv ging in das Zimmer und studierte die Umgebung. »Der Drache? Ist er geschlüpft? Hat er das alles angerichtet?«

Clark schüttelte den Kopf und massierte Sophia den Rücken, als sie von Weinkrämpfen geschüttelt wurde. Er fand keine Worte, aber das war nicht zu akzeptieren. Liv brauchte Antworten. Sonst würde die Sorge sie umbringen.

Sie fiel neben Sophia auf die Knie. »Was ist passiert? Bist du verletzt?«

Das kleine Mädchen wollte aufstehen, ihre haltlosen Schluchzer – sie hyperventilierte beinahe – hielten sie am Boden fest. Liv und Clark halfen ihr hoch.

»E-e-es i-i-ist mein Ei!«, jammerte sie.

Liv durchsuchte erneut den Raum und fand keine zerbrochenen Teile der Schale oder Kratzspuren. Keine Anzeichen eines Kampfes. »Was ist passiert, Soph? Atme tief ein und erzähl es mir.«

Die kleine Magierin tat, was ihr gesagt wurde, ihr Gesicht war rot von ihren Tränen. »Jemand hat mein Ei gestohlen.«

Liv stand auf, plötzlich voller Angst, dass noch jemand hier war. Sie schaute sich um und fragte sich, wo sie zuerst suchen sollte.

»Es ist niemand hier«, sagte Clark niedergeschlagen. »Ich habe schon gesucht.«

»Hast du in den anderen Zimmern nachgesehen?«, fragte Liv.

Er nickte. »Ich verstehe einfach nicht, wie jemand hereinkommen konnte. Nur ein Beaufont sollte dazu in der Lage sein.«

Tausend Fragen gingen Liv auf einmal durch den Kopf. Könnte es einen weiteren Beaufont auf dieser Welt geben? Wie konnte jemand vom Drachenei gewusst haben? Und wie konnte jemand den Zauber brechen, der den Wohnsitz ihrer Familie schützte?

Clark tröstete seine Schwester weiterhin vorsichtig und rieb Sophia den Rücken, während sie hin- und herschaukelte und weiter schluchzte. »Ich habe immer vermutet, dass so etwas passieren könnte. Nichts ist narrensicher, deshalb waren wir besonders vorsichtig und ich machte mir Sorgen um das Drachenei.«

»Sie müssen es gewusst haben«, stellte Liv klar fest, Clark und Sophia schüttelten plötzlich den Kopf.

»Ich weiß, es ergibt keinen Sinn«, fuhr Liv fort und fühlte die Besorgnis, »aber wenn sie hierhergekommen sind und nur dein Zimmer durchsucht haben und sonst nichts, dann haben sie es gewusst.«

Sophia schüttelte den Kopf. »Ich habe mein Zimmer auseinander genommen, weil ich dachte, dass das Ei irgendwo hingerollt ist.«

»Aber die anderen Räume?«, fragte Liv.

»Sie waren unangetastet«, antwortete Clark.

Liv seufzte. »Dann fürchte ich, wer immer hierhergekommen ist, wusste, wonach er suchte.«

»Aber wie?«, fragte Clark.

»Ich weiß es nicht«, antwortete Liv. »Aber ich werde alles tun, was ich kann, um dir zu helfen, dein Ei wiederzubekommen,

Sophia. Mach dir keine Sorgen, Soph. Der Drache gehört dir. Ihr beide gehört zueinander. Ihr habt euch bereits gegenseitig angezogen, also egal was passiert, ihr zwei werdet euch verbinden.«

Sophia schaute auf und holte tief Luft, als ob sie sich zu erholen versuchte. Sie wischte sich die Tränen vom Gesicht und nickte.

Liv streckte eine Hand nach dem kleinen Mädchen aus, nahm sie und zog ihre Schwester hoch. Als sie aufrecht stand, umarmte Liv sie und drückte sie fest an sich. Sophia weinte leise weiter, aber als sie sich von ihr schälte war ihr Gesicht wieder voller Kraft.

Clark war aufgestanden und sah leicht erleichtert aus. »Ich habe sie stundenlang getröstet und dann tauchst du auf und sagst ihr, alles wird gut und schon geht es ihr besser. Ich bin verdammt froh, dass du aufgetaucht bist.«

Liv schenkte ihm ein sanftes Lächeln. Er hatte keinen leichten Job, da er die ganze Zeit hier war, aber sie war dankbar dafür, dass er es war, zumal ihr Job sie so oft entfernte.

»Nun, ich trage die Zuversicht in mir, die wir alle brauchen«, erklärte Liv, als sie die Gesichter ihrer Geschwister betrachtete, die von Emotionen zerrissen waren. »Ich war am Matterhorn …«

»Du warst *wo*?«, protestierte Clark. »Ich dachte, wir wären uns einig, dass du noch nicht bereit dafür bist?«

Liv zwinkerte ihm zu. »*Du* warst dir einig, aber ich hatte so eine Ahnung, dass ich gehen sollte, also tat ich es.«

»Was hast du herausgefunden?«, fragte Clark sogleich. »Was hast du entdeckt?«.

»Ich habe weder das Leuchtfeuer, das für die Gehirnwäsche verantwortlich ist, noch die Person gefunden, die hinter all dem steckt, aber ich glaube, ich habe vielleicht etwas gefunden, das viel mehr Informationen zu bieten hat, als wir erwarten konnten.« Unter ihrem Umhang zog Liv Inexorabilis heraus.

Clarks Knie gaben fast den Geist auf, dann stolperte er nach vorne, fing sich aber selbst wieder. »Das ist nicht ...«

Sophias Kopf huschte zwischen Liv und Clark hin und her. »Was ist das?«

Liv hielt das Schwert horizontal und schaute zu ihrer Schwester. »Sophia, das ist das Schwert unserer Mutter. Ohne dieses Schwert ist sie nie irgendwo hingegangen.«

»Oh, genau wie du mit Bellator«, vermutete Sophia.

Liv nickte. »Ganz genau. Und noch wichtiger: Unsere Mutter hat wichtige Erinnerungen in diesem Schwert versiegelt. Ich weiß noch nicht, welche das sind. Wir müssen den Elfen, der das Schwert geschmiedet hat, oder einen seiner Verwandten ausfindig machen. So viel habe ich in meinen jüngsten Forschungen erfahren. Ich vermute jedoch, dass uns dann nicht nur gesagt wird, wer unsere Eltern getötet hat, sondern auch, was sie auf dem Matterhorn taten, bevor sie starben.«

»Liv!«, sagte Clark und verschluckte sich. »Das ist großartig!«

Liv nickte. »Ich weiß. Es ist genau das, was wir brauchten und genau zu dem Zeitpunkt, als wir es brauchten.«

»Aber wie sollen wir den Elfen ausfindig machen?«, fragte Clark.

»Überlass das ruhig mir«, erklärte Liv.

»Ich glaube, ich kann dir dabei helfen, den Waffenschmied aufzuspüren«, begann Clark. Er fuhr fort, seine Ideen auszuplaudern, aber Liv blendete ihn aus, als sie sah, wie sich die Melancholie wieder über ihre Schwester legte.

»Hey, Soph«, sagte Liv und schnitt Clark das Wort ab. Das Mädchen lenkte ihre Aufmerksamkeit wieder auf sie. »Ja?«

»Streck deine Hände aus«, bat Liv.

»Warum?«, fragte sie.

»Wenn ich einmal die Erinnerungen aus diesem Schwert abgerufen habe, wird es einen Ort brauchen, an dem es für immer bleiben kann.« Liv beugte ihren Kopf nach unten zu der Stelle, wo Bellator auf ihrer Taille saß. »Ich habe mein Schwert bereits und Clark hat den Stock unseres Vaters. Ich glaube, es gibt noch eine Beaufont, die eine Waffe braucht und diese hier wird perfekt für dich sein.«

Sophias blaue Augen weiteten sich vor Erstaunen. »Du denkst doch nicht …«

Liv nickte. »Doch, Soph. Du solltest diejenige sein, die das Schwert unserer Mutter schwingt. Ich weiß, es würde sie glücklich machen.«

Als hätte sie Angst davor, die Ehre anzunehmen, streckte Sophia mehrmals die Arme aus und zog sie jedes Mal zurück. Schließlich hob sie beide Handflächen, die Augen erwartungsvoll geweitet. »Ich bin bereit.«

Liv nickte und legte Inexorabilis in die Hände der jungen Magierin.

Sie legte ihre Finger um Griff und Klinge, die Schwellung und das Rot aus ihrem Gesicht verschwand, denn ein Lächeln erhellte ihre Augen. »Ich kann sie fühlen! Mama!«

Liv lachte begeistert. »Ich weiß. Ich habe sie auch gespürt. Sie ist ein Teil des Schwertes und es ist ein Teil von ihr. Unzertrennlich.«

Clark machte einen Schritt vorwärts, Trauer ließ ihn schnell blinzeln. »Darf ich?«, fragte er vorsichtig.

DIE DICKKÖPFIGE FÜRSPRECHERIN

Sophia nickte und er legte seine Hände auf die Klinge hinter die ihren, seine Augen geschlossen. Als er sie öffnete, war sein Gesicht wie verwandelt, als hätte er einen lange vermissten Geist gesehen. »Sie ist da drin.«

»Ja«, sagte Liv und fühlte, wie die Hoffnung ihre Brust öffnete. »Und sie hat eine Botschaft für uns. Wir müssen sie nur finden.«

Kapitel 37

Der Drache versuchte, kein Geräusch in seinem Versteck unter dem Bett zu verursachen, während er den drei Beaufont-Kindern bei ihrem Gespräch zuhörte. Er spürte, dass es jetzt nicht an der Zeit war, herauszukommen.

Indikos wusste, dass Adler immer noch im Haus der Sieben war. Wenn er weg wäre, würde sich der Drache der jungen Magierin nähern. Er hoffte inständig, dass sie ihm nicht böse wäre. Er war bereits wütend genug auf sich selbst. Was er getan hatte – einem anderen zu erlauben, einem Reiter das Ei zu stehlen – verstieß gegen alle Drachengesetze.

Indikos hatte sich seit geraumer Zeit von Adler entfernt. Seitdem der Gottmagier an die Macht gekommen war, war es schwieriger geworden, an der Seite seines Herrn zu bleiben. Er begriff nicht einmal, wie sie sich verbunden hatten. Vielleicht lag es daran, dass er nie an der Seite seines wahren Herrn gewesen war, aber jetzt hörte er die Stimme des Drachen im Ei. Das war kein gewöhnlicher Drache. So viel wusste er, selbst mit seiner begrenzten Erfahrung. Dies war ein Drache aus der Legende, aber nur, wenn er mit seinem wahren Reiter wieder vereint wäre. Das war zweifellos Sophia Beaufont.

Indikos würde dem Mädchen helfen, ihr Ei zu finden und dann würde er den Beaufont-Kindern helfen, all das Böse rückgängig zu machen, das sein Herr getan hatte. Das wäre Indikos Erlösung. Es würde niemals genug sein, aber das war alles, was er tun konnte, bevor er sein Ende finden würde.

FINIS

Liv Beaufont kehrt zurück in Band 7

Sarahs Autorennotizen

Also Hühner ...

Du fragst dich vielleicht, warum ich ein Huhn zu einer zentralen Figur in diesem Buch gemacht habe, die auch im siebten Buch eine noch größere Rolle spielen wird. Nun, ich kanalisierte meine Wut. Das ist der Grund, warum die meisten Charaktere und Handlungsstränge in meinem Buch landen.

Lass mich dir eine Geschichte erzählen.

Vor Jahren war ich mit einem netten Mann verheiratet, der fragwürdige Ideen hatte. Dieser Mann, wir nennen ihn Duke, wollte unbedingt Hühner haben. Er dachte, es gäbe nichts Besseres als einen Hühnerstall mit stinkenden Hühnern die unseren Garten vollscheißen. Nachdem wir hunderte von Dollars für den Stall, das Futter und die Therapie (für mich) ausgegeben haben, dann würden wir jede Woche Eier haben. Nebenbei bemerkt: Eier kosten mich alle paar Wochen etwa 4 Dollar. Du rechnest mit, oder?

Wie auch immer, ich habe nein gesagt. Ich wusste, wenn Duke Hühner bekommt, dann wäre ich diejenige, die sich um sie kümmern muss. Und da ich eine Person aufzog (nicht Duke ... na ja, irgendwie schon) und Vollzeit von zu Hause aus arbeitete, wollte ich die zusätzliche Verantwortung nicht.

Also habe ich mich von Duke scheiden lassen. Wir blieben aber Freunde. Wenn ich in Urlaub fahre, passt er auf meine Katze auf. Das setzt voraus, dass er alle fünf Tage einmal vorbeikommt, um sicherzugehen, dass der Kater noch am Leben ist. Das ist keine große Sache.

Rate mal, wer endlich seinen Traum erfüllt hat? Wenn du erraten hast, dass Duke Hühner bekommen hat, dann liegst du richtig. Und so waren also letzte Woche Frühlingsferien

DIE DICKKÖPFIGE FÜRSPRECHERIN

und er nahm Lydia, meinen Schatz, mit zum Zelten. Ich war traurig, weil ich daran gewöhnt bin, sie ständig zu sehen, aber diese Ausflüge sind wichtig für sie, denn Gott weiß, dass ich niemals campen gehe. Verdammt nein. Ich mag Strom und Betten und vor allem keine Käfer.

Duke fragte mich, ob ich auf seine Hühner aufpassen würde. Ich habe natürlich ja gesagt. Da teilte er mir mit, dass ich sie bei Sonnenaufgang aus dem Stall lassen und bei Sonnenuntergang wieder in den Stall zurückbringen müsse. WTF? Wann sind seine Hühner zu den Hühnern geworden, die mich besaßen? Ich hatte eigentlich vorgehabt, diese Tage ohne Kind damit zu verbringen, ohne Unterbrechung zu arbeiten, wie der Workaholic, der ich bin. Aber es sind Lydias Hühner, also habe ich schweren Herzens zugestimmt.

Duke, der gerne die Tatsachen verdreht, sagte, die Hühner würden sich nachts ins Bett legen. »Alles, was du tun musst, ist das Tor zu schließen«.

Das war verdammt falsch. Ich rannte jede Nacht herum und stieß mir den Kopf am Stall, um zu den dummen Vögeln drinnen zu gelangen, und jagte die Viecher. Wenn ich dann eines erwischte, warf ich es in den Stall und schloss die Tür. Wenn ich das nächste erwischte und versuchte, es hereinzustecken, flog natürlich das andere Vieh raus. So ging das jede Nacht, bis Duke und Lydia zurückkamen. Und dann informierte er mich, dass er für eine Woche nach Seattle gehen würde. »Kannst du wieder auf die Hühner aufpassen?«

Da wurde mir klar, dass, obwohl ich mich von Duke geschieden hatte, um von seiner fragwürdigen Entscheidungsfindung wegzukommen, er immer noch einen Weg gefunden hatte, uns dazu zu bringen, seine verdammten Hühner zu beobachten.

Und das ist der Grund, warum es in diesem Buch ein Huhn gibt. Oh, und auch, warum ich mehr Hühnchen esse als je zuvor. Ich habe Dukes Vögeln immer wieder gedroht, dass ich sie zum Abendessen braten würde. Ich frage mich, warum sie vor mir weggelaufen sind …

Okay, ich höre jetzt auf zu schimpfen, aber wenigstens versteht ihr alle ein bisschen, was mich beim Schreiben motiviert.

Außerdem möchte ich mich beim Leser Stephen Porter bedanken, dass du den siegreichen Namen auf Facebook für den Gottesmagier Talon ausgewählt hast. Ich liebe es, wenn Leser Charaktere benennen.

Sarah Noffke
04. Mai 2019

DIE DICKKÖPFIGE FÜRSPRECHERIN

Michaels Autorennotzien

DANKE, dass du nicht nur diese Geschichte, sondern auch diese Autorennotizen liest.

(Ich denke, ich habe es gut hinbekommen, immer mit »Danke« zu beginnen. Wenn nicht, muss ich die anderen Autorennotizen bearbeiten).

Meist zufällige Gedanken

Was ist das Ding mit bestimmten Restaurants, die dich ansprechen?

Als ich die Gegend um Katy/Houston verließ, um nach Orange County (Kalifornien) zu ziehen, war ich ernsthaft betrübt über einige Restaurantbesuche, die ich in Texas hatte.

Irgendwelche Tex-Mex-Fans in der Nähe?

Ich brauchte ein paar Jahre, um Ersatz für die Restaurants zu finden und mich an die verschiedenen Auswahlmöglichkeiten zu gewöhnen. Dennoch habe ich nie BBQ von meiner Lieblingsspeisenliste gestrichen.

Als wir in die Gegend von Dallas zogen, war ich mir sicher, dass ich Restaurants finden würde, die ich nicht ersetzen konnte, als wir später nach Las Vegas gezogen sind.

Aber nein, ich habe ein Javier's entdeckt – zuerst in Orange County gefunden, um mir bei meinem Tex-Mex-Problem zu helfen.)

Also, Tex-Mex, Haken dran.

Dann habe ich Jessie Rae's BBQ gefunden und all meine Gelüste nach angebrannten und geräuchertem Fleisch wurden bedient.

Dann fanden wir Ping Pang Pong (im Gold Coast Hotel und Casino) und meine chinesischen Probleme verschwanden.

Im Moment ist unser Lieblingsitaliener Battista's Hole In The Wall. Battista's IST ein touristischer Ort, und verdammt, es hat Staub von vor 30 Jahren, aber was soll's ... Ich mag die scharfen Spaghetti. Außerdem ist der verdammte Cappuccino am Ende der Mahlzeit so lecker! Und das, obwohl ich noch nicht mal Cappuccino mag.

Also, in relativ kurzer Zeit habe ich alle meine Hauptnahrungsgruppen ersetzt: Tex-Mex, Chinesisch, BBQ und Frühstück (Il Fornaio im New York New York), nicht zu vergessen natürlich Five-fifty für Pizza (fragt nach gut durchgebratener Pizza im Aria).

Der einzige Nachteil ist, dass du ein Bestsellerautor sein oder Drogen verkaufen musst, um dir das Essen in diesen Läden leisten zu können ... @!#$* Mist!

Es ist immer nervig, wenn ich mich fragen muss: »Brauche ich wirklich diesen Rindfleisch-Fajita-Teller bei Javier's?«

Die Antwort ist ›Nein‹, aber ich gehe trotzdem rüber.

Ich habe kein Koks-Problem, aber ich habe ein Javier's-Problem.

Aber was ich definitiv NICHT habe, ist ein Hühnerproblem. ;-)

IN 80 TAGEN UM DIE WELT

Einer der interessanten (zumindest für mich) Aspekte meines Lebens ist die Fähigkeit, von überall und jederzeit arbeiten zu können. In der Zukunft hoffe ich, meine eigenen Autorennotizen wieder zu lesen und mich an mein Leben als Tagebucheintrag zu erinnern.

Ping Pang Pong – Gold Coast Hotel, Las Vegas, Nevada, USA

Ich sitze nach unserem Abendessen und tippe diese Notizen ab, damit ich mich ein paar Minuten ausruhen und dann nach Hause gehen kann. Neben mir steht ein Tisch mit drei älteren Herren, von denen einer ein Hemd hat, das ihn als Ex-Navy-Typ ausweist. Na ja, zumindest glaube ich das, ich will nicht zu viel starren.

Mein Magen ist vollgestopft und ich atme erleichtert auf, denn der Tag neigt sich auf der geschäftlichen Seite dem Ende zu.

Hoffentlich habe ich nichts vergessen!

Mögest du deinen Morgen / Nachmittag / Abend / Wochenende genießen und wenn du chinesisches Essen magst ... versuch doch mal hierher zu kommen!

WIE DU BÜCHER, DIE DU LIEBST, VERMARKTEN KANNST

Schreibe Rezensionen über sie oder erwähne sie in den sozialen Medien, damit andere deine Gedanken mitbekommen und mal in die Bücher reinschauen, erzähle Freunden und den Hunden von deinen Feinden (denn wer will schon mit Feinden reden?) davon ... Genug gesagt ;-)

Ad Aeternitatem,
Michael Anderle
09. Mai 2019

Danksagungen von Sarah Noffke

Mein Lieblingsteil beim Schreiben eines Buches ist die Erstellung der Seite mit den Danksagungen. Es erinnert mich daran, dass das Schreiben eines Buches keine Einzelleistung ist. Ich sitze vielleicht allein und schreibe, aber das fertige Produkt ist das Ergebnis der Unterstützung und Ermutigung eines Stammes von Menschen.

Vielen Dank an die Leser, die die Bücher kaufen, lesen, rezensieren und empfehlen. SIE sind es, die uns am Schreiben halten. Ich bin immer inspiriert von den Botschaften, die ich von den Lesern erhalte. Ich danke euch, dass Ihr meine Schreibarbeit unterstützt und meinem Leben so viel Reichtum bietet – aber nicht auf das Geld bezogen, sondern auf Erfahrungen und Erlebnisse, die mein Leben als Autorin erst möglich machen.

Danke an meine LBMPN-Familie für die Unterstützung. Steve, Michael, Lynne, Moonchild, Jennifer und so viele andere, die sich für die Veröffentlichung des Buches und darüber hinaus einsetzen.

Vielen Dank an die Beta-Leser, die schon früh so viele wertvolle Einblicke geboten haben. Vielen Dank an John, Chrisa, Kelly, Martin und Larry.

Vielen Dank an das JIT-Team für all das großartige Feedback. Eine neue Serie ist immer aufregend und nervenaufreibend. Michael und ich dachten, wir hätten eine großartige Idee für eine neue Welt, aber wir wissen es erst wirklich, wenn wir objektives Feedback erhalten. Was würde ich ohne all die großartigen Leser tun?

Ich danke meinen Freunden und meiner Familie. Das Schreiben ist ein seltsamer Beruf. Ich arbeite zu seltsamen Zeiten, führe Selbstgespräche, habe eine fragwürdige

DIE DICKKÖPFIGE FÜRSPRECHERIN

Ernährung, werde unruhig wegen der Fristen. Aber die wunderbaren Menschen in meinem Leben zeigen weiterhin ihre Ermutigung und Nachdenklichkeit, egal was passiert. Es ist für mich nie verloren, denn ich weiß, dass ich nicht das tun würde, was ich liebe, wenn mich nicht mit all diese wunderbaren Menschen anfeuern würden.

Wie bei allen meinen Büchern geht der letzte Dank an meine Muse Lydia. Ich habe mein erstes Buch geschrieben, damit ich meine Tochter stolz machen konnte und es hat nie aufgehört. Ich schreibe jedes Buch für dich, meine Liebe.

SOZIALE MEDIEN

Möchtest Du mehr?
Abonnier unseren Newsletter, dann bist Du bei neuen Büchern, die veröffentlicht werden, immer auf dem Laufenden:
https://lmbpn.com/de/newsletter/

Tritt der Facebook-Gruppe und der Fanseite hier bei:
https://www.facebook.com/groups/ZeitalterderExpansion/
(Facebook-Gruppe)
https://www.facebook.com/DasKurtherianischeGambit/
(Facebook-Fanseite)

Die E-Mail-Liste verschickt sporadische E-Mails bei neuen Veröffentlichungen, die Facebook-Gruppe ist für Veröffentlichungen und ›hinter den Kulissen‹-Informationen über das Schreiben der nächsten Geschichten. Sich über die Geschichten zu unterhalten ist sehr erwünscht.

Da ich nicht zusichern kann, dass alles was ich durch mein deutsches Team auf Facebook schreiben lasse, auch bei Dir ankommt, brauche ich die E-Mail-Liste, um alle Fans zu benachrichtigen wenn ein größeres Update erfolgt oder neue Bücher veröffentlicht werden.

Ich hoffe Dir gefallen unsere Buchserien, ich freue mich immer über konstruktive Rezensionen, denn die sorgen für die weitere Sichtbarkeit unserer Bücher und ist für unabhängige Verlage wie unseren die beste Werbung!

Jens Schulze für das Team von LMBPN International

**DEUTSCHE BÜCHER VON
LMBPN PUBLISHING**

**Das kurtherianische Gambit
(Michael Anderle – Paranormal Science Fiction)**

Erster Zyklus:
Mutter der Nacht (01) · Queen Bitch – Das königliche Biest (02) · Verlorene Liebe (03) · Scheiß drauf! (04) · Niemals aufgegeben (05) · Zu Staub zertreten (06) · Knien oder Sterben (07)

Zweiter Zyklus:
Neue Horizonte (08) · Eine höllisch harte Wahl (09) · Entfesselt die Hunde des Krieges (10) · Nackte Verzweiflung (11) · Unerwünschte Besucher (12) · Eiskalte Überraschung (13) · Mit harten Bandagen (14)

Dritter Zyklus:
Schritt über den Abgrund (15) · Bis zum bitteren Ende (16) · Ewige Feindschaft (17) · Das Recht des Stärkeren (18) · Volle Kraft voraus (19)

Kurzgeschichten:
Frank Kurns – Geschichten aus der Unbekannten Welt

In Vorbereitung:
…die restlichen Bücher bis Band 21

**Aufstieg der Magie
(CM Raymond, LE Barbant &
Michael Anderle – Fantasy)**
Unterdrückung (01) · Wiedererwachen (02) · Rebellion (03) · Revolution (04)
In Vorbereitung sind die restlichen Bücher bis Band 12 aus dem Kurtherian-Gambit-Universum

**Das zweite Dunkle Zeitalter
(Michael Anderle & Ell Leigh Clarke
– Paranormal Science Fiction)**
Der Dunkle Messias (01) · Die dunkelste Nacht (02)
In Vorbereitung sind die restlichen Bücher bis Band 4
aus dem Kurtherian-Gambit-Universum

**Der unglaubliche Mr. Brownstone
(Michael Anderle – Urban Fantasy)**
Von der Hölle gefürchtet (01) · Vom Himmel verschmäht (02) ·
Auge um Auge (03) · Zahn um Zahn (04) ·
Die Witwenmacherin (05) · Wenn Engel weinen (06) ·
Bekämpfe Feuer mit Feuer (07)
In Vorbereitung sind die restlichen Bücher dieser
Oriceran-Serie

**Die Schule der grundlegenden Magie
(Martha Carr & Michael Anderle – Urban Fantasy)**
Dunkel ist ihre Natur (01)
In Vorbereitung sind die restlichen Bücher bis Band 8
diese Oriceran-Serie

**Die Schule der grundlegenden Magie: Raine Campbell
(Martha Carr & Michael Anderle – Urban Fantasy)**
Mündel des FBI (01)
In Vorbereitung sind die restlichen Bücher bis Band 9
diese Oriceran-Serie

**Die Chroniken des Komplettisten
(Dakota Krout – LitRPG/GameLit)**
Ritualist (01) · Regizid (02) · Rexus (03) ·
Rückbau (04) · Rücksichtslos (05)
In Vorbereitung sind die derzeit verfügbaren Teile

Die Chroniken von KieraFreya
(Michael Anderle – LitRPG/GameLit)
Newbie (01)
Anfängerin (02)
In Vorbereitung sind die restlichen Bücher bis Band 6

Die guten Jungs
(Eric Ugland – LitRPG/GameLit)
Noch einmal mit Gefühl (01)
Heute Erbe, morgen Schachfigur (02)
In Vorbereitung sind die restlichen Bücher der Serie

Die bösen Jungs
(Eric Ugland – LitRPG/GameLit)
Schurken & Halunken (01) in Vorbereitung
In Vorbereitung sind die restlichen Bücher der Serie

Die Reiche
(C.M. Carney – LitRPG/GameLit)
Der König des Hügelgrabs (01)
In Vorbereitung sind die restlichen Bücher der Serie

Stahldrache
(Kevin McLaughlin & Michael Anderle – Urban Fantasy)
Drachenhaut (01) · Drachenaura (02) ·
Drachenschwingen (03) · Drachenerbe (04) ·
Dracheneid (05) · Drachenrecht (06) ·
Drachenparty (07) · Drachenrettung (08)
In Vorbereitung sind die restlichen Bücher bis Band 15

Animus
(Joshua & Michael Anderle – Science Fiction)
Novize (01) · Koop (02) · Deathmatch (03) ·
Fortschritt (04) · Wiedergänger (05) · Systemfehler (06)
In Vorbereitung sind die restlichen Bücher bis Band 12

Opus X
(Michael Anderle – Science Fiction)
Der Obsidian-Detective (01)
Zerbrochene Wahrheit (02)
Suche nach der Täuschung (03)
In Vorbereitung sind die restlichen Bücher bis Band 12

Unzähmbare Liv Beaufont
(Sarah Noffke & Michael Anderle – Urban Fantasy)
Die rebellische Schwester (01)
Die eigensinnige Kriegerin (02)
Die aufsässige Magierin (03)
Die triumphierende Tochter (04)
Die loyale Freundin (05)
Die dickköpfige Fürsprecherin (06)
Die unbeugsame Kämpferin (07)
Die außergewöhnliche Kraft (08)
Die leidenschaftliche Delegierte (09)
Die unwahrscheinlichsten Helden (10)
Die kreative Strategin (11)
Die geborene Anführerin (12)

Die einzigartige S. Beaufont
(Sarah Noffke & Michael Anderle – Urban Fantasy)
Die außergewöhnliche Drachenreiterin (01)
Das Spiel mit der Angst (02)
In Vorbereitung sind die restlichen Bücher bis Band 24

**Die Geburt von Heavy Metal
(Michael Anderle – Science Fiction)**
Er war nicht vorbereitet (01)
Sie war seine Zeugin (02)
Hinterhältige Hinterlassenschaften (03)
In Vorbereitung sind die restlichen Bücher bis Band 8

**Weihnachts-Kringle
(Michael Anderle –
Action-Adventure-Weihnachtsgeschichten)**
Stille Nacht (01)